시대 진단과 문학적 대응

시대 진단과 문학적 대응

이주미 지음

국학자료원

대학시절 학교 도서관에서 우연히 파울 클레(Paul Klee)의 화집을 펼쳐보다가 "나 이전에 어떤 화가도 존재하지 않았던 것처럼 그림을 그린다"는 클레의 말을 발견하고는 한동안 그 말을 머릿속에서 지울 수 없었다. 시를 읽을 때는 세상에서 처음으로 시를 쓴 사람의 마음이 느껴지는 듯했고, 영화를 볼 때는 세상에서 처음 만들어진 영화가 궁금했다. 음치지만 어떤 가수도 존재하지 않았던 것처럼 노래하고 싶었고 서툴더라도 어떤 사랑도 존재하지 않았던 것처럼 사랑하고 싶었다. 인간의 잠재력을 가장 순도 높게, 가장 고양된 상태로 발휘하게 되는 순간은 미지의 세계를 창조하는 순간이라는 그 자명한 사실을, 문학도가 되고도 한참 뒤에야 깨달은 것이다.

이 책의 출간을 계획할 즈음 우리 문단의 선구자들을 돌아보다 클레의 말이 다시 떠올랐다. 물론 클레는 초현실주의 계열의 화가이고 내가 주목한 인물들은 사회성이 강한 문학인들이지만 그들은 모두 학습된 역사의 기억으로부터 자유로운 자들이라는 점에서 서로 통하는 바가 있었다. 누구보다도 먼저(혹은 누군가 먼저 행한 정렬 방식에 구애받지 않고) 우리 문학과 역사의 새 길을 생성시키고자 한 양건식, 안막, 한설야, 이기영, 현기영, 이청준 등은, 인간의 역사는 결코 학습될 수도 고정될 수도 없다는 사실을 문학을 통해 입증한 이들이다.

근자에 문학 논의가 풍속사에 집중되면서 1920, 30년대의 잡지를 문학 분석의 텍스트로 삼는 경우가 빈번해졌다. 1980년대 후반에 카프와 월북 작가에 대한 관심이 증폭되었을 때 리얼리즘 논의가 사회학과 역사학의 해석에 크게 의존하였던 경우와 유사하게 최근의 근현대 문학 연구는 문화지형학적 탐사로 경사된 듯하다. 물론 잡지에는 당대 사회의 속성과 실태, 당대인의 역사해석과 현실인식의 수준이 적나라하게 드러나 있어 그 문학사적 가치와 중요성을 인정하지 않을 수 없다. 그러나 중요한 것은 결과론적 양상이 아니라 그러한 양상들을 초래한 지식인들의 선구적, 혁신적 노력임을 잊어서는 안 될 것이다.

　이 책의 1부는 동아시아권의 교섭이 활발했던 근대 시기에 독자, 문사, 비평가, 번역가로 활약하며 우리의 현대문학을 태동시키는 데 앞장선 양건식, 그리고 예술에 대한 소신을 자유롭게 표출할 수 없었던 1920, 30년대의 억압적 현실 속에서 조선문학의 길을 선도적으로 개척한 안막, 한설야의 행적을 살피고 있다. 『인형의 가』를 국내에 최초로 소개한 인물로 알려져 있는 양건식은 여성해방운동의 선구자이기 이전에 문학 혁명의 기수였고, 사회주의 리얼리즘을 국내에 최초로 소개한 안막은 이론가로서, 러시아의 문호 고리키의 창작 기법을 창조적으로 수용한 한설야는 창작인으로서 국가의 위기와 문학의 위기에 주체적으로 대응했다. 이 책의 2부에서는 남한 문단에서 민족문학과 자유주의 문학을 각각 대표하는 작가 현기영과 이청준의 문학세계를 살피고 있다. 현기영은 철저한 자기검증과 역사적 사건의 고증으로 역사와 역사기술의 오류를 바로잡고자 하였으며, 이청준은 우연성이 지배하는 세계 속에서 인간이 자유의지를 실현할 방도를 치밀하고 치열하게 모색하였다. 아울러 2부에서는 북한문학의 흐름을 선도한 월북 작가 이기영의 시대 변화에 따른 문학적 대응방식을 살펴보고 북한 민족문학의 동향과 특징도 정리하고 있다.

　'위기'라는 말이 남발하고 있는 이 시대에 우리가 진정으로 두려움을 견딜 수 있는 길은 고도의 과학기술과 전문지식을 더욱더 확충하는 길이 아니라 편견 없이 진실에 집중하고 무구한 마음으로 세상에 도전하는 길이 아닐까. 부족함이 많은데도 이 책의 출간에 관심을 기울여 주신 국학자료원 정구형 사장님과 박지연 팀장님께 깊은 감사의 마음을 전한다.

2009년 4월
이주미

■ 목차

2부　남북한 사회와 문학적 대응

■ 목차

1부
식민지 현실과 문학적 대응

양건식 소설과 동양주의

1. 머리말

백화 양건식[1]이 소설 창작을 시작한 시기는 조선이 일본제국의 영토로 편입되고 총독이 무단통치를 했던 1910년대 중반이다. 일제는 조선의 민중을 충량한 일본 국민으로 육성하겠다는 의지를 밝히며 1911년에 조선교육령을 공포하였고, 1912년에는 토지조사령을 제정하여 토지 약탈과 지세의 수탈로 조선 민중을 극도의 궁핍으로 몰아넣었다.[2] 이미 시행되어 온 신문지법(1907), 출판법(1909)의 강화로 창작활동은 극히 제한되어 있었으며 『대한매일신보』는 『매일신보』로 바뀌어 국책의 선전도구로 이용되고 있었다. 이 시기의 주요 문인 이광수, 현상윤, 백대진, 방정환, 그리고 양건식 등은 구심점이 되어 줄 문학 이념, 문학가 집단, 문학지면이 부재했기 때문에 각개 약진해야 하는 형편이었다. 양건식이 문사의 자격 요건으로 "사상가의 소질"[3]

---

1) 1889.5~1944.2.7 필명 국여(菊如), 금래(今來), 노하생(蘆下生), 노하산인(蘆下山人) 등. 소설가이며 중국 문학을 번역했던 중국 문학자.

2) 한국역사연구회 편, 『한국사강의』, 한울아카데미, 1989, 262~272쪽 참조.

을 든 것은 당대 지식인이 경험해야 했던 실존적 고독을 암시한 것이라 할 수 있다. 양건식에게 있어서 '사상'이란 그의 산문 「不動的 신앙」(『조선불교총보』제2호 1917. 4)[4]에서도 명백하게 드러나고 있거니와 새로 유입된 서양사상에 비견해도 손색이 없는 불교사상을 의미한다. 불교는 전통 지향적이면서도 유교의 전근대성에 대해서는 비판적이며 그 궁극적 목적이 자아의 발견이라는 근대화의 정신과 연결된다는 점에서[5] 양건식의 고전관, 동양관, 문예관의 기저를 형성하고 있는 사상이라 할 수 있다. 창작을 거의 중단한 시기에 양건식은 불교와의 인연을 회고하는 자리에서 '중국 소설류를 탐독하다 보니 주인공의 인생관과 전편의 작의를 알기 위해서는 불교사상의 무상관과 불전의 문자를 알아야 할 필요가 있었다'[6]고 밝히고 있으나 창작 활동이 왕성하던 시기에 발표한 산문 「支那의 小說과 戱曲에 대하여」(『매일신보』1917. 11. 6~9)에서는 '조선문학에 공헌'하고자 중국문학을 연구하게 되었다고 밝힌 바 있어 불교에 대한 관심도 조선의 문학과 현실에 개

---

3) 양건식, 「나는 오직 꿈를 뿐― 문단에 대한 요구」, 『동아일보』, 1922. 1. 5.

4) "일부 학계에는 구주의 신창적 신학설이 간접 번역을 개하여 수입되니 즉, 톨스토이, 니체, 모파쌍, 입센, 오이켄, 베르그송, 다눈치오, 버나드 쇼, 추기례포, 마철잉 등의 문, 철학가의 사상이라. 이상 제사의 학설을 득견하는 인(人)은 그 학설의 진수는 참고치 아니하고 단(但)히 일지반해(一知半解)의 지견으로 재래 신앙하던 종교의 진리를 감히 논란하는 자 유(有)하니 시(是)는 무타(無他)라." (국어거사, 「不動的 신앙」, 『조선불교총보』제2호, 1917. 4)

5) 고재석, 「백화 양건식 문학연구―3·1운동 이전까지의 생애를 중심으로」(남윤수 외 편, 『양백화 문집3』, 강원대학교출판부, 1995, 이하 『문집3』), 381쪽 참조. 이 논문은 양건식의 문학과 생애를 불교와의 관련성 속에서 밝히고 있다. 생애에 대해서는 김영복의 「백화의 문학과 그의 일생」(『문집3』)도 참조할 만하다. 양건식의 행적은 1912년 1월 16일 경성 중부 박동 각황사(覺皇寺)에서 기념식을 거행할 때 찬조 연사로 나온(『조선불교월보』1, 1912. 2. 73쪽) 이후부터 밝혀진다.

6) 양건식, 「인류를 구제하는 종교」, 『불교』50, 51합호, 1928. 8(고재석, 위의 글, 374쪽 참조)

입하기 위한 방편이었음을 짐작할 수 있다. 양건식이 불교계에 처음 모습을 드러낸 것은 1912년인데, 아쉽게도 1912년 이전의 행적에 대한 기록은 밝혀진 바가 없다. 다만 그가 외국어 관련 학교를 졸업했을 것으로 추정되는 시기가 1904, 5년경이고 문학과 사상에 대한 가치관을 정립한 시기는 한일합방 전후일 것으로 추정되므로 중국문학, 불교와의 인연은 현실적 억압과 무관하지 않았을 것으로 보인다.

양건식이 학교를 졸업할 무렵에는 러일전쟁이 발발했으며 을사조약이 강제 체결되어 일제의 국권침탈에 대한 반작용으로 국권회복의 움직임이 전국적으로 확산되었다. 대한자강회(1906)의 결성이 말해주듯 이 시기에는 실력양성, 부국강병의 방책으로 서구문물을 수용하여 문명을 개화해야 한다는 주장이 거세게 일어났다. 그 논거로 이용된 것이 생존경쟁, 약육강식, 적자생존, 우승열패를 핵심으로 하는 사회진화론이었음은 물론이다.7) 한편, 양건식이 불교 종단에 모습을 드러내기 직전에는 한일합방이 되었으며, 초대 총독 데라우치(寺內正毅)가 조선 땅에서 강력한 무단통치를 시작했다. 데라우치 총독이 내세우고 있었던 것은 동화 정책이었는데 이는 일제가 러일전쟁을 치르는 과정에서 진화론에 인종론을 결합시킴으로써 생산해낸 침략의 논거로서, 동양주의라는 거창한 대의를 앞세우고 있는 것이었다. 일시적으로나마 당시에 일본을 맹주로 한 동아시아 삼국의 연대론이 설득력을 지닐 수 있었던 것은 조선, 중국, 일본이 서양이라는 강자를 공적으로 간주했기 때문이었다. 양건식 소설이 주목되는 점은 비교적 이른 시기에

---

7) 1880, 1890년대의 유학생과 독립협회를 중심으로 일부 지식인들은 사회진화론에 대한 일정한 이해가 있었지만, 그것이 널리 알려지고 논의되기 시작한 것은 1900년대에 이르러서였다. 지식인들은 주로 양계초의 『음빙실문집』을 통하여 사회진화론을 소개받았다. (최기영,『한국근대 계몽사상 연구』, 일조각, 2003, 23쪽 참조)

서양이라는 강자와 동양 안의 강자 일본으로부터 이중의 억압을 받아야 했던 식민지 현실을 직시하고 있었다는 점이다. 그가 인식한 현실의 양태를 압축적으로 표현하고 있는 것이 그의 소설에서 핵심적인 모티프로 나타나고 있는 '모순'이다.

지금까지 양건식에 대한 논의는 작품 분석의 경우 주로 「슬픈 모순」에 집중되어 왔으며, 비판적 사실주의를 둘러싼 논의[8]와 근대소설과 근대적 자아의 형성에 관한 논의[9], 중국문학의 전신자 역할에 대한 논의[10], 그리고 생애에 대한 논의[11] 등으로 전개되어 왔으나 당대의 사회 담론과 시대적 특수성을 바탕으로 작품을 분석한 경우는 거의 없었다. 동시대의 담론과 정치 사회 문화적 환경을 검토하는 일이 무엇보다 선행되어야 할 것이라는 판단 아래, 이 글에서는 문학의 개념이 제대로 정립되지 않았을 뿐만 아니라 예술에 대한 소신을 자유롭게 표출할 수 없었던 1910년대의 억압적 현실을 고려하면서 당시의 사상적

---

8) 정홍교·박종원,『조선문학사개관1』, 진달래, 1988, 351~352쪽.
오승련,「1910년대 소설문학의 일반적 특성과 문학사적 지위」, 신채호, 량건식, 리상춘 외 10명, 현대조선문학선집 7『슬픈 모순』, 북한 : 문예출판사, 1989.
양문규,「슬픈 모순과 1910년대 비판적 사실주의 문제」『창작과 비평』, 1990. 봄.

9) 송기섭,「감성적 자아와 관념적 타자 ; 슬픈 모순론」,『한국언어문학』제50집, 한국언어문학회, 2003.
한기형,「1910년대 단편소설과 낭만성」,『민족문학사연구』제12호, 민족문학사연구소, 1998.
한점돌,「양백화 소설과 모순의 미학」,『문집3』.

10) 이석호,「중국문학 전신자로서의 양백화」,『연세논총』13집, 1976.
성현자,「백화 양건식의 중국신문학운동 수용 연구」,『비교문학』24집, 한국비교문학회, 1999.

11) 김복순,『1910년대 한국문학과 근대성』, 소명출판, 1999.
고재석,「백화 양건식 문학 연구 - 3·1운동 이전까지의 생애를 중심으로」,『문집3』.

교섭관계와 문단 상황의 변화를 통해 양건식의 문학관을 살펴보고자
한다.

2. 식민지 현실과 모순적 진화논리

아시아가 서양 또는 유럽에 패배한 결과로서 자기의식에 도달했다
고 하는[12] 일본의 중국현대문학자 다께우찌 요시미(竹內好)의 주장은
식민지 조선의 현실을 이해하는 데에도 중요한 시사점을 제공한다. 아
시아가 서양에 의해 자율을 상실하고 의존할 수밖에 없음을 깨달았을
때 비로소 문명적, 문화적, 민족적, 국민적 정체성을 반성적으로 획득
할 수 있었던 것처럼, 조선은 일제의 침략이 본격화되기 시작한 1905,
1906년경에 '제국주의'라는 용어를 널리 사용하게 되었고 아울러 제
국주의의 상대어에 해당하는 민족주의라는 용어도 비로소 자각적으
로 사용하게 되었다.[13] 아시아에 대한 관심은 1903, 4년경 일본의 오
카쿠라 텐신(岡倉天心)이 '아시아는 하나'[14]라는 명제를 제시하면서
부터 증폭되었다. 1904년에 러일전쟁이 발발하자, 만주와 한국의 지
배권을 두고 러시아와 일본이 벌인 이 제국주의 전쟁의 본질을 호도하
기 위해 일본은 진화론에 인종론을 결합시켜 러시아와의 전쟁을 백인
종과 황인종의 대결로 윤색하기 시작하였다. 안중근의 「동양평화론」
(1910)[15]에서 볼 수 있듯이 조선의 사회 지도층 인사들도 일본 주도의

---

12) 사카이 나오키, 이규수 역, 『국민주의의 포이에시스』, 창비, 2003, 51쪽.

13) 최기영, 앞의 글, 56쪽 참조.

14) 오카쿠라 텐신(岡倉天心), 「동양의 이상」(1904), 최원식, 백영서 편, 『동아시아인
　　의 '동양' 인식 : 19－20세기』, 문학과 사상, 2005, 29쪽.

15) "'동양평화' '한국독립'의 어구에 관해서는 이미 천하민국의 사람들 이목을 거
　　쳐 금석처럼 믿게 된 것으로 한청 양국 사람들의 뇌리에 새겨진 것이다. (중략)
　　그런데도 무슨 이유로 일본은 이러한 순연한 형세를 돌아보지 않고 같은 인종

아시아 연대론을 지지했는데, 그것은 노력하면 강자가 될 수 있다는 환상을 전제로 우승열패 의식을 내면화한 결과였다. 그러나 조선의 지식인들은 고종 양위 이후 일제의 국권침탈과 전횡이 본격화되는 상황을 지켜보며 진화론이 도덕률에는 위배된다는 사실을 분명히 자각하게 되었고 이에 따라 일본 제국주의에 대한 방어책을 강구하는 데 골몰해야 했다. 1907과 1908년 사이에 집중적으로 쏟아져 나왔던 영웅전기류 소설들이 그러한 의식 변화를 대변한다. 구국주체로서의 영웅 모델들을 제시하고 있는 『서사건국지』(1907), 『라란부인전』(1907), 『을지문덕』(1908), 『이순신전』(1908), 『강감찬전』(1908) 등이 역설적으로 말해주듯이 약자가 실력양성으로 강자의 반열에 설 수 있다는 것은 요원하거나 순진한 꿈에 불과했다.

주지하는 바와 같이 적자생존은 환경에 유리한 조건을 갖춘 개체만이 보존될 수 있으며 열등한 개체는 자연도태 된다는 원리이다. 양건식은 구체적인 상황에 비추어 이 진화논리의 허구성을 드러내기 위해 『불교진흥회월보』 창간호(1915. 3)에 「석사자상」이라는 소설을 발표한다. 이 소설의 주인공 김재창은 부모 형제 없이 혼자의 힘으로 분투하여 성공한 사람이다. 그의 구체적인 지위나 신분은 밝혀져 있지 않으나 '외투'와 '망토'라는 문명인의 기호가 상징하듯 그는 '강자'로 표현될 수 있는 모종의 성공 반열에 올라서 있다. 성공적인 삶을 살아온 김재창은 불특정의 '약자' 군상을 향해서 다음과 같이 진화론에 대한 상기된 신념을 과시한다.

이 이웃 나라를 깎고 우의를 끊어 스스로 방휼의 형세를 만들어 어부를 기다리는 듯하는가. 한청 양국인의 소망은 크게 절단되어버렸다."(안중근, 「동양평화론」(1910), 최원식·백영서 편, 위의 책, 207쪽.

"제 돈은 제 제갈량이라. 남의 돈이 일푼 척리라도 저를 위하여 쓰지
아니할 생각이요 또한 쓸 것이 아니니 제가 못 버는 것은 쓰지 않는 것
이 옳은 일이라. 사람되어 가지고는 이르는 곳마다 온세상이 모두 돈이
니 이것을 찾아 쓰는데 무슨 상관 있누! 그런데 없다고 하는 것은 제 재
물 제가 못 찾아 쓰는 변변치 못한 약자라. 약자라는 것은 생존상에 적
당치 못한 물건이니 자연 멸명하는 수밖에 무슨 다른 도리 없는 것이
오."

(「석사자상」, 『불교진흥회월보』1호, 1915. 3, 『문집1』, 18쪽)

　자본주의 사회로의 전화를 반영하듯 김재창이 말하는 성공의 지표
는 명예가 아니라 돈이다. 경쟁 사회에서 '제 재물 제가 못 찾아 쓰는
변변치 못한 약자'는 자연 멸망하게 되어 있으니 자선이나 보시와 같
은 인도적인 행위는 하지 않겠다는 김재창에게 진화론과 도덕률은 철
저히 분리되어 있다. 마침 양철통을 앞에 놓고 꿇어앉아 있는 걸인의
모습이 김재창의 눈에 띄는데, "자세히 본즉", 그 나이 먹은 걸인은
"두 손이 모조리 손가락이라고는 하나도 없이 마치 약국의 막자 같아
대단히 참혹한 형상"을 하고 있다. 생산 조건을 갖추지 못한 이 약자는
실력양성이나 노력분투와는 상관없이 무조건 생존경쟁을 포기해야
하는 처지에 있다. 걸인의 형상은 진화론이 신체 건강하고 전도유망한
강자만의 논리임을 비유적으로 보여주고 있는 셈이다. 아내 영자가 눈
물을 글썽이며 '망토' 밖으로 돈주머니를 내어주고 김재창이 걸인에게
무의식적으로 은전을 던져준 것은 현실이 논리나 신념과는 다른 차원
에 놓여있음을 깨달았기 때문이다. 김재창이 돌아본 석사자상은 이 모
순을 꿰뚫어보는 종교적 통찰력을 상징하며, 그것은 한편으로는 이 소
설의 발표지면이 불교 관련 월보라는 점을 고려한 작가의 연출이라 할
수 있다.

¹부 식민지 현실과 문학적 대응　21

양건식의 독창성은 사회적 담론과 현상의 추이를 누구보다도 먼저 감지하여 문학적으로 형상화했다는 점에 있다. 동시대의 사상가 신채호는 1909년에 이미 제국주의의 본성을 간파하여 '국민적 영웅'[16]을 주장하는 한편, 「동양주의에 대한 비평」(1909)을 통해 서양에 대한 아시아의 연대가 지닌 모순을 설파한 바 있다. 신채호는 '동양주의'가 단지 일본의 주변국 침략을 정당화하는 강자의 논리임을 분명히 자각하고 "저 동양주의를 외치는 자도 진실로 동양을 위하는 것이 아니라 단지 이 주의를 이용하여 국가를 구하고자 함이라 하나, 우리가 보건대 한국인이 동양주의를 이용하여 국가를 구하는 자는 없고 외국인이 동양주의를 이용하여 국혼을 찬탈하는 자가 있으니 경계하며 삼갈 것이다"[17]라 하여 일제의 기만적인 동양주의에 매몰되지 말고 한국의 현실을 직시할 것을 촉구하였다. 『을지문덕』(광학서포, 1908)을 통해 을지문덕 주의는 곧 제국주의라고[18] 정의함으로써 제국주의에 대한 선망을 보여주었던 신채호가 불과 한 해만에 강자의 논리만을 주장하는 제국주의를 도덕적으로 비난하였을 만큼 진화 논리는 진리의 차원이 아니라 해석의 차원에서 인식되고 있었다. 양건식은 『불교진흥회월보』 2,3호 (1915. 4~5)에 강자의 부정적 속성을 부각시킨 소설 「迷의 夢」을 게재함으로써 현실의 해석에 적극적으로 가담한다. 이 소설의 주인공 김일오는 이중적 성격을 지닌 인물로, 낮에는 세인의 칭송을 받는 자선가요 덕망가이지만 밤에는 남의 집 재물을 훔치는 도적이다. 태정의 집에 들어가 물건을 훔치다 발각된 그는 태정의 추궁에 대해 다음

---

16) 신채호, 「이십세기신동국지영웅」, 『대한매일신보』 1909. 8. 20.

17) 신채호, 「동양주의에 대한 비평」(1909), 최원식·백영서 편, 앞의 책, 220쪽.

18) "自强自大者가 있으면 그 나라가 강대하나니 賢哉라 乙支文德主義여 을지문덕주의는 어떤 주의오 曰 그것이 곧 제국주의니라" (신채호, 『을지문덕』, 광학서포, 1908, 31쪽)

과 같이 응수한다.

(「迷의 夢」, 『불교진흥회월보』2,3호, 1915. 4~5, 『문집1』, 26쪽)

'도적'이라는 단어의 뜻을 폭넓게 해석하고 있는 김일오의 항변은 물론 일제와 신흥자본가의 만행을 환기한다. 그런데 이 소설의 주제는 일제와 자본가가 진정한 도적이니 그들의 행악을 응징해야 한다는 단순한 권선징악의 논리에 머물러 있지 않다. 작가가 주목하고 있는 것은 김일오가 경험하고 있는 가치관의 혼란이다. 작가는 이 모호한 혼란을 극적 구성을 통해 드러내기 위해 김일오의 딸 정임을 등장시킨다. 도적 김일오의 딸 정임이 도둑맞은 태정의 연인이었다는 관계 설정은 다소 진부하고 개연성이 떨어지지만, 그렇게까지 함으로써 작가 양건식은 '선'이라는 가치의 상대성을 역설하고자 한다. 김일오는 자신이 도적이 되기까지의 내력을 밝히며 자신은 선하게만 살아왔으나 너무 선했기 때문에 남에게 무시와 조롱을 당하게 되었노라고 말한다. 뒤늦게 깨닫고 보니 선은 절대적 가치가 아니라 자의적 판단에 따라 이용되는 자기합리화의 도구였다는 것이다.

그래 무슨 까닭으로 나는 이와 같은 비참한 경우를 당하지 아니치
못하게 되나 하는 것을 나는 거의 이를 해석치 못하였네. 이때야 이때
일세. 눈을 들어 자세히 나와 남을 비교해 보기는 이때라. 나의 선하다
하는 것과 남의 선하다 하는 것과 대단히 충등이 남을 나는 비로소 보
았네. 이것을 놀라지 아니하고 어떠한 것을 놀라겠나. 가만히 보니 세
상이 어떠한가. 도도한 무수한 인류 중에 나는 단지 이곳 쫓는 고기덩
어리밖에 다른 아무것도 보지 못하였네. 그자들이 소위 선이라 인이라
덕이라 의라 신이라 충이라 효라 하는 것이 어느 것이 그자들의 이욕에
응용하는 이기가 아니며 그자들의 소위 도덕이라 하는 것은 모두 거짓
것이라. 그러므로 온 세계가 모두 허위 세계로 변하여 어떠한 자는 제
가 속는 줄을 모르며 어떠한 자는 남 속이려 하다가 제가 도리어 속는
줄을 몰라, 그자들은 두 제 마음을 더럽히고 남의 마음은 무시하니 나
는 다만 그자들의 강자가 그저 포악질하는 것을 보았고 그자들의 우자
(優者)가 어디까지 내 욕심만 채우려 함을 보았네.

(「迷의 夢」, 위의 글, 『문집1』, 25쪽)

신채호, 안중근을 위시한 조선 지식인들은 '보호' 조약이라는 미명
아래 국권을 침탈당한 을사년의 수모를 뼈아프게 기억하고 있었으며,
동양평화로 위장한 동아시아 연대의 논리가 사실상 일제의 주변국에
대한 침략의 논리로 이용되고 있다는 사실도 분명히 감지하고 있었다.
그래서 양건식 소설의 주인공 김일오는 '이 세상에서 희롱되었었는 고
로 돌이켜 세상을 희롱하였을 뿐이라'며 자신을 행악을 변호하는 한편
'그자들이 제일 귀하에 아는 그 이(利)라는 것을 존중히 알았으며, 그
자들이 제일 수단으로 여기는 그 슬기를 공경하여 이와 같이 나는 신
세계로 들어왔으며 이와 같이 나는 마침내 도적이 되었네!'라는 역설
로 도덕률이 훼손된 제국주의 현실을 개탄하고 있는 것이다. 양건식
이 「귀거래」(『불교진흥회월보』6호, 1915. 8)에서 생생하게 묘사한 바

에 의하면 『불교진흥회월보』에 작품을 게재하는 데는 불교 관련 잡지의 취지에 부합해야 한다는 제약이 따른다. 그래서 「석사자상」과 마찬가지로 「미의 몽」의 결말도 '세상이라는 것은 마침내 선으로만도 가지 못하는 것이요 또 악으로만도 서지 못하는 것이라'는 모호한 불교적 암시로 이야기의 흐름이 봉합된다. 그러면서도 작가는 김일오를 자결하게 함으로써 그가 지닌 두 개의 인격, 즉 자선가(위선)와 도적(범죄)을 단호히 제거한다. 양건식이 창작활동을 개시한 1915년 무렵에도 동화정치의 선전에 앞장선 『매일신보』는 "조선 민족은 문명한 법률 하에서 생명과 재산을 보호하고 총독이 선정을 베풀어서 지식과 권리를 획득하게 되었으며"[19] 라는 기사를 내보내 기만적인 '선정'의 홍보로 선량한 조선민중을 우롱하고 있었다. 이광수의 『무정』(1917)이 실력양성을 주장하고 공허한 낙관에 그쳤다는 데 비추어볼 때 양건식 소설의 현실감각과 전위 문학으로서의 형상력은 매우 탁월했다고 할 수 있다.

3. 자아의 각성과 향상심

양건식이 중국의 시, 소설, 희곡을 번역한 중국문학자이기도 했다는 사실은 그의 현실인식 태도와 동양관을 이해하는 데 있어 핵심적인 단서가 된다. 산문 「支那의 小說과 戱曲에 대하여」(『매일신보』 1917. 11. 6~9)에서 그는 중국문학의 가치를 논하고 중국문학 연구에 대한 포부를 드러내고 있는데, 이 글에서 양건식은 자신이 "외국문학을 연구하는 목적은 자국문학의 발달에 資코저 함"이라 전제하고, 중국은 조선과 습속이 비슷하므로 중국의 사상 감정과 상상을 반영하고 있는

---

19) 「조선민족관」(10), 『매일신보』 1914. 12. 6.

소설과 희곡을 연구하면 당시에 일본 유학생들을 통해 수입되던 서양
문학과 조화시켜 조선문학에 공헌할 수 있을 것이라는 기대감을 보여
주고 있다. 이 글에서 특별히 주의를 끄는 것은 양건식이 "지나는 동양
문화의 원천"[20]이라는 점을 강조함으로써 동양주의적 사고의 일단을
보이고 있다는 점이다. 그가 주로 접촉한 근대의 담론이 일본에서 생
성된 것이 아니라 중국에서 생성된 것이라는 점은 그의 동양주의에 대
한 관심이 동아시아 연대보다는 민족 통합 쪽으로 경사되었을 가능성
을 시사한다. 당시 중국에도 양계초에 의해 사회진화론이 널리 소개되
어 있었고, 조선과 마찬가지로 중국인들도 그것을 자신들이 처한 정치
적 현실을 극복하는 방안으로 이해하고 있었다. 특히 양계초는 국제사
회에서의 생존경쟁에 승리하기 위하여 국가의 이익을 앞세우고 국민
을 통합시켜야 한다고 주장했다.[21] 1910년대 중반에 리 따자오(李大
釗) 등이 "서양의 문명은 약탈 문명이며 서양의 주의는 약탈주의이
다"[22]라는 점을 천명하며 일본이 제안한 아시아주의를 수용한 것은
아시아 각국의 동등권을 인정해야 한다는 점을 전제로 했다는 점에서
일본 중심의 동양주의와는 차이가 있었다.[23] 동아시아에 대한 관심이
증폭된 이 시기에, 한편 러시아에서는 사회주의 혁명이 일어나 새로운

---

20) 지나는 동양문화의 원천이라. 그 사상은 울연방박(鬱然磅礴)하고 그 사화(詞華)
는 찬연환발(燦然煥發)하니 그 북방의 침울박무(沈鬱樸茂)와 남방의 횡일유염(橫
逸幽艶)은 합하여는 웅혼장대한 일종의 지나문학을 이루고 산(散)하여는 조선
에 미치고 일본에 침점(浸漸)한지라. (「支那의 小說과 戲曲에 대하여」, 『문집3』,
159쪽)

21) 최기영, 앞의 책, 22쪽.

22) 리 따자오, 「신아시아주의」(1917), 최원식·백영서 편, 앞의 책, 160쪽.

23) 리 따자오는 1919년에 동아시아에 대한 인식의 틀을 수정하여 '신아시아주의'
를 제창하고 아시아의 피압박 민족의 해방이 무엇보다 우선되어야 함을 주장
한다.

사상사의 조류를 형성하게 되었고 이로 인해 한국의 지성인 사회에도 사회주의 사상이 침투했다. 윌슨의 민족자결주의와 함께 식민지 조선에 흘러들어온 사회주의 혁명의 기운이 곧바로 민족 독립의 열망으로 이어졌음은 물론이다. 중국문학 연구의 궁극적 목적이 '자국문학의 발달'에 있다고 했던 양건식은 그의 소설 「슬픈 모순」에 도스토예프스키, 고리끼 등의 소재를 등장시킴으로써 당대의 세계사적인 기운을 식민지 조선의 현실에 어떻게 접목시킬 것인지 고민하였던 흔적을 역력히 드러낸다.

> 이즘 애독하던 「학대받는 사람들」이라는 책도 그 앞에 놓여 있건마는 아주 볼 생각도 없이 돌연히 연속으로 오류 본이나 아사히(담배이름)을 피웠다. 하자 어느덧 그 푸른 연기가 용트림을 하며 몽몽하게 방안에 자욱하여 점점 더 머리를 누르는 것 같아서 견딜 수 없다. 잠시 일어나서 창틈으로 밖에를 내어다보니 창량한 하늘이 보인다. 다시 고개를 돌리는 바람에 서편 벽에 걸리어 있는 초상화 ― 노동복 입은 노국 문호 막심 고리끼의 반신상이 눈에 번듯 뜨인다. 나는 별안간 정신이 아뜩하여 주저앉았다.
>
> (「슬픈 모순」, 『반도시론』 10호, 1918. 2, 『문집1』, 40쪽)

도스토예프스키의 소설 「학대받는 사람들」 앞에 "이즘 애독하던" 이라는 수식어가 붙어있듯이 러시아 혁명에 대한 주인공의 관심은 각별하다. 그러나 현실은 이상과 너무나 동떨어져 있어 주인공은 고리끼의 초상화가 눈에 띄자 '별안간 정신이 아뜩하여' 주저앉는다. 주인공은 마침내 지향 없이 거리로 나서게 되고 거리에서 마주친 조선 민중의 모습 속에서 현실 변혁의 가능성을 탐지해보지만 결과는 절망적이다. 이상과 현실의 간극을 단적으로 보여주고 있는 '백화의 편지'에서

백화는 야학을 통해서라도 실력을 보충하여 사회에 나가고자 했다가 부모의 무지 때문에 꿈을 접고 자살을 기도하기도 한다. 아들의 향상심을 손상시키고 딸에게 순종을 강요하는 백화의 부모는 주인공이 '생활의 광야'인 거리에서 마주친 오십대의 비만한 여인이나 막벌이꾼, 순사보와 조금도 다를 바 없는, 즉 '향상심과 자각 없는' 인물들이며 그들은 모두 주어진 형편에 순응하거나 봉건 유습에 사로잡혀 개혁을 거부하는 조선 민중의 표본이다.

> 사람의 향상심과 자각 없는 것은 말할 필요도 없거니와 병문꾼 대순사보가 지각이 없고 향상심이 없어서 그 지위에 만족함은 다 일반이다. 그 사이에 별로히 큰 차등을 발견하기 어렵다. 다만 관복을 입고 칼을 찬 까닭에 순사보는 막벌이꾼을 징계하는 권리와 자격이 있다. 모순도 이쯤 되면 심하다. 참으로 기묘한 대조다. 그러나 나도 생활의 압박으로 나이 진실성과 모순이 많은 것은 사실이다. 스스로 생활의 광야에 서서 본즉 내가 지금까지 꾸던 꿈은 시시각각으로 깨어져 감을 볼 수 있다. 그저 다만 이상만 그리던 숫버이 마음은 냉랭한 현실이 장벽에 다닥쳐 부서져 비참한 잔해만 남았다. 지금 여기 가는 나이 모양을 보건대 무정하게 어느덧 허위의 옷을 두르고 방편의 낙인이 박혀있음을 모르겠다. 이러한 생활은 슬프고도 더러운 것이다. 나는 나의 유일무이한 진실성이 이와 같이 점점 꺾이어 가고 모순이 됨을 충심으로 슬퍼하는 터이다.
>
> (「슬픈 모순」, 위의 글, 『문집1』, 44쪽)

이상과 현실의 간극을 좁힐 길이 없어 고민하던 주인공은 결국 향상심을 갖고 있는 나와 향상심이 깨져버린 나, 이상적 자아와 현실적 자아로 분열되는 경험을 한다. 「슬픈 모순」의 주인공이 안고 있는 이 번민의 정체는 양건식의 산문 「打算한 생」(『청춘』 제14호, 1918. 6)에서 좀더 구체적으로 확인된다. 이 글에서 양건식은 '나'와 나의 '나'가 항상 맹렬히 충돌한다고 기록하며 "사상과 실생활의 모순은 물과 기름과 같아 늘 서로 이반하나니 사상은 실생활의 기본된 타산을 초월치 아니치 못하리로다. 그러나 타산이 없고는 생존의 방도가 없나니 어떻게 할까."라며 그 충돌의 이유를 고백한다. 위의 소설에서 주인공이 '민중들 사이에 별로히 큰 차등을 발견하기 어렵다'고 한 것은 현실 변혁의 가능성이 희박하다는 사실을 의미한다. 이처럼 주인공의 의식은 현실에 대한 비관으로 이어지고 소설 속의 '백화'는 끝내 현실과 타협할 수 없어 자살이라는 극단적인 선택을 하게 되지만, 작가 양건식은 끝까지 이상적 자아를 포기하지 않고 마지막 장면에서 주인공이 친구 영환이와 작반하여 백화의 집을 찾는 것으로 연대와 실천의 의지를 보여준다. 「슬픈 모순」이 발표된 이듬해에 3·1 독립 운동이 일어나고 이 거사의 산실이나 다름없었던 광문회(光文會)에 양건식이 1910년대 중반부터 관여해 왔다는 사실을 염두에 둔다면[24] 이 소설은 좀더 적극적인 의미로 해석될 수 있을 것이다. 즉 소설의 배경은 혁명의 기운과 현실적인 한계의식이 착종되어 있던 3·1 운동 직전의 사회 분위기를 반영한 것으로, 결말은 민중적 결속을 암시한 것으로 볼 수 있다. 이 소설에 불교적 색채가 소거되고 상징이 더욱 강화된 것은 발표 지면 『반도시론』이 친일 성향의 잡지였기 때문일 터인데, 이는 양건식

---

24) 「내가 본 최남선씨」(양건식, 『조선문단』, 제6호, 1925. 3, 『문집3』, 145쪽)에 의하면, 양건식과 최남선이 처음 광문회에서 만난 시기는 '십여년 전', 즉 양건식이 소설을 발표하기 시작한 1915년 경인 듯하다. 이들의 관계는 30년대 말까지 지속된다. 최남선이 경영하던 광문회는 당시 최고 지성인들이 모인 사랑방이자 문화운동의 중심체였고, 이곳을 출입하던 사람들 모두 기미독립운동을 획책하면서 은밀하게 뜻을 같이할 수가 있었다. 전영균, 「육당 최남선의 출판행위와 『소년』지 연구」, 『출판잡지연구』제12권 제1호, 통권 12호, 출판문화학회, 2004, 10쪽 참조.

에게 있어 불교가 의사표출 방식의 하나로 선택된 것이기도 하다는 사실을 반증한다.

4. 고전과 동양주의

중국문학가 양건식이 동아시아를 단위로 사고하기보다는 '자국 문학의 발전'을 도모하는 데 주력한 것은 1920년대 이후 그의 문단활동의 향로를 예고한 것이나 다름없다. 양건식의 국가 단위의 사고는 일본 주도의 동아시아주의를 간접적으로 거부한 것이었다. 동아시아 연대는 인종적 동질성과 더불어 유교를 동아시아 삼국의 공통 문화로 간주함으로써만 설득력을 지닐 수 있었다. 그러나 양건식은 이미 불교와의 인연을 통해 보여준 바 있듯이 유교에 대해 단호한 거부의 입장을 보였다. 「슬픈 모순」의 '백화의 편지'가, '효'를 비판하고 부모세대와 단절할 것을 주장한 이광수의 「자녀중심론」과 유사한 사유를 보인 것이나[25] 양건식이 1921년에 입센의 「인형의 家」를 번역하고 논평했던 것은 양건식의 반유교적이며 혁신적인 사고의 단면을 보여준다. 양건식은 「吳虞氏의 유교 파괴론」(『개벽』 제23호, 1922. 5)이라는 산문을 통해서도 '효경충순이라는 것은 모두 존귀장상에게 이익이 있을 뿐이요, 비천에게는 그리 이익을 주지 못하는 것'이라는 논지를 핵심으로 하는 오유의 평등사상 일부를 소개하고 그의 도덕사상의 혁명이 실로 통쾌하다는 감상을 덧붙이고 있다.

양건식이 보여준 이러한 반유교적 태도는 당시 일본 유학을 통해 서

---

[25] 이는 양문규(앞의 글, 432쪽)가 먼저 지적한 것인데, 「자녀중심론」과 「슬픈 모순」이 1918년에 동시에 나왔다는 점에서 양자의 영향관계를 짐작해볼 수 있다. 다만 「슬픈 모순」에서 주인공 '나'가 백화에 대해 직접적인 논평을 하지 않고 있어 양건식, 이광수의 생각이 완전히 일치했다고 단정하기는 어렵다.

구의 근대정신을 받아들인 청년 문사 최남선, 이광수, 현상윤 등과 일치하는 것이었으며,[26] 20년대 초 최남선이 주도한 조선학 연구와도 연결된다. 동경에서 인쇄기를 사가지고 돌아와 출판사 겸 인쇄소인 「신문관」을 개설하고 19세의 어린 나이에 한국 최초 종합지인 『소년』을 창간하였으며 과감하게 신문체를 실험하기도 하였던 최남선은 양건식의 우상이기도 했다. 최남선이 조선광문회를 조직하여 고적을 발간하고 사전을 편찬함으로써 조선의 역사와 전통을 알리고 "조선인의 손으로 '조선학'을 세울 것"[27]을 제창하였을 때 양건식은 그가 주도하는 활동에 동참하는 입장이었다. 양건식이 1927년부터 최남선, 정인보, 임규, 변영로 등과 함께 계명구락부에서 조선어 사전 편찬 발기인으로 참가하였다든가[28] 1934년경 최남선의 주선으로 『매일신보』입사한 듯하다는 기록도 있는 것으로 보아[29] 두 사람의 인연은 꽤 오래 지속된 듯하다. 그런데 흥미롭게도 양건식은 최남선의 주장을 무조건 추수하지 않았다. 특히 고전에 대해서는 최남선과 커다란 입장 차이를 보였다. 최남선이 시조부흥운동을 전개하고 있을 때 양건식은 "씨의

---

26) 한기형(「근대초기 한국인의 동아시아 인식 –『청춘』과 『개벽』의 자료를 중심으로」, 진재교 외, 『충돌과 착종의 동아시아를 넘어서』, 성균관대 출판부, 2007, 286쪽 참조)은 근대 초기 한국의 지식인들과 교분이 깊었던 오오가키 다케오가 「청년입지편」(1908)을 간행하고 동아시아 삼국의 연대를 주장했으나 최남선과 이광수의 경우 근대국가 이념 구축에 장애가 되는 중세적 동질성을 부정함으로써 그들에게 오오가키가 제안한 '동아시아'는 존립의 근거를 상실했다고 본다.

27) 최남선, 「조선역사통속강화」 4, 『동명』 6호, 1922. 10. 8, 11쪽 (류시현, 「일제하 최남선의 불교인식과 '조선불교'의 탐구」, 천정환 외, 『근대를 다시 읽는다 2』, 역사비평사, 2006, 377쪽에서 재인용)

28) 「조선어사전 編纂 시내 인사동 啓明俱樂部에서」, 『동아일보』, 1927. 6. 6, 배개화, 「백화 양건식과 근대적 문체의 실험」, 『한국현대문학연구』 제18집, 한국현대문학회, 2005. 12, 155~193, 156쪽에서 참조.

29) 김영복, 앞의 글, 358쪽.

문장은 원래 雅渾雄大하고도 장중치밀하나 이마적은 웬일인지 난해의 한자가 많고 아무 기백이 없어 전일의 기경한 맛은 볼 수가 없고 청탁이 혼동된 듯한 감이 없지 않다."30)라는 비판조의 논평을 내놓았을 뿐 아니라 미완에 그친 「시조론」이라는 글에서는 「처용가」를 예로 들면서 신라의 향가를 시조 개량의 자료로 삼을 것을 제안하고 있기도 하다. 이는 품위와 격조를 갖춘 조선 사대부 문화를 한국의 전통으로 복원시키려 한 최남선의 주장과는 전혀 다른 의견이었다.

> 이 시(처용가 : 인용자)나 또는 그 시대의 시가를 가지고 현금 시조와 비교 연구해보면 그 특색은 천진유로한 자연에 있고 시조라는 시형에 그다지 속박을 아니 당하니 만치 시사를 자유분방하게 구사하였다. 이 점에 있어서 혹은 제영(題詠)의 말(末)에 달아나고 혹은 여사(麗詞)를 농(弄)하는 폐에 빠져 한갓 습관적 어구를 되풀이한데 지나지 못한 시조보다 시미(詩味)가 훨씬 있다. 그리고 그 시체로 말하든지 종류로 말하든지 그 용어취재(用語取材)로 말하든지 협애한 모형에 빠지지 아니하고 아주 다취다양(多趣多樣)하였다. 그뿐 아니라 그 시대 사람들은 무의식으로 자기를 표현하였고 자기 생활을 영탄하여 다만 화조풍월만 노래하였을 뿐 아니라 그 신변에 놓여 있는 모든 사물 중에서 마음대로 시재(詩材)를 집어내어 꾀꼬리가 노래하듯이 그네들은 그 생각하고 느낀 바를 아주 자연적으로 영탄하였다. 우리는 이것을 가지고 지금 시조에 대하여 개량할 점을 많이 발견하였다. (未完)
>
> (「시조론」－부흥과 개량을 促함, 『時代日報』, 제430호, 1925. 7. 27 : 제444호, 125. 8. 10 : 제445호, 1925. 8. 31, 『문집3』, 133쪽)

양건식은 1917년에 발표한 「支那의 小說과 戱曲에 대하여」에서도 중국의 '평민문학'에 주목했거니와 「슬픈 모순」에서는 막벌이꾼이나

---

30) 양건식, 「내가 본 최남선씨」, 『조선문단』 제6호, 1925. 3, 『문집3』, 146쪽.

인력거꾼과 같은 하층민의 모습을 과감하게 묘사하기도 했다. 또한 『조선문단』 합평회를 통해서는 최서해와 같은 신진 작가의 재능을 알아보고 칭찬을 아끼지 않았다. 그는 혁신적이면서도 사상과 예술성이 잘 조화된 작품이라면 유파를 불문하고 그 가치를 크게 인정했고 과도한 목적성이나 과도한 통속성에 복종한 문학은 가차 없이 비판했다. 그가 귀족취향의 시조보다는 다양한 계층의 작가층과 향유층의 생활과 감정, 미감을 반영했던 향가에 눈을 돌린 것은 그러한 개방성과 엄격성에서 기인한 것이라 할 수 있다. 『조선문단』을 중심으로 전개된 민족주의 문학운동을 통해 최남선 이광수 등과 행보를 같이해온 양건식이 1920년대 이후 창작을 거의 포기하고 주로 중국문학을 소개하는 평론이나 번역 작업에만 몰두한 것은 민족주의문학 진영과의 입장 차이와 무관하지 않아 보인다. 조선의 고전 열풍이 대동아공영권을 앞세운 일본의 동양주의에 흡수되고 말았던 1935년에 양건식이 『매일신보』 지면에 문답 형식으로 남긴 아래의 글은 그의 전 생애를 건 문학적 열정과 자존심의 표현이자 그것을 좌절시킨 파행적 현실에 대한 통절한 비판이라 할 것이다.

문 : 현단계의 문학 현단계에 있어서 조선문학이 취할 방도는 무엇입니까?

답 : 순수문학의 一路 누가 무슨 말을 하든지 나는 순문학주의를 唱導한다. 참된 문학이 있고서야 무슨 문학이니 무슨 파니 할 것이다. 이 말이 극히 평범하고 유치한 것 같으나 조선이 신문단을 형성한 지 벌써 이십유여 년에 그동안 순문학적 작품이라고 할 것이 없는 것이 아니지마는 순문학의 완성에 채 못 이르러 가지고 갈라져 그만 기로를 나아가 버렸다. 이것은 참된 문학으로 보면 한 외도나 그러므로 오늘날 빈곤한 조선문학에 있어서는 무엇보다도 순문학이 필요한 줄로 안다. 이리하

여야만 조선문단의 전도에 광명이 비칠 것이다. 제 말도 아직 채 못하
는 주제에 남의 말은 배워 무엇할까. 우리는 먼저 조선문학을 건설하여
놓기로 하자.

(「조선의 문학을 위하여」,『매일신보』 1935. 1. 1~1. 8,『문집3』,
153~154쪽)

5. 마무리

애국계몽기에 역사, 전기 소설류와 신소설을 탐독하면서 유년기를
보낸 백화 양건식은 조국이 식민지로 전락하고 일제의 가혹한 무단통
치에 시달리던 1910년대 중반에 문학활동을 시작하였다가 해방되기
한 해 전에 무명의 작가로 세상을 떠났다. 질곡의 세월을 살아가는 동
안 그는 국내외 사상가들의 정치, 사회담론과 현실의 다양한 국면들을
살펴 약육강식, 우승열패를 절대의 진리로 가르쳐온 사회진화론의 허
구성을 문학적 형상으로 폭로했으며 일제가 침략의 근거로 이용했던
동아시아 연대론 및 대동아공영권 논리에 흔들리지 않고 문학의 진정
성과 순수성을 보존하려 했다.

양건식의 문학이 다양한 해석을 낳는 이유는 소설의 결말이 대부분
상징적으로 처리되었기 때문이다. 1915년의 작품「귀거래」에서 작가
는 권선징악이라는 주제를 표면에 내세우지 말아야 한다는 취지의 예
술관을 피력하는데, 사실상 양건식 소설의 상징성은 그러한 예술관뿐
아니라 시대의 제약과 발표지면의 특수성 때문에 더욱 강화된 듯하다.
과도한 함축이 초래한 난해성에도 불구하고「석사자상」은 진화론이
강자의 논리라는 점을 분명히 부각시키고 있으며「미의 몽」에서는 강
자의 위선과 악행을 동시에 문제 삼아 진화론이 도덕률과 상충한다는
사실을 밝히고 있다. 한편으로, 양건식은 중국 신문학운동의 기수인

호적을 비롯해 여러 문사와 사상가들의 논리를 민첩하고 정연하게 소개함으로써 그것이 조선문단의 성장을 촉진시키도록 했다. 「슬픈 모순」에서 보여준 바와 같이 그는 이상과 현실의 간극이 초래한 모순 때문에 현실을 비관했으나 현실 변혁에 대한 희망은 좀처럼 포기하지 않았다. 그가 추구한 개혁은 유교적 전통의 파괴에 집중되었는데 그것은 자연스럽게 동아시아 이데올로기에 대한 거부로 이어졌다.

그가 문우 염상섭에 대해 이야기 하는 자리에서 "원래 갇혀 들어앉아 창작에나 전심하여야 할 사람"(「염상섭론」, 『生長』 제2호, 1925. 2)이라며 염상섭이 정치적 갈등에 휘말리게 된 점을 안타까워했던 것은 자신의 피로와 소망을 간접적으로 토로한 것이나 다름없다. 양건식은 일본 유학생 출신인 청년 문사들과 함께 20년대의 조선학 운동, 조선어 사전 편찬 사업 등을 함께 했으나 민족주의문학이 신체제문학으로 변질되는 것은 용납하지 않았다. 그는 프로문학 진영뿐 아니라 민족주의문학 진영의 활동에 대해서도 거리를 두고 독자적인 이상을 추구했는데, 그러했기 때문에 그의 진정성은 보존되었으나, 그러했기 때문에 그의 이름은 세상에 잘 알려지지 않았다.

■ 참고문헌

남윤수 외 편,『양백화 문집 1, 2, 3』, 강원대학교출판부, 1995.
신채호,「이십세기신동국지영웅」,『대한매일신보』1909. 8. 20.
「조선민족관」(10),『매일신보』1914. 12. 6.
「조선어사전 編纂 시내 인사동 啓明俱樂部에서」,『동아일보』, 1927. 6. 6.

고재석,「백화 양건식 문학 연구―3・1운동 이전까지의 생애를 중심으로」,『문집3』.
류시현,「일제하 최남선의 불교인식과 '조선불교'의 탐구」, 천정환 외,『근대를
    다시 읽는다 2』, 역사비평사, 2006.
배개화,「백화 양건식과 근대적 문체의 실험」,『한국현대문학연구』제 18집, 한
    국현대문학회, 2005. 12.
성현자,「백화 양건식의 중국신문학운동 수용 연구」,『비교문학』24, 한국비교문
    학회, 1999.
송기섭,「감성적 자아와 관념적 타자―슬픈 모순론」,『한국언어문학』제50집, 한
    국언어문학회, 2003.
양문규,「슬픈모순과 1910년대 비판적 사실주의 문제」,『창작과 비평』1990 봄.
이석호,「중국문학 전신자로서의 양백화」,『연세논총』13집, 1976.
전영균,「육당 최남선의 출판행위와『소년』지 연구」,『출판잡지연구』제12권 제
    1호, 출판문화학회, 2004.
한기형,「1910년대 단편소설과 낭만성」,『민족문학사연구』제12호, 민족문학사
    연구소, 1998.
_____,「근대초기 한국인의 동아시아 인식―『청춘』과『개벽』의 자료를 중심으
    로」, 진재교 외,『충돌과 착종의 동아시아를 넘어서』, 성균관대 출판부, 2007.
한점돌,「양백화 소설과 모순의 미학」,『문집3』.

김복순,『1910년대 한국문학과 근대성』, 소명출판, 1999.
신채호・량건식・리상춘 외 10명, 현대조선문학선집7『슬픈모순』, 북한:문예출

판사, 1989.

정홍교·박종원,『조선문학사개관1』, 진달래, 1988.

진재교 외,『충돌과 착종의 동아시아를 넘어서』, 성균관대 출판부, 2007.

천정환 외,『근대를 다시 읽는다 2』, 역사비평사, 2006.

최기영,『한국 근대 계몽사상 연구』, 일조각, 2003.

최원식·백영서 편, 『동아시아인의 ‘동양’인식 : 19－20세기』, 문학과 사상, 2005.

한국역사연구회 편,『한국사강의』, 한울아카데미, 1989.

사카이 나오키, 이규수 역,『국민주의의 포이에시스』, 창작과 비평, 2003.

양건식의 현대적 문예

1. 머리말

백화 양건식[1] 문학의 문학사적 가치는 혁신성에 있다. 조용만이 그의 전성기를 『조선문단』 시대로 보고, "그때 그는 횡보 빙허와 함께 성(盛)히 작품합평을 試하여 문단을 리드하였고, 한편으로 중국문학을 소개하였다"[2]고 회고한 바와 같이 1920년대의 양건식은 소설가이기보다는 논평가이자 중국문학 번역가였다. 그러나 1910년대 중반의 그는 누구보다도 먼저 신소설의 상투성, 통속성을 탈피하고자 현대적 기법과 주제, 형식을 실험한 작가이며 그가 남긴 문제작 「슬픈 모순」은 이후에 전개될 여러 문학사적 조류의 징후를 내재하고 있어 오늘날까지도 다양한 해석을 낳고 있다.

지금까지 양건식 문학에 대한 연구는 대체로 「슬픈 모순」에 집중되

---

1) 양건식의 생애에 대해서는, 김영복, 「백화의 문학과 그의 일생」(남윤수 외 편, 『양백화 문집 1, 2, 3』, 강원대학교출판부, 1995, 이하 『문집3』), 고재석, 「백화 양건식 문학연구 — 3·1운동 이전까지의 생애를 중심으로」, 『문집3』 참조.

2) 조용만, 「백화의 음서벽」, 『민성』, 『문집3』, 352쪽.

어 왔으며, 이 작품의 해석과 평가에 있어서 관건이 되었던 것은 '모순'이었다. 문학사에서 잊혀져 있던 양건식이라는 이름을 먼저 기억해낸[3] 북한은 '모순'을 자본주의가 야기한 사회 구조적 모순으로 해석했다. 「슬픈 모순」을 표제작으로 내세우고 있는 『현대조선문학선집7』[4]에서 북한의 오승련은 신채호의 「꿈하늘」, 현상윤의 「핍박」 등과 함께 1910년대 소설들을 종합적으로 분석하면서 "개인적이며 가정적인 테두리를 벗어나 사회적인 문제에 눈길을 돌리는 인간상들을 많이 보여주고 있는 바 이것은 이 소설문학이 전시기 소설에 비한 사상적 진보에 대한 뚜렷한 징표"[5]라고 하여 그 문학사적 의의를 밝히고, 「슬픈 모순」에 대해서는, 자본주의적 현실의 모순을 직시한 점에 있어서는 리얼리즘의 선취로, 사회주의 이상을 구현하지 못했다는 점에 대해서는 사상적 미숙성으로 평가하였다. 남한의 양문규도 「슬픈 모순」의 주인공을 "자본주의적 모순의 심화로 야기되는 당대 민중들의 삶의 현실에 대해 사회적 존재가 취약하고 지위가 불안정한 소시민 인텔리"[6]로 보고 북한과 마찬가지로 「슬픈 모순」을 비판적 리얼리즘 작품으로 평가했다. 그런데 「슬픈 모순」에는 자본주의적 모순으로 간주할 만한 부르주아의 부조리와 횡포가 뚜렷하게 제시되어 있지 않아 오승련이나 양문규의 주장은 다소 객관성이 떨어진다. 당시 조선이 당면한 과제가 문명개화와 민족 독립이었다는 점을 상기해볼 때 주인공이 꿈꾸는 '이상'을 사회주의적 이상이라고 보기도 어렵다.

---

3) 북한은 『조선문학개관 1』(정홍교·박종원, 진달래, 1988, 351~352쪽)에서 「슬픈 모순」이 1910년대를 대표하는 비판적 사실주의 작품이라고 평가하고 있다.

4) 오승련, 「1910년대 소설문학의 일반적 특성과 문학사적 지위」, 신채호, 량건식, 리상춘 외 10명, 현대조선문학선집 7 『슬픈 모순』, 북한 : 문예출판사, 1989.

5) 오승련, 위의 글, 7쪽.

6) 양문규, 「슬픈 모순과 1910년대 비판적 사실주의 문제」, 『문집3』, 431쪽.

한점돌, 송기섭은 북한의 입장과 양문규의 주장이 파편적 사실을 일반화하고 있다고 지적하고 다른 차원의 접근법을 제안한다. 한점돌은 양건식의 산문 「타산한 생」과 「지이록」에 나타나고 있는 '모순'의 용법에 주목하여, 경쟁논리를 핵심으로 하는 진화 사상과 자비심을 핵심으로 하는 불교 교리 사이의 불일치를 통해 '모순'의 정체를 해명하고자 하였다.[7] 이는 「석사자상」을 비롯한 초기 소설의 해석에는 유용하나 불교와 관련이 없는 「슬픈 모순」에는 적용하기 어렵다. 또한 초기소설의 경우 불교 잡지에 게재하는 과정에서 불교 교리가 장식적으로 삽입되었으리라는 점도 간과할 수 없다.[8] 송기섭은 "「슬픈 모순」의 소설사적 의의는 객관적 현실 반영이란 사실주의적 기법에 있는 것이 아니라 현실을 개체적 존재의 인식소로 받아들이는 작중 인물의 세계인식 방법과 그렇게 구성되는 작중인물의 내면의식에 있다"[9]고 보았는데, 현실 반영과 인물의 내면묘사는 신소설과 구별되는 「슬픈 모순」의 두 가지 핵심적인 특징이므로 어느 한 면에 대해서만 선택적으로 소설사적 의의를 부여하기는 어렵다.

그 밖에 염상섭의 『만세전』(1923)에 나타나는 비판적 지식인의 의식세계가 이미 「슬픈 모순」에서 확인되고 있다는[10] 점이나, 「슬픈 모순」의 주인공의 정처 없는 발걸음이 박태원의 『소설가 구보씨의 일일』(1934)에서 1930년대의 중반 종로와 청계천 주변을 목적 없이 산책하

---

7) 한점돌, 「양백화 소설의 모순의 미학」, 『문집3』, 441쪽.

8) 학문적 성과물이나 종교 관련 서적은 일제의 검열을 피할 수 있었으므로 양건식이 작품의 발표지면으로 불교잡지를 선택한 것은 종교적 신념에 따른 것이기 전에 예술의 자율성 확보를 위한 전략이었다고 볼 수 있다.

9) 송기섭 「감성적 자아와 관념적 타자 ─ 슬픈 모순론」, 『한국언어문학』 제50집, 한국언어문학회, 2003, 242쪽.

10) 양문규, 앞의 글, 435쪽.

는 구보의 모습과 유사하다는[11] 점은 송기섭의 표현대로 근대소설의 계보에 관한 연결 고리를 찾는[12] 작업으로서의 의미를 지닌다고 볼 수 있다. 1910년대 문학을 문학사에서 도외시하지 않으려는 노력은 바람직하지만 문학의 개념조차 정립되어 있지 않았던 1910년대의 작품을 이후에 형성된 사조에 사후적으로 적용하는 과정에서 선택과 배제, 왜곡이 초래될 우려가 있어 이 글에서는 양건식 문학을 특정 사조에 편입시키기보다는 혁신성 자체에 주목하면서 양건식의 1910년대 소설 작품들과 1920, 30년대까지 이어지는 비평과 산문들을 바탕으로 독자, 비평가, 작가로서의 혁신적 면모와 현대적 문예관을 살펴보고자 한다.

2. 독서취미와 정통한 독자

양건식은 소설가, 중국문학의 전신자이기 이전에 언어에 대한 지식과 감각, 비평적 안목과 문학적 능력을 고루 갖춘 정통한 독자(the informed reader)[13]였다. 양건식 스스로 "나는 어려서부터 소설을 偏嗜하는 특성이 있어 다소 劣作, 걸작, 신구 소설을 읽었으며 이로 인하여 지우의 조소와 부형의 질책도 많이 들었다"[14]고 회고한 바와 같이 그는 축적된 독서 경험으로 문학적 관습을 이해하고 있었으며, 편집중에 가까운 도서 수집벽[15]으로 출판계의 동향도 세심하게 파악하고 있

11) 최원식, 「한국계몽주의문학사론」 소명출판, 2002, 276쪽.
12) 송기섭, 앞의 글, 243쪽.
13) 레이먼 셀든, 「독자중심비평 서설」, 이선영 편, 『문학비평의 방법과 실제』, 삼지원, 2003, 386쪽 참조.
14) 菊如, 「춘원의 소설을 환영하노라」, 『매일신보』, 1916. 2. 28, 『문집3』, 115쪽.
15) 양건식의 도서수집벽에 대해서는 조용만의 「백화의 음서벽」, 『문집3』, 354쪽 참조.

었다. 그에게 독서와 도서 수집은 '취미'였다. 취미는 생업을 위한 노동의 대립물이자 아비투스로서의 개인적 기호의 표현물이며[16], 근대의 변화를 특징짓는 중요한 생활양식의 하나였다. 독서가 근대적 대중의 취미가 될 수 있었던 것은 활판 인쇄가 가능한 근대적 출판사가 등장하여 상업적 이윤을 보장해주는 번안소설과 국문소설을 대량으로 생산해냈기 때문이었다. 양건식의 유년기에도 『황성신문』『제국신문』『대한매일신보』『경향신문』『만세보』 등이 소설연재를 시작했고 반응이 좋은 작품들은 단행본으로도 출판되었다. 양건식의 소설 「슬픈 모순」은 이러한 근대 문화의 변이 양상을 유연하게 포착하고 있다. 이 소설의 주인공은 목적 없이 집을 나가 '생활의 광야'인 거리를 배회하는데, 집을 나가게 된 이유 중의 하나가 가족들과 취미가 다르다는 점이고 집을 나가기 전에 하고 있던 일이 독서라는 점으로 미루어 그의 취미는 독서임을 알 수 있다. 신소설이 기차, 학교, 시계와 같은 환유로 문명사회를 표현했다면, 「슬픈 모순」은 이제 독서와 같이 개별적으로 수행되는 취미 활동으로 문명인의 구체적인 존재방식을 표현하기 시작한 것이다.

이즘 애독하던 「학대받는 사람들」이라는 책도 그 앞에 놓여 있건마는 아주 볼 생각도 없이 돌연히 연속으로 오류 본이나 아사히(담배이름)을 피웠다. 하자 어느덧 그 푸른 연기가 용트림을 하며 몽몽하게 방 안에 자욱하여 점점 더 머리를 누르는 것 같아서 견딜 수 없다. 잠시 일어나서 창 틈으로 밖에를 내어다보니 창량한 하늘이 보인다. 다시 고개를 돌리는 바람에 서편 벽에 걸리어 있는 초상화―노동복 입은 노국 문호 막심 고리끼의 반신상이 눈에 번듯 뜨인다. 나는 별안간 정신이

---

16) 천정환, 「1920-30년대의 책 읽기와 문화의 변화」, 『근대를 다시 읽는다2』, 역사비평사, 2006, 35쪽 참조.

아뜩하여 주저앉았다.

(「슬픈 모순」, 『반도시론』 10호, 1918. 2, 『문집1』, 40쪽)

또 책상을 의지하고 앉아서 이번에는 아무 까닭도 없이 공연히 생각해 본다. 한즉 제일 먼저로 생각이 일어나는 것은 집안 식구와 나와 취미가 아주 다른 것이다. 이는 참 재미 없는 일이다. 그 다음에 일어나는 것은 사회에 대한 약한 나의 불평의 소리, 그리고 현재의 생활의 무의미한 것, 이러한 것이 실마리를 잃은 실과 같이 서로 엉클어져서 가슴을 치받치고 뭉게뭉게 일어난다.

(「슬픈 모순」, 위의 책, 41쪽)

독서 취미는 가족이나 집단을 단위로 수행되는 것이 아니라 개인의 기호에 따라 선택되고 개인의 시간과 노력이 투자되는 것이다. 그러므로 소설 속에서 그것은 인물의 개성을 드러내는 신상정보가 된다. 특히 「슬픈 모순」에는 주인공이 읽고 있던 책 제목이 구체적으로 명시되어 있는데, 80년대의 황지우가 만화 「두꺼비」와 같은 대중문화의 기호를 시에 활용하여 시어의 혁명을 불러온 것처럼 양건식은 인물의 지적 수준과 사회적 관심사를 「학대받는 사람들」과 같은 구체적이고도 경제적인 '고급문화' 기호로 대체함으로써 소설문법의 획기적인 변화를 시도했다.

책 제목 「학대받는 사람들」이 내포하고 있는 중요한 의미의 하나는 그것이 당시 유행하던 통속화된 신소설과는 질적으로 다른 부류의 책이라는 점이다. 1910년대 초중반의 신소설이 자본의 논리에 종속됨으로써 사회적 소명의식을 상실하고 흥미본위의 통속적 이야기를 그리는 데 주력하게 되었음은 주지의 사실이다. 양건식은 「춘원의 소설을 환영하노라」(『매일신보』 제 3384, 3385호, 1916. 12. 28~29)에서 타

락한 조선 출판계의 현황에 대해 "단지 '이야기책'이라는 견해하에 일
견에 구토케 하는 신소설 즉 무정견 무식견으로 결찬(結撰)한 천편일
률적인 열작소설뿐"이라고 비판하고, 작가와 출판업자를 향해서는
"소설 한권에 많으면 십여 원, 적으면 오륙 원에 팔기 위하여 감연히
이를 짓는 소위 소설가의 낯가죽도 두껍다 하려니와 소위 출판업을 한
다는 자가 이를 사들여 부정하게 인쇄하여 무지한 세인으로 하여금 독
서안을 더욱 O케 하는 무치(無恥)가 더욱 심하다"17)고 쓴소리를 한
바 있다. 반면에 그는 중국의 희곡과 소설을 소개하는 글 「支那의 小
說과 戲曲에 대하여」(『매일신보』, 1917. 11. 6~9)에서는 중국문학의
번역물들이 고상한 문예적 취미를 보급시켰다며 그 효용적 가치를 높
이 샀다. 그가 국문소설 창작과 중국문학 번역에 힘쓰게 된 데에는 이
와 같은 상황 판단이 동기가 되었던 것으로 보인다.

> 구일(舊日) 각 궁가(宮家)와 소위 세책가에 있던 지나 소설(희곡은 難
解의 작으로 <서상> 이외에는 譯出이 姑無하니라)이 언역본(彦譯本)
은 누구의 손에 역출되었는지 알지 못하겠으나 능히 복잡한 문장과 난
삽한 속어를 원활명쾌하게 번역적 취미(臭味)가 없이 선역(善譯)하여
일종의 독특한 조선을 O케한 감이 있게 하고 이로써 일반 저급독자에
게 고상한 문예적 취미를 보급케 한 것은 그 공이 크다 이를 수 있겠도
다.
> (「支那의 小說과 戲曲에 대하여」, 『매일신보』, 1917. 11. 6~9,
> 『문집3』, 165쪽)

양건식은 독서가 근대적 대중을 교양하고 새로운 문화와 담론을 생
성시키는 힘을 지니고 있음을 체험적으로 간파하고 있었다. 그런데 그

---

17) 양건식, 「춘원의 소설을 환영한다」, 앞의 글, 118쪽.

는 대중의 독서 수준을 향상시키겠다는 사명감으로 창작과 번역에 임하면서도 최남선이나 이광수처럼 자신의 위치를 지도자의 자리에 놓지 않았다. 그는 단지 취미를 공유하거나 함께 어울려 문학에 대해 토론할 동지로서의 수평적 지위에 자신을 위치시켰다. 최남선과 이광수가 문학과 언론을 계몽의 수단으로 이용한 반면에 양건식은 문화 향수자의 입장에서 자각과 소통을 통해 대중의 체질 개선을 꾀한 것이다. 이와 같은 맥락에서 볼 때 「슬픈 모순」의 주인공이 '취미가 다르다'는 것을 문제 삼은 것은 소통의 장애를 호소한 것이라 할 수 있으며 '사회에 대한 약한 나의 불평의 소리' 역시 자신의 자각이 소통을 통해 가족과 사회로 확장되지 못하고 개인적인 차원에 머물러 있음을 안타까워한 것이라 할 수 있다.[18]

'사회에 대한 나의 불평의 소리'는 이 소설의 주제에 가장 근접해 있는 말일 것이나 문맥상으로는 그것이 구체적으로 무엇을 말하는지 알수 없다. 「학대받는 사람들」과 노동복 입은 고리끼의 반신상이 모종의암시를 주는 듯하나, 그것을 매개로 식민지 조선의 현실에 곧바로 자본주의적 세계의 모순과 사회주의적 이상을 대입시키기에는 근거가너무 박약하다. 「학대받는 사람들」을 주변적 정황과 연계시켜 보면'불평'의 내막이 조금은 분명해진다. 당시 신소설의 타락, 저급한 독자의 양산은 표면적으로는 앞서 말한 바와 같이 상업적인 출판 메커니즘의 결과였지만, 근본적으로는 일제의 언론 및 출판에 대한 통제의 결

---

18) 양건식 자신은 1910년대 중반부터 광문회(光文會)에 출입하면서 최남선을 비롯한 지성인들과의 교류를 통해 소통의 갈증을 해소한 것으로 보인다.(양건식, 「내가 본 최남선씨」, 『조선문단』 제6호, 1925. 3, 『문집3』, 145쪽 참조). 「육당 최남선의 출판행위와 『소년』지 연구」(전영균, 『출판잡지연구』 제12권 제1호, 통권 12호, 2004, 10쪽)에 의하면, 조선광문회는 오늘날의 북클럽이나 독서클럽과 같은 역할을 하려 한 곳으로, 최남선은 이 광문회를 당시 최고 지성인들의 사랑방으로 삼으려 했다.

과였다. 한일합방 이후 일제는 일본의 식민지 지배에 대해 비판적 이념을 담았거나 조선의 민족의식을 자극할 수 있는 서적은 모두 압수했고, 잡지와 여러 사회단체의 기관지는 모두 폐간시켰다.[19] 안국선의 『금수회의록』이나 신채호의 『을지문덕』과 같이 정치성향이 짙은 소설들은 출판법에 의해 금서로 분류되었기 때문에 조선의 출판 시장은 통속 소설 일색이었다. 그러므로 「학대받는 사람들」은 작가가 문학 소재의 선택항에서 통속소설과 민족주의 성향의 정치소설을 제외한 가운데 선택하게 된 것이라 할 수 있으며, '사회에 대한 약한 나의 불평의 소리'는 근본적으로 일체의 정치적 발언을 허용치 않았던 일제의 식민정책을 겨냥한 것이라 할 수 있다. 소설에서 주인공은 일차적으로 '향상심과 자각 없는' 거리의 군중을 향해 절망감을 표시하고 있으나 그들 속에는 '나'와 취미가 다른 어머니와, '백화'의 이상을 꺾는 그의 무식한 부모가 포함되어 있고, 더욱이 소설 「학대받는 사람들」을 읽는 '자각 있는' 지식인이면서도 일제의 억압이 만든 현실의 장벽을 깨지 못하는 '나'의 또 다른 자아가 포함되어 있다. 현실의 장벽을 더욱 견고하게 하는 것은 사실상 차등이 없으면서도 서로 소통하지 못하는 이 모든 식민지 조선 민중들이라 할 수 있다. 「슬픈 모순」은 비록 주인공의 고민을 사회적 실천으로까지 발전시키지는 못했을지라도 작가가 열린 결말을 통해서 독자와의 소통을 유도하고 있다는 점에서 실천적 의미를 지닌다.

---

19) 일제는 신문지법(1907), 출판법(1909)을 시행해왔고, 민간지였던 『대한매일신보』를 총독부 기관지 『매일신보』로 제호를 바꿔 발간하여 일제의 정책을 선전하는 도구로 사용했다.

3. 소통 지향의 전문 비평

양건식이 1916년에『매일신보』에 발표한「춘원의 소설을 환영하노라」는 그의 독자로서의 기대지평[20]을 반영한 평론적 성격의 글이다. 이 글이 중요한 의미를 지니는 것은 제목으로도 알 수 있는 바와 같이 춘원 이광수의『무정』이 출간되기 전에 그것을 진지한 비평적 태도로 소개하고 있기 때문이다. 1910년대 중후반에 비평가는 문사와 엄격하게 구분되어 있지 않았고, 작가가 창작을 통해 현대소설 기법을 실험하는 한편 평론을 통해 문학 이론의 정립을 위해 힘쓰고 있었다. 이광수, 김동인, 염상섭 등이 본격적으로 비평 활동에 참여한 것은 일본 유학을 마치고 돌아온 1920년대 초부터이다. 그런데 양건식은「귀거래」(1915)에서 이미 작가와 비평가의 역할을 분명히 구분한 바 있다.「귀거래」는 작가의 상상력이 판매 가능한 출판물로 생산되기까지의 과정을 네 개의 장면으로 분절시켜 각 장면에 등장하는 인물의 속성을 뚜렷하게 부각시킴으로써 출판의 메커니즘을 사실적으로 보여주고 있는 작품이다. 각 장면의 등장인물이란, 진정성을 잃지 않은 소수의 독자를 위해 소신 있는 작품을 쓰는 작가, 그리고 작가의 상상력을 제한하는 편집자, 무식한 독자를 상징하는 활판직공, 전문성이 없고 무책임한 비평가 들을 말한다. 문학작품의 생산을 보여준 점에 있어서나「귀거래」라는 작품의 구성에 있어서나 네 부류의 등장인물은 모두 중요한 의미를 지니지만, 특별히 작품과 독자 사이에서 중개자 역할을 하는 비평가의 역할에 주목해볼 필요가 있다.

---

20) 기대지평은 본래 독일의 '수용'이론가 한스 로베르트 야우스의 용어로, 독자가 지닌 경험과 상식, 교육, 가치관, 기대의 범주, 작품에 대한 이해 등을 가리킨다. 차봉희 편,『수용미학』, 문학과 지성사, 1985, 31~38쪽 참조.

　　월보를 발행하는 날 비평겸 신간 소개하여 달라고 한권씩을 먼저 각
신문사로 보내었다. 각 신문사 편집국에서는 월보는 등한히 보는지 비
평겸 소개는 문학의 소양이 있는 비평가(혹 비평가라 가정하고)의 손으
로 넘기지 아니하고 거의 다 삼면 기자가 주마간산 격으로 한번 보고
생각나는 대로 아무렇게나 당좌(當座)에 판단하여 써놓는 고로 흔히 소
개편으로 쏠리고 비평은 없어 그중에 절도(絕倒)할 것도 많거니와 모두
천편일률이라 가관의 일도 많은 것이라.
　　　　(「귀거래」, 『불교진흥회월보』 6호, 1915. 8, 『문집1』, 32쪽)

　　위에서 볼 수 있는 바와 같이 양건식은 작가와 비평가를 구분하면서
도 '혹 비평가라 가정하고'라고 부연함으로써 비평가 역할의 미분화
및 비전문화 상태를 의식적으로 부각시키고 있다. 특히 '월보는 등한
히 보는지'라는 말이 시사하는 바와 같이 신간소개나 광고가 판매고에
직결되는 현실 속에서 양건식은 '흔히 소개편으로 쏠리고 비평은 없'
는 천박한 출판관행을 분명히 문제 삼고 작품과 독자를 중개하는 비평
의 본령을 환기시키며 문학을 상업적 유통 메커니즘으로부터 구출하
고자 한다. 이와 같이 비평의 전문화를 추구한 양건식은 시범적으로
「춘원의 소설을 환영하노라」에서 이광수의 작품을 유학생 잡지에서
일독한 일이 있다고 밝히고 그것에 대해 '현란한 채필(彩筆)로 인생의
반면을 정취있고 심각하게 묘사'했다고 강평한 뒤에 "『무정』이라는
소설 내용이 어떠한지를 알지 못하거니와 군의 작이면 필연코 금일 소
설계의 일두지(一頭地)를 초출(超出)할 소설일지니 어찌 문단에 기쁜
일 아니냐"[21]며 곧 출간될 『무정』에 대해 독자적 관심을 환기시켰다.
영향력 있는 일간지에 공개된 이 글은 이광수뿐 아니라 불특정 대다수
의 잠재 독자를 염두에 둔 것으로 광고효과의 측면에서나 비평적 측면

---

21) 菊如, 『매일신보』 제 3384, 3385호, 1916. 12. 28~29, 『문집3』, 119쪽.

에서나 매우 의미 있는 중개 역할을 수행한 셈이다.

한편, 「춘원의 소설을 환영하노라」는 당시 계몽담론에 치우쳐 있던 문화계의 논평들과는 달리 문학담론을 특화시켰다는 의의를 지니는 동시에 비평적 소통[22]의 초보적인 단계를 보여준 평문으로서의 가치를 지니고 있기도 하다. 「춘원의 소설을 환영하노라」는 그보다 한 달여 전에 같은 지면에 발표되었던 이광수의 「문학이란 하오」(『매일신보』1916. 11. 10 − 23)에 대한 응수로 볼 수 있는데, 「문학이란 하오」에서 이광수가 감정을 통해 독자를 감화시킨다는 효용론적 문학관을 피력했다면 양건식은 문학의 속성상 미적 표현을 통해 '계몽 개발'이나 '교화 실용'의 효과에 이르는 것은 자연스러운 현상이므로 굳이 문학의 목적을 교화에 둘 필요는 없다고 주장한다.

> 소설은 이와 같이 미적 심식에 호소하는 것으로 인생의 미를 끊임없이 추구하는 최고 현상에 응하는 것이며 또는 그 본령을 삼는 고로 교화 유도를 주로 하는 실제적 심식에 호소하는 의(意)의 문과 또는 추론 변석을 주로하는 이론적 심식에 호소하는 지(智)의 문과 다르지 않음을 부득하는 것이요 미적 심식의 결과로 계몽 개발을 구하며 혹 교화 실효를 구함과 같은 미적 심식이 하자(何者)됨을 알지 못하는 우론(愚論)으로 연목구어(緣木求魚)와 다름이 없는 것이다. 그러나 진선미는 그 근본으로는 상호 계합(契合)하여 유일로 논하는 것이므로 그 관계가 자못 치밀한 까닭에 진정한 미감은 인심을 순결케 하여 확대 고취의 힘이 있는 것이다. 그러므로 미감이 지의에 미치는 바 영향은 자못 크니 그 결과로부터 보면 계몽 개발에 효(効)로 주하며 교화 실용에 사용되는 일이 있음은 물론 당연하니 다만 목적하는 바가 이에 있지 않고 그에 있

---

22) 지금까지 알려진 최초의 비평논쟁은 황석우 대 현철 논쟁(현철, 「비평을 알고 비평을 써라」, 『개벽』1920. 12, 황석우, 「주문치 아니한 시 정의를 알려주겠다는 현철군에게」, 『개벽』1921. 1.)으로, 1920년대 초의 것이다. 김우종 「20년대의 비평문학」, 김윤식 외, 『한국현대문학사』, 현대문학, 181~182쪽 참조.

다 할 뿐이다. 소설의 본래가 이와 같으므로 그 상승(上乘)인 작품에 이
르러는 그 인생에 주는 이익이 혹은 성서보다 나은 것이 없지 아니하
다.

(「춘원의 소설을 환영하노라」, 『매일신보』 제 3384, 3385호, 1916.
12. 28~29, 『문집3』, 117쪽)

특기할 점은 양건식이 문학의 교술적 측면과 유희적 측면, 즉 계몽
성과 대중성 간의 선택을 놓고 고민하기보다는 '미감'을 강조하고 있
다는 점이다. 이는 그대로 창작으로 이어져 이광수가 「무정」에서 유학
과 교육을 통한 문명개화를 주장하는 동시에 자유연애를 추구함으로
써 계몽성과 대중성의 절충을 모색한 반면에, 양건식은 「슬픈 모순」에
서 사회의 문제로 관심을 돌리고 현실과 자아의 문제를 탐구하면서도
가치중립적인 태도로 일관함으로써 계몽성과 대중성을 유보하는 대
신 예술성을 우선적으로 확보하고자 한다.

「춘원의 소설을 환영한다」는 양건식 스스로 자세를 낮추어 '단지
독자된 입장'에서 소견을 밝히고 있어 그저 신간 소개의 차원에 그치
고 말았으나 그의 논쟁 지향적 성격은 뚜렷하게 보여주었다. 그러니
그가 1920년대 중반에 염상섭, 현진건과 더불어 『조선문단』 합평회에
열성적으로 참여하게 되는 것도 우연이 아니다. 1920년대에 양건식은
'민족지도자' 역할을 자처한 이광수, 최남선 등의 구세대 문인들뿐 아
니라 예술지상주의를 표방한 김동인 등의 신세대 문인들과도 폭넓게
교류하게 되는데, 그 사교성의 원천은 문학 토론을 핵심으로 한 수평
적 대인관계에 있었다고 하겠다.[23] 양건식은 산문 「지이록(支頤錄)」

---

23) 참고로, 양건식은 이광수보다는 세 살, 최남선보다는 한 살 연상이며 신세대 문
　인들과는 열 살 이상 나이 차이가 났다. 조용만의 회고에 의하면 양건식은 신
　세대 문인들과도 친구처럼 허물없이 지냈다고 한다.

^{1부}**식민지 현실과 문학적 대응** 51

에서 "모순이라고 논하는 자로 하여금 논케 하라. 산만이라고 평하는 자로 하여금 평케 하라. 의욕이 발하는 곳과 신념이 동하는 곳에 진이 불식하고 궁이우통하는 것이 이 인생이오 세간이니라."[24]라고 말함으로써 논쟁의 건강성을 강조하고 그 결과를 낙관했으며, 1920년 11월부터 4개월에 걸쳐 중국의 문학혁명 과정을 소개한 「호적을 중심으로 한 중국의 문학혁명 – 최근 발행된 『지나학』잡지에서」라는 글에서는 문체혁명을 주도한 호적의 혁신성을 집중 조명하는 동시에 호적의 글 「문학개량추의(文學改良芻議)」가 처음 게재되었던 『신청년』지를 중심으로 진독수, 전현동, 유반농이 논전에 가세하게 된 경위와 경과를 상세히 해설함으로써 『개벽』을 중심으로 모여든 문인들에게 소통의 중요성을 시사한 바 있다. 요컨대 양건식 비평의 목표는 계도나 선도에만 있었던 것이 아니라 더 중요하게는 혁신과 소통의 추구에 있었던 것이다.

4. 교묘한 결구, 예술성의 추구

양건식의 소설 창작은 1910년대에 집중적으로 이루어졌다. 1920년대에도 그의 창작활동은 간간이 이어지나 뚜렷한 성과를 보이지는 못했으므로 그의 작가로서의 성장은 1910년대에 멈추었다고 볼 수 있다. 양건식이 작품을 처음 발표한 『불교진흥회월보』는 1915년 1월 1일에 창립된 불교진흥회의 기관지였으며 양건식은 불교진흥회의 서기 겸 잡지의 편집을 맡고 있었다.[25] 불교진흥회월보에 글을 게재하는 것은 자본 시장의 눈치를 보지 않아도 된다는 장점이 있는 반면에, 불

---

24) 양건식, 「지이록(支頤錄)」, 『개벽』 제4호, 1920. 9, 『문집3』, 14쪽.
25) 김영복, 앞의 글, 356쪽 참조.

교 교리에 부합되는 주제를 다뤄야 한다는 제약이 따랐다. 그러나 불교 철학에 깊이 공명하고 있었던 양건식은 불교 잡지에 글을 싣는 일에 대해서는 그리 심각한 갈등을 겪지 않은 듯하다. 오히려 그는 1915년 3월부터 발행하게 된 『불교진흥회월보』 1호에 「석사자상」(1915. 3), 2, 3호에 「미의 몽」(1915. 4－5), 6호에 「귀거래」(1915. 8) 7호에 「파경탄」(1915. 9)을 연달아 발표하는 등 실로 의욕적인 창작열을 보였다. 정작 그의 창작을 위축시킨 것은 불교 잡지가 아니라 불교단체의 친일화였다. 그는 조선총독부가 1915년 9월부터 10월 중순까지 시정 5주년 기념으로 조선물산공진회를 개최하고 불교진흥회를 비롯한 종교단체에 대한 일제의 친일의 강요가 노골화되기 시작한 시기[26]부터 1918년에 「슬픈 모순」을 발표하기 전까지 창작을 거의 중단하다시피 한다.

「춘원의 소설을 환영하노라」에서 문학의 효용성과 예술성을 모두 강조했던 양건식은 현실에 대한 비판의식은 분명히 지니고 있었으되 그것을 문학에 생경하게 노출시키는 데에는 거부감을 보였다. 독자와의 교감에 희망을 걸었던 그는 작가가 말하지 않은 진실을 독자가 발견해주기를 바랐다. 그래서 그는 일반 대중 독자를 대상으로 한 효용적 가치를 포기하지 않으면서, 동시에 지적 수준과 심미안을 갖춘 고급 독자를 겨냥하여 문학의 예술적 가치를 추구했다. 이러한 양건식의 예술관이 잘 나타나 있는 작품이 「귀거래」(1915)이다. 본래 이 작품은

---

26) 『매일신보』도 "共進會로써 物質의 文明을 誘導하고 宗教로써 精神文明을 誘導하되 共進會 중에 종교가 有하고 宗教之中에 공진회가 有하여 精神與物質이 合爲一體" 라 하여 공진회 현장에서 종교의 포교활동을 적극 권유하였다. 『매일신보』 1915. 11. 15 (성주현, 「1910년대 조선에서의 일본 불교 포교활동과 성격」, 수요 역사연구회 편, 『일제의 식민지 지배정책과 매일신보 1910년대』, 두리미디어, 2005, 177쪽에서 재인용)

1) 작자, 2) 편집장, 3) 활판직공, 4) 비평가라는 표제 아래 장면이 분할되어 있으나 이를 무시하고 시간의 경과에 따라 1) 창작 2) 논평 3) 독자의 반응으로 나누어보면 다음과 같다.

1) 창작

"그래 그러면 이삼십 줄만 더 쓰면 그만 되겠소. 끝은 극히 짧게 뚝 끊어 아물리어 독자를 한번 놀라게 하지."

(「귀거래」, 『문집1』, 29쪽)

2) 논평

"응 그래도 무엇 그리 잘 될 것은 없지."

"아지요. 사실은 항다만(恒茶飯)의 이야기지마는 그래도 결구가 교묘하고 문사가 청신하고 또한 진실한 이야기라 세상에 유지(有志)하고 정직한 독자 있을 동안에는 이러한 소설이 유익하지요."

작자는 그 소리에 조금 힘을 얻었든지,

"글세 나도 조금 그런 줄은 알지마는 내일이 되면 또 잘못되었다고 할는지도 몰라. 아무렇든지 편집장에게 한번 뵈인 연후에야 알지."

"그러면 편집장에게 뵈이지 아니하면 판단치 못하신단 말씀이오?"

"아니 그런 것은 아니지마는 모두 보는 사람마다 내가 지은 소설은 무슨 의미인지 알 수가 없다 하니까 그래 편집장이 나보고 잘 되었다 하면 잘된 줄 안다하는 말이오."

작가의 안해는 남편을 위하야 분연히 말을 한다.

"조선 사람 정도에 무슨 문학을 알겠소. 그저 쓸데없는 이야기나 늘어놓으면 소설로 알지."

"그러기에 나도 이 다음부터는 부득이한 경우 외에는 짓지 아니할 작정이오. 그러나 이번 것은 괜찮게 되었지?"

"네 잘 되었어오. 재미 있어요."

"그것은 그렇거니와 이 소설은 교리에 당(當)한 선과 악을 말하였거
니와 구태여 독자에게 그 우의(寓意)를 알리게 할 것은 없지."
"그렇지요 소설이라 하는 것은 권선징악을 뛰어나게 하여야 하는
것인즉 이를 폭로하기까지 하는 것은 아주 재미없지요. 그러나 이번 소
설에 주인공은 묘사가 다 잘 되었어요. 남자는 당당한 신사로 대장부답
고 여주인공은 일층 더 유순하고 안정하야 참 부인이라 이르겠던 걸
요."

(「귀거래」, 『문집1』, 30쪽)

3) 독자의 반응

"다른 사람들은 이 월보가 조선에는 제일이라 하더라만은 어려운
글자 많기로는 제일 되겠지. 그중에다 소설도 이렇게 어렵더라. 에라
천천히 어서 식자나 하자 최촉(催促)은 쓸쓸히 하는데."

(「귀거래」, 『문집1』, 31쪽)

위의 인용을 역순으로 거슬러 올라가면서 그 의미를 요약해보면 다
음과 같이 작가의 창작태도가 분명히 드러난다. 일반 독자들은 대체로
소설의 의미를 이해하지 못하지만(3), 그럼에도 불구하고 작가는 세상
어딘가에 존재할 '유지하고 정직한 독자'를 선택하여(2), '교묘한 결
구'로 창작을 마무리한다(1). 소설에서 말하고 있는 바와 같이 작가 양
건식은 결말의 처리방식을 매우 중요시 했다. 그는 「춘원의 소설을 환
영하노라」에서도 자신이 존경해 마지않는 신소설의 개척자 이인직을
언급하며 "그 해박한 학식과 경묘한 문장으로 정취가 횡일하게 결구
가 교묘하게 전에 없던 신문체로 창작한 소설 4, 5종을 내니 그 강호상
의 환영이 다대하였었다"[27]고 예찬하는 가운데 '결구'의 특장을 거론

---

27) 양건식, 「춘원의 소설을 환영하노라」, 앞의 글, 118쪽. 이인직의 『혈의 누』는

하는 것을 빼놓지 않는다. 그 교묘한 결구는 양건식의 소설「석사자상」
과「미의 몽」에서 우선 실험적으로 구사된다.「석사자상」은 진화론적
적자생존의 논리를 내면화 한 주인공 김재창이 생산능력이 없는 걸인
을 보자 무의식적으로 자선의 행위를 하게 되는 이야기이다. 이 소설
의 결구는 걸인 앞을 지나온 주인공이 다시 돌아보니 높은 석사자상만
보이더라는 것이다. 석사자상은 주인공의 왜곡된 가치관에 대한 깨달
음을 막연히 암시할 뿐 그 깨달음이 주인공의 심경 변화나 행동 변화
에 어떤 식으로 이어질지는 예고하지 못한다.「미의 몽」의 결구도 마
찬가지이다. 이 소설의 주인공 김일오는 낮에는 자선가, 밤에는 도적
으로 이중생활을 하는 인물인데 딸의 애인 태정의 집에 들어가 물건을
훔치다 발각되어 ‘세상이라는 것은 마침내 선으로만도 가지 못하는 것
이요 또 악으로만도 서지 못하는 것이라’는 깨달음을 얻고 자결한다.
김일오가 자결하기 전에 펼쳐보인 변론에는 선과 악, 또는 선과 위선
에 대한 혼란을 핵심적인 내용으로 하는 세태 비판이 강하게 들어 있
으나 그의 돌연한 자결의 의미를 이해시킬 만한 설명은 역시 부족하
다.28) 그러므로 ‘무슨 의미인지 알 수가 없다’거나 ‘어렵더라’라는 독
자의 반응은 독자의 수준만의 문제는 아닌 듯하다. 그러나 모든 최초
의 시도는 미숙하게 마련이라는 점을 감안하여 효과보다는 의도에 주
목해 볼 필요가 있다. 비록 기교의 측면에서는 미숙한 바가 있었으나

  ‘ㅡㄴ다’라는 현재 종결형 어미를 새롭게 등장시켜 작가 개입을 절제하고 객관
적 서술을 지향했는데 양건식은 이를 계승하되 여러 작품에서 다양한 방식으
로 언문일치를 실험한다.

28) 고재석(앞의 글, 395쪽)은 김일오의 자결을 ‘사회의 횡포에 의한 희생’의 의미를
지니나 관념적 해결방식이라 평가하고, 한점돌(「양백화 소설과 모순의 미학」,
445쪽)은 김일오가 ‘선악의 공존이 세상의 실상임을 주장’하고 있으나 ‘선악을
뛰어 넘은 한걸음 높은 사람’에 도달하는 주인공을 보여주지는 못함으로써 그
것은 불교적 진리로서의 모순의식의 초월과는 거리가 있다고 설명한다.

작가는 '교묘한 결구'를 이용한 열린 결말로 독자를 진리의 모색에 참여시키고 있는 것이다.

「슬픈 모순」(『반도시론』 10호, 1918. 2)에서도 "끝은 극히 짧게 뚝 끊어 아물리어" 마무리하는 방식은 그대로 유지된다. 이 작품이 발표되기 직전에 이광수의 『무정』(1917)이 발표되었고, 앞서 살펴본 바와 같이 양건식은 「춘원의 소설을 환영하노라」(1916)에 이광수를 염두에 두고 자신의 문학관을 피력한 바 있어 「슬픈 모순」은 『무정』을 의식하고 씌어졌을 가능성이 농후하다. 두 작품의 차이도 뚜렷하다. 『무정』이 신소설의 통속화를 계몽적 담론으로 대체하기 위해 형식, 선형, 영채 사이에 형성되었던 갈등을 계몽적 이상으로 해소한 반면에, 「슬픈 모순」은 통속성뿐 아니라 계몽성도 경계하며 예의 '교묘한 결구'로써 문제 해결을 유보한다. 즉 「슬픈 모순」에서 작가는 짙은 화장에 색주단 옷을 입은 비만한 부인, 칼 찬 순사, 막벌이꾼의 형상을 사실적으로 나열하여 주인공으로 하여금 이상과 현실의 불일치를 냉정하게 목도하도록 한 뒤, '결구'는 인습의 속박에서 벗어나지 못하는 인물 '동순'을 구하기 위해 주인공이 모종의 노력을 하기로 하는 것으로 마무리하고 있다. 물론 작가는 그 노력의 구체적인 방법이나 결과는 제시하지 않고 독자의 상상력을 유도할 뿐이다. 이 경우에도 이광수가 독자와의 수직적 관계 위에서 일방적으로 이야기를 구성하고 있다면 양건식은 열린 결말이 상징하는 바와 같이 수평적 관계 위에서 쌍방향적 소통을 지향한다.

5. 마무리

지금까지 양건식의 소설과 산문, 평문을 바탕으로 그의 독자, 비평가, 작가로서의 혁신적 면모와 현대적 문예관을 살펴보았다. 양건식은 오랜 독서 경험으로 문학적 관습을 이해하고 출판의 동향도 세심하게 파악하고 있었던 정통한 독자였다. 그는 자신의 독서 체험을 통해서 독서가 근대적 대중을 교양하고 새로운 문화와 담론을 생성시키는 힘을 지니고 있음을 감지하고 있었으며, 스스로 현대적 미감과 주제를 반영한 국문소설을 창작하고 수준 높은 중국문학을 번역함으로써 독서대중의 미적, 의식적 수준을 향상시키고자 힘썼다.

양건식은 독자로서의 기대지평을 반영한 평론적 성격의 글「춘원의 소설을 환영하노라」에서 미적 쾌감을 통한 교화를 강조했는데, 미적 쾌감은 특히 '교묘한 결구'로 충족되는 것으로 인식하였다. 그래서 그는 인물을 통해 진리를 전달하기보다는「석사자상」,「미의 몽」, 그리고「슬픈 모순」에서 볼 수 있는 바와 같이, 열린 결말을 전제로 하는 '교묘한 결구'를 통해서 독자로 하여금 진리의 모색에 참여하도록 유도하였다. 이는 작가가 독자에 대해 지도자적 자세가 아니라 수평적이고 소통적인 관계를 지향했음을 의미하는 것이라 할 수 있다.

1919년 8월에 식민지 조선에 부임한 사이토(齋藤實) 총독이 민의 창달이라는 명목 하에 민간 신문과 잡지의 간행을 허가하면서『개벽』(1920),『조선문단』(1924)과 같은 대중 종합지와 각종 순수문예 동인지가 출간될 즈음, 양건식은『조선문단』합평회에 참여하는 한편 중국의 소설과 희곡을 번역하였다. 1920년대 초부터 산문 등을 통해서도 논쟁의 건강성을 강조한 바 있는 그가 정작 문학 논쟁이 어느 때보다 치열했던 1920년대 중반 이후에는 문학 논쟁에 가담하지 않고 중국문학 번역에 집중했던 이유는 조선의 문단이 프로문학 진영과 민족주의 문학 진영으로 이원화되어버린 사정과 무관하지 않을 듯하다. 1920년대 중반 이후의 문학논쟁은 사실상 정치적 논전의 양상을 띠지 않을 수 없었기 때문에 혁신도 순수한 소통도 기대하기 어려웠다. 최남선, 이광수, 염상섭, 현진건 등과의 친교관계로 미루어 보아 이 시기의 양건식은 민족주의문학 진영에 가까웠던 것으로 보이나 그가 정치적 활동에 가담한 흔적은 보이지 않는다. 일제의 억압과 이데올로기의 대립 속에서 문학의 진정성을 결코 손상시키고 싶지 않았던 그였기에, 그는 "문예의 최고 목적은 인생의 관조"(「문예만담」『매일신보』1932. 11. 20~12. 6,『문집3』, 56쪽)라고 말할 수밖에 없었을 것이다.

■ 참고문헌

남윤수 외 편,『양백화 문집, 1, 2, 3』, 강원대학교출판부, 1995.

고재석,「백화 양건식 문학 연구 - 3・1운동 이전까지의 생애를 중심으로」,『문
　　집3』.
류시현,「일제하 최남선의 불교인식과 '조선불교'의 탐구」, 천정환 외,『근대를
　　다시 읽는다 2』, 역사비평사, 2006.
배개화,「백화 양건식과 근대적 문체의 실험」, 한국현대문학회,『한국현대문학연
　　구』제 18집, 2005. 12.
성현자,「백화 양건식의 중국신문학운동 수용 연구」,『비교문학』24, 한국비교문
　　학회, 1999.
송기섭,「감성적 자아와 관념적 타자 - 슬픈 모순론」,『한국언어문학』제50집, 한
　　국언어문학회, 2003.
양문규,「슬픈모순과 1910년대 비판적 사실주의 문제」, 창작과 비평, 1990 봄.
이재봉,「근대적 '시간'관념과 문학의 존재방식 - 양건식의「귀거래」를 중심으로」,
　　한국문학회,『한국문학논총』제37집, 2004. 8.
전영균,「육당 최남선의 출판행위와『소년』지 연구」, 출판잡지연구 제12권 제1
　　호, 통권 12호, 2004.
한기형,「1910년대 단편소설과 낭만성」,『민족문학사연구』제12호, 민족문학사
　　연구소, 1998.
한점돌,「양백화 소설과 모순의 미학」,『문집3』.

수요역사연구회 편,『일제의 식민지 지배정책과 매일신보 - 1910년대』, 두리미
　　디어, 2005.
신채호・량건식・리상춘 외 10명, 현대조선문학선집7『슬픈 모순』, 북한:문예출
　　판사, 1989.
이선영 편,『문학비평의 방법과 실제』, 삼지원, 2003.

정연희,『근대 서술의 형성』, 월인, 2005.
정홍교·박종원,『조선문학사개관1』, 진달래, 1988.
천정환 외,『근대를 다시 읽는다 2』, 역사비평사, 2006.
최원식,『한국계몽주의 문학사론』, 소명출판, 2002.

『인형의 가』 소개의 맥락과 양건식의 여성관

1. 머리말

근대 여성해방운동의 도화선이 된 헨릭 입센의 『인형의 가』가 국내에 최초로 소개된 것은 1921년 양건식에 의해서이다. 양건식은 이미 1917년에 5월에 『조선불교총보』에 「소설 서유기에 취하야」를 발표하면서 중국문학자이자 번역가로 알려져 있었다. 『인형의 가』는 박계강과의 공동번역으로 1921년 1월 25일부터 4월 3일까지 『매일신보』에 연재되었는데, 원본이 시마무라 호게츠(島村抱月)의 『人形の家』(早稻田대한출판부간, 1913)인지 『신청년』 4권 6호에(1918)에 실린 나가륜과 호적 공역의 『娜拉』인지 명확히 밝혀져 있지 않다.[1] 양건식

---

[1] 김병철(「한국근대번역문학사연구」, 을유문화사, 1975, 569쪽)은 일본의 시마무라 호게츠(島村抱月)의 「人形の家」의 일역본이라고 주장한 반면에, 최용철(「양건식의『홍루몽』평론과 번역문 분석」, 남윤수 외 편, 『양백화 문집3』, 강원대학교출판부, 1995, 이하『문집3』, 461쪽)은 『신청년』 4권 6호(1918. 6)에서 '입센특집호'를 내어 호적과 「입센주의」 등의 문장이 발표된 바 있고, 『인형의 집』 중국 번역명은 '娜拉'이었는데 양건식이 번역한 『인형의 집』이 1922년 영창서관에서 단행본으로 간행될 때는 '노라'라는 제목을 붙였다는 점을 근거로 중국어 번역으로 주장한 바 있다.

이 중국의 신문학운동을 주목해온 중국문학 번역가라는 점에서 『娜
拉』을 번역했을 가능성이 크지만 동경유학생 출신 나혜석이 개입했다
면 『人形の家』를 번역했거나 두 개의 문헌을 모두 참조했을 가능성
도 배제할 수 없다. 어차피 헨릭 입센의 원본은 따로 있기 때문에 번역
본의 원본을 확정하는 문제는 그리 중요한 문제는 아니다. 문제의 본
질은 원본 확정에 있는 것이 아니라 번역의 동기에 있다.

　『인형의 가』가 『매일신보』에 게재되었다는 점에 주목하여 『매일신
보』에 연재된 문학이 대체로 독자의 통속적 취미에 부합한다고 전제
하고 '노라의 출현'이 1920년대 일제의 문화정치에서 '문화'를 정치의
영역이 아닌 '여성'의 영역으로 그 방향을 바꾸어 놓았다고 보는 견해
도 있으나[2] 단순한 선후관계를 인과관계로 비약해서는 안 될 것이다.
우선 『인형의 가』의 역자 양건식은 문예를 통속취미에 종속시키는 것
을 누구보다 혐오한 문사였음을 참고할 필요가 있다. 일찍이 「춘원의
소설을 환영하노라」에서 "소설 한권에 많으면 십여 원, 적으면 오륙
원에 팔기 위하여 감연히 이를 짓는 소위 소설가의 낯가죽도 두껍다
하려니와 소위 출판업을 한다는 자가 이를 사들여 부정하게 인쇄하여
무지한 세인으로 하여금 독서안을 더욱 O케 하는 무치(無恥)가 더욱
심하다"[3]라 비판한 그가 '노라'를 통속취미에 영합한 소재로 생각했
을 리는 없다. 또한 『매일신보』가 총독부의 의사를 전적으로 대변하는
언론매체이기는 하나 『인형의 가』의 내용은 일본의 여자교육 방침에
부합되지 않는다. 일제는 조선인을 동화시키기 위해 일어교육과 여자
교육에 힘썼으나 여자교육의 핵심은 모성이 강조된 현모양처의 양성

---

2) 안미영, 「한국 근대소설에서 헨릭 입센의 『인형의 집』 수용」, 『비교문학』 30집, 한
　국비교문학회, 2003, 115쪽.

3) 菊如, 『매일신보』 제 3384, 3385호, 1916. 12. 28～29, 『문집3』, 118쪽.

에 있었다. 일제는 조선의 가족주의 풍토에서 형성된 효가 국가의 충
보다 앞서는 것을 비판하였고, 여성의 역할 또한 시부모에게 효도하는
일보다 자녀를 황국신민으로 키우는 일에 두었다.[4] 그러므로 여성이
독립적인 인격으로 대우받기를 요구하고 여성의 해방을 강력하게 촉
구한 『인형의 가』를 『매일신보』측이 정치적 전략으로 이용했을 가능
성은 매우 적다. 일본에서 먼저 '노라'를 소개하고 국가가 주도하는 양
처현모교육을 반대하던 『세이토(靑鞜)』가 일본 내무성으로부터 위험
사상을 유포한다는 이유로 발매금지 처분을 당하기도 했던 사실로 미
루어[5] 노라이즘은 황국신민화 정책에 저촉되는 반사회적 사상으로 간
주되고 있었을 것으로 보인다.

　그럼에도 불구하고 『인형의 가』가 『매일신보』 1면에 장기간 연재
될 수 있었던 맥락에 대해 궁금증을 갖지 않을 수 없다. 이 글에서 양건
식이 『인형의 가』를 소개하게 된 진의와 배경, 양건식의 여성관을 밝
히고자 하는 것도 그러한 궁금증을 해소하기 위한 것이다. 양건식은
연재를 마친 이듬해에 『인형의 가』를 영창서관에서 『노라』(1922. 6.
25)라는 제목의 단행본으로 출간하고 같은 해 9월부터 최남선이 주간
지로 발행하던 『동명』에 서시(西施)를 모델로 한 중편소설 『빨래하는
처녀』(1922. 9~1923. 3)[6]를 연재하여 인기를 모았다. 그러나 『빨래하
는 처녀』는 원저자와 번역 연대가 알려져 있지 않은 장편소설 『서태후』[7]

---

4) 정혜경, 「일제 강점기 보통학교 교육정책 연구」, 『수요역사연구회 편, 일제의 식민
　　지 지배정책과 매일신보 1910년대』, 두리미디어, 2005, 133쪽.

5) 일본 여성해방운동의 개척자 라이초는 1913년 『세이토』 4월호에 「세상의 부인들
　　에게」라는 글을 발표하여 양처현모주의를 비난했는데, 이 글이 실린 잡지가 발매
　　금지 처분을 당했다(이상경, 『인간으로 살고 싶다』, 한길사, 2000, 82쪽 참조).

6) 김영금(『백화 양건식 문학 연구』, 한국학술정보, 2005)에 의하면 『빨래하는 처녀』
　　는 양건식의 창작으로 알려지고 있으나 중국 명나라 梁辰魚(1519-1591)의 전기극
　　본 『浣紗記』를 소설형식으로 번안한 것이라고 한다.

와 더불어 『인형의 가』가 추구한 여성상과는 전혀 다른 의미의 영웅적 여성상을 제시하고 있어 역자 양건식의 여성관을 검토해볼 필요성을 환기시키고 있다.

2. '개조' 열풍과 '혁명' 열풍

『인형의 가』가 『매일신보』에 소개된 1921년에 식민지 조선에는 '개조' 열풍이 불고 있었다. 제1차 세계대전 종전과 3.1운동의 여파로 정의, 자유, 평등이 국내외적인 화두가 되어 있을 때였다. 조선보다 앞서 '개조'라는 말이 크게 유행하였던 다이쇼 시기 일본의 영향도 빼놓을 수 없는데, 일본에서는 19세기 독일의 '문화(Kultur)'라는 개념을 '개인의 내적 개조'를 의미하는 말로 수용하고 있었지만[8] 우리나라는 고루한 사고방식과 생활 전반의 폐풍을 개선하는 일을 포괄하는 광의의 개념으로 그것을 받아들였다.

일본에서 '개조' 열풍을 여성해방, 남녀평등 문제로 구체화시킨 것은 일본여자대학 출신 여성해방운동가 5인의 모임 청탑회였다. 청탑회는 1911년에 『세이토(靑鞜)』이라는 잡지를 발간하였으며 다이쇼 데모크라시의 자유주의적 분위기를 타고 잡지를 통해 여성의 목소리를 사회에 적극적으로 알렸다. 창간사를 썼던 히라츠카 라이초(平塚雷鳥)가 이듬해에 발표한 글이 「노라 씨에게」와 「막다를 읽다」 등이었다는 점으로 미루어 입센주의와 '노라'는 세이토 운동의 이념적, 실천적 모델이 되어 있었음을 알 수 있다. 일본에서의 입센주의 열풍은

---

7) 이 작품은 양건식의 이름으로 번역, 소개된 바 있으나 원저자, 번역연대 미상이다. 김영금(위의 책, 175쪽)은 '蔡東藩의 『서태후연의 서언』(상해회문당서점, 1916)에서 민국초기 항간에 『서태후』라는 책이 있었다'는 기록이 있음을 밝히고 있다.
8) 박찬승, 『한국근대정치상사연구』, 역사비평사, 1992, 180~183쪽 참조.

입센이 사망한 시기인 1900년대 중반에 나타나기 시작하여 연극 상연이 시작된 1911년경부터[9] 더욱 드세어졌다. 일본 열도의 '개조' 열풍, 그 가운데에서도 가정의 개조와 여성의 해방이라는 화두를 식민지 조선 사회에까지 확산시킨 장본인은 1910년대 초중반에 동경으로 건너갔다가 1910년대 말과 1920년대 초에 대거 귀국한 조선 유학생들이었다. 유학생 출신 신지식인 가운데 남성들은 성차별분 아니라 봉건유습, 민족차별의 문제까지 '개조'의 대상으로 확대했는데, 나혜석, 김명순, 김일엽 등의 신여성들은 세이토 운동의 취지에서 크게 벗어나지 않았다. 이들은 유학생활을 하면서 당시 성황리에 상연되었던 연극 『인형의 가』를 직접 감상할 수 있었기 때문에 『세이토(青鞜)』를 매개로 하지 않았다 하더라도 입센주의의 영향을 받지 않을 수 없었다. 이광수, 현상윤 등 재동경조선유학생동우회가 만든 기관지 『학지광』 3호(1914. 12)에 나혜석이 발표한 글 「이상적 부인」[10]에 여성운동가 라이초와 『인형의 가』의 주인공 노라가 나란히 이상적 부인으로 꼽혀 있는 것은 실천적 이상과 이념적 이상이 심리적으로 구분되어 있었음을 시사한다. 나혜석의 「이상적 부인」은 제한적인 지면에 간접적인 방식을 통한 것이긴 하나 양건식보다 먼저 '노라'라는 존재를 조선인에게 알린 글이었다.

---

9) 스가이 유키오, 서연호·박영산 역, 『근대일본역극논쟁사』, 연극과 인간, 2003, 110쪽.

10) "革新으로 理想을 삼은 카츄사, 利己로 理想을 삼은 막다, 眞의 戀愛로 理想을 삼은 노라夫人, 宗敎的 平等主義로 理想을 삼은 스토우 夫人, 天才的으로 理想을 삼은 라이죠女史, 圓滿헌 家庭의 理想을 가진 요사노 女史 諸氏와 如 히, 多方面의 理想으로 活動허는 夫人이 現在에도 不少허도다. 나는 決코 此諸氏의 凡事에 對하야 崇拜헐 수는 읍수나, 다만 現在 나의 境遇로는 最히 理想에 近허다. 하야, 部分的으로 崇拜허는 바라"(각주 : 「理想的 夫人」 (서정자 편, 『정월 라혜석 전집』, 국학자료원, 2000, 313쪽)

　　나혜석을 비롯한 여성 운동가들은 '노라'라는 해방적 이상을 구현하기 위해 라이초와 유사한 방식으로 여성운동을 전개했다. 1920년에 김일엽, 나혜석, 김활란, 박인덕, 신줄리아 이 다섯 명의 이화학당 출신 여성들이 청탑(靑塔)회를 조직한 것은 라이초 중심의 청탑(靑鞜)회를 모방한 것으로 보인다.[11] 청탑회의 준비모임을 거처 김일엽이 주도하여 발간한 순 여성 잡지 『신여자』의 창간사에서 김일엽은 '개조'라는 말을 핵심어로 쓰고 있다.

> 改造! 改造! 이 부르지즘은 全世界의 긋으로붓터 긋가지 놉흐게 크게 외처남니다. 참으로 改造홀 씨가 온 것입니다.
>
> 아-새로운시대는 왓슴니다. 모-든헌것을 걱구러치고 온-갓새것을 세울 씨가 왓슴니다. 모든 罪 모든 惡의 사라질 씨가 왓슴니다. 가진것을 모다 改造ㅎ여야될 씨가 왓슴니다. 그러면 무엇부터 改造ㅎ여야겟슴닛가.
>
> 무엇무엇홀 것업시 통트러 사회를 改造ㅎ여야겟슴니다. 社會를 改造ㅎ랴면 먼져 社會의 原素인 家庭을 改造ㅎ여야하고 家庭을 改造ㅎ랴면 家庭의 主人될 女子를 解放ㅎ여야 홀 것은 物論입니다.
>
> (창간사, 『신여자』 창간호, 3쪽)

　　1920의 조선은 3.1운동의 여파로 일본의 다이쇼 데모크라시 못지않게 자유주의의 기운이 팽배해 있었으며, 새로운 학문을 접한 신지식인들은 '개조'를 앞세워 제국주의 열강에 대한 비판과 아울러 봉건사상에 대한 비판을 구체화했다. 그 가운데 『신여자』는 『청탑』과 마찬가지로 현모양처 교육이념에 반기를 들고 반봉건 운동의 연장선상에서

---

11) 윤범모, 『화가 나혜석』, 현암사, 2005, 80쪽, 박죽심, 「근대 여성 작가의 자기 표현 방식 : 김일엽, 김명순, 김일엽을 중심으로」, 『어문론집』 제32집, 중앙어문학회, 2004. 12, 343쪽 참조.

여성들에게 개인성을 자각하고 주체적이며 독립적인 삶을 살도록 선동하는 데 집중했다.

한편『인형의 가』를 번역 소개하여 본격적으로 입센주의 열풍을 일으킨 장본인 양건식은 일본에서 불어온 '개조' 열풍과는 다소 거리를 두고 있었다. 여성들만의 힘으로 발행하는 잡지『신여자』의 편집을 도와 준 유일한 남성이기도 했던[12] 그는 당시 보기 드문 중국문학자였으며『신여자』의 편집에 참여하고『인형의 가』를 연재할 때는 중국의 '혁명' 열풍에 깊이 매료되어 있는 상태였다. 이 시기에 양건식이 발표한 「호적을 중심으로 한 중국의 문학혁명」(『개벽』 5호-8호, 1920. 11~1921. 2)이나 「중국의 사상혁명과 문학혁명」(『동아일보』, 1922. 8. 22~9. 4)이 그의 심리적 정황을 뒷받침한다. 일본에서 '신여성'이라는 신조어가 유행하던 시기에 중국에서 신문화운동의 주역을 '신청년'이라 불렀다는 사실이 단적으로 증명하듯이 일본의 '개조' 열풍이 여성 해방에 집중한 것이었다면 중국의 '혁명' 열풍은 중성적인, 또는 탈성화된 인간 해방에 집중했다. 중국에서 '노라'의 해방 서사가 반전통주의를 기치로 내건 새로운 민족주체인 '신청년'의 해방서사로 전이되면서 '무성화' 또는 '남성화' 되었다는 사실,[13] 그리고 양건식이 그러한 중국의 신문화운동에 감화와 자극을 받았다는 사실에서 양건식이『인형의 가』의 소개를 통해 전개하고자 했던 문화운동의 성격을 어느 정도 짐작할 수 있다.

『인형의 가』의 국내 소개는 양건식과 나혜석으로 대표되는 신지식인들이 의기투합하여 이루어낸 문화운동의 한 결실이었다. 양건식과

---

12) 이상경,『한국근대여성문학사론』, 소명, 2002, 71쪽 참조.

13) 임우경,「중국의 반전통주의의 민족서사와 젠더」, 연세대 박사논문, 2003. 12. 115쪽.

나혜석이 함께 활동한 것은 1920년『신여자』가 발간될 때이며 양건식은『신여자』창간호에「현대의 남자는 엇더흔 여자를 요구흐는가?」라는 글을 게재하기도 하였다. 뒤에서 자세히 검토하겠지만 양건식의 작품과 평론, 잡문에 나타난 그의 여성관은 급진적 여성운동가들이 요구하는 여성상과는 다소 차이가 있었다. 양건식과『신여자』의 관계는 그야말로 잡지편집이라는 기술적 측면의 지원을 위해 형성된 듯하다. 동경에 있을 때 나혜석은『학지광』의 자매지로 불린『여자계』를 발간하는 데 참여한 바 있어, 잡지를 만들어본 경험은 나혜석에게도 있었지만 출판의 메커니즘과 잡지의 힘을 누구보다 잘 알고 있는 사람은 양건식이었다. 그는 불교진흥회가 창립되어 서울 각황사에 그 본부를 두게 된 1915년 1월부터 이 회의 서기 겸 기관지『불교진흥회월보』의 편집을 맡아 활약한 바 있다. 일찍이 최남선의 활동을 통해 출판 사업이 근대적 주체 형성에 기여한다는[14] 사실을 관찰해 온 그는 최남선, 이능화[15] 등과 가까이 지내면서 잡지를 통한 문화혁명에 주력해왔다. 그는 1924년에 창간된『조선문단』합평회 멤버로도 활동했는데, 합평회에서 최서해를 '신흥문단의 제일자'로 꼽으며 "이에서 나는 잡지『조선문단』이 우리 문단에 기여한 공이 적지 않다고 단언함을 주저치 아니하나니 고 서해와 금일의 중견작가 이기영 군은 다 이『조선문단』을 거쳐 비로소 우리 문단에 나타난 사람이다."[16]라고 평한 것을 보면, 문인의 역량을 개인적 재능으로만 보지 않고 잡지라는 문인 배출 시스템의 성과로 보고 있다는 점에서 인상적이다.

---

14) 류시현,「일제하 최남선의 불교인식과 '조선불교'의 탐구」, 천정환 외,『근대를 다시 읽는다 2』, 역사비평사, 2006, 381쪽.

15) 양건식이 불교진흥회 기관지『불교진흥회월보』의 편집을 맡았을 때 사장은 이능화였다. 이능화는 이후『개벽』의 사장이 되기도 한다.

16) 양건식,「인간 서해」,『매일신보』제9270, 9271호, 1925. 7. 11-12,『문집3』, 149쪽.

양건식은 1910년대 중반부터 일본과 중국의 잡지를 두루 섭렵하고 있었던 것으로 보인다. 1916년 12월에『매일신보』에 게재한 평론적 성격의 글「춘원의 소설을 환영하노라」에서 "춘원씨와 나는 비록 일면의 식은 없으나 일찍 군의 작품은 유학생 잡지에서 일독한 일이 있다"[17]고 한 것으로 미루어 그는 일본에서 발행되는 잡지를 구해 읽고 있었음을 알 수 있다. 또한 중국에서 1915년에 창간된 잡지『신청년』을 꾸준히 구독하면서 이 잡지가 중국의 문화혁명을 주도해가는 과정도 치밀하게 분석하고 있었다. 양건식은 1917년 11월 6일에서 9일까지『매일신보』에 연재한「支那의 小說及 戱曲에 대하여」에서, "대저 외국문학을 연구하는 목적은 자국문학의 발달에 資코저 함이니"라 하여 번역문학의 의의를 밝히고 "조선과 비교적 습속이 근사한 저 지나의 그 사상 감정과 상상의 반영인 소설과 희곡의 평민문학을 연구하여 금일 일부 청년문사에 의하여 수입되는 서양문학과 잘 융합 조화하여 조선문학에 공헌하는 인사가 있으면 이 幸甚이로다."[18]라 하여 자신은 번역문학 중에서도 중국문학을 하겠다는 포부를 간접적으로 밝혔다. 당시 청년문사가 일본 유학생 출신 일색이고 일본 문학이 서구화되어가고 있는 경향을 목도하며, 자신은 서양문학과의 조화를 위해 중국문학을 연구하겠다는 것이었다. 양건식이 특별히 '노라'에 관심을 갖게 된 것은 1918년 6월에 발간된『신청년』(4권 6호)의 입센 특집호

---

17) 국여,『매일신보』제3385호, 1916. 12. 29,『문집3』, 119쪽. 고재석(「백화 양건식 문학 연구 - 3.1운동 이전까지의 생애를 중심으로」,『문집3』, 413쪽)의 견해와 같이 양건식이 유학생 잡지에서 보았다는 이광수의 소설은『무정』일 것이다. 이광수가 1917년 이전에 발표한 소설은「어린 희생」(『소년』14-17, 1910. 2-5)과 『무정』(『대한흥학보』11-12, 1910. 3. 4),「헌신자」(『소년』20, 1910. 8),「金鏡」 (『청춘』6, 1915. 3)뿐인데, 이 중에서 재일본 대한흥학회의 기관지『대한흥학보』 만 '유학생의 잡지'라는 정보에 근접해 있기 때문이다.

18) 양건식,『매일신보』, 1917. 11. 6~9,『문집3』, 166쪽.

에 입센 작품의 특징과 사상을 소개한 호적의 「입센주의」와 나가룬과 호적 공역의 『娜拉』이 실린 뒤부터였다.

이상의 사실로 미루어 보아 양건식의 『인형의 가』 번역 소개는 사실상 일본유학생 출신 나혜석과 중국문학자 양건식의 합작으로 볼 수 있으며, 그것은 일본 『청탑』을 중심으로 확산된 '개조' 열풍과 중국 『신청년』이 주도한 '혁명' 열풍이 조선 땅에서 조우하게 되었음을 증명하는 상징적 사건이라 할 수 있다. 나혜석과 『청탑』에 있어 '개조'가 여성해방을 의미하는 것이었고 양건식과 『신청년』에 있어 '혁명'이 인간해방을 의미하는 것이었다는 사실이 시사하듯이 『인형의 가』의 소개가 불러올 반향과 효과는 양건식도, 나혜석도, 그리고 『매일신보』도 예단할 수 없었다.

3. 『인형의 가』 연재의 경위와 결과

『인형의 가』가 총독부 기관지나 다름없었던 『매일신보』(1921. 1. 25~4. 3)의 1면에 연재되었다는 사실은 예사롭게 볼 문제는 아니다. 연재 시기는 러시아 혁명, 1차 대전 등의 세계사적 사건이 지나간 뒤였고, 무엇보다도 식민지 조선 민중이 3·1운동으로 민족해방의 이념을 표출시켜 일제의 지배정책을 문화정치로 수정하게 한 시기였다. 문화정치의 일환으로 1920년에는 『동아일보』와 『조선일보』가 창간되었고 잡지 『개벽』이 출간된 바 있다. 따라서 『인형의 가』가 민족 신문이 아닌 『매일신보』에 게재되었다는 사실은 정치적 맥락 위에서 해석될 여지가 있다. 그런데 양건식과 『매일신보』의 인연은 꽤 오래 된 편이었다. 양건식이 『매일신보』에 맨 처음 게재한 글은 「춘원의 소설을 환영하노라」(1916년 2월 28일)였다. 당시 『매일신보』는 국내 유일의 신문이었고, 「춘원의 소설을 환영하노라」는 『매일신보』에 먼저 실린 이광수의 「문학이란 하오」(1916. 11. 10-13)에 내용상 대응되는 글이라는 점에서 같은 지면에 실리는 것이 오히려 자연스러웠다. 평론 형식으로 씌어진 이 글로 필력을 과시한 양건식은 1917년 5월에 『조선불교총보』에 평론 형식으로 중국문학을 논평한 「소설 서유기에 취하야」를 발표하였다가 이를 계기로 중국문학자로서의 입지를 세우며 다시 『매일신보』에 「지나의 소설과 희곡에 대하여」(1917. 11. 6~9)를 게재하게 된다. 이어서 1918년 3월부터 10월까지 138회에 걸쳐 중국의 『홍루몽』을 번역하여 『매일신보』에 연재하기도 하였다.

이와 관련하여 양건식의 대표적인 단편소설이자 1910년대 문학의 대표하는 작품 「슬픈 모순」이 『홍루몽』 연재가 시작되기 직전에 친일 성향의 잡지 『반도시론』(10호 1918. 2)에 실렸었다는 점을 상기해볼 필요가 있다. 『반도시론』이 친일 잡지였다 해도 「슬픈 모순」에서 양건식은 '이즘 애독하던 「학대받는 사람들」이라는 책'을 거론하며 좌파 성향의 독서 취향을 드러내기도 하였고, 『홍루몽』 연재가 끝나갈 무렵에는 한용운이 간행한 잡지 『유심』에 단편 「오!」(1918. 9~10)를 발표하기도 하였다. 이로 미루어 볼 때 양건식에게 지면의 정치적 성향보다 더 중요한 것은 소통의 장을 확보하는 문제였던 것으로 보인다. 양건식의 초기 단편소설은 거의 불교 잡지에 게재되었다. 그 중 「귀거래」에는 자본주의적 문학유통의 메커니즘에 대한 비판이 나타나 있는데, 이 작품에서 양건식은 제목이 이상하나 불교 이치에 합당하다는 말을 듣고 오케이 사인을 하는 편집장의 모습을 삽입하여 창작활동을 구속하는 출판관행에 대해 간접적으로나마 불만을 토로했다. 또한 '각 신문사 편집국에서는 월보는 등한히 보는지'라 하여 불교잡지의 존재감이 미약하다는 사실을 환기시키기도 하였다. 이후 양건식이 「춘원의 소설을 환영하노라」를 통해 자신의 문예적 식견을 널리 홍보할 수 있었던 것은 매체가 지닌 대중적 장악력의 덕을 본 셈이었다. 불교 잡지가 불교의 교리에 부합해야 한다는 제약이 따르는 대신 자본시장의 눈치를 보지 않아도 되었던 반면에, 『반도시론』이나 『매일신보』는 검열을 의식해야 하는 대신 자본시장의 덕을 볼 수 있다는 이점이 있었다. 표현의 자유를 놓고 따져볼 때, 민간 매체도 그리 자유로운 편은 아니었다. 『개벽』만 해도 1920년 6월부터 1926년 8월까지 72호를 간행하는 동안에 통틀어 34회의 발매금지와 1회의 발행정지 처분을 당할 만큼[19] 표현의 자유가 극히 제한되어 있었다. 그러므로 양건식의 입장에서 볼 때 『인형의 가』를 『매일신보』에 게재한 것은 매체에 정치적으로 이용된 쪽이라기보다는 영향력 있는 매체를 이용한 쪽이라고 볼 수 있다. 1920년부터 민간 차원의 출판 산업 규모가 비약적으로 커졌다 해도 매일신보의 장악력은 따라잡을 수 없었기 때문이다. 더욱이 『인형의 가』의 소개가 문화운동이나 여성운동의 성격을 지니고 있었다는 점에서 유력 일간지의 전파력을 고려할 필요가 있다.

그렇다면 『매일신보』의 입장에서는 『인형의 가』의 게재를 어떻게 허락하게 되었는지 생각해보지 않을 수 없다. 양건식도 『홍루몽』 연재 등을 통해 이미 『매일신보』와 관계를 맺고 있었지만, 나혜석만큼 친밀하지는 않았을 것이다. 나혜석은 동경 유학을 마치고 돌아온 직후인 1919년 1월 21일부터 2월 7일까지 『매일신보』에 「섣달대목」과 「초하룻날」이라는 만평 시리즈를 연재하였다. 더욱이 1920년 9월에 나혜석의 남편 김우영이 조선인 최초의 외교관으로 임명되었다는 점, 나혜석이 총독부의 문화정책 담당자였던 아베 요시에(阿部忠家)와 친교를

---

19) 한기형, 「문화정치기 검열정책과 식민지 미디어」, 『근대를 다시 읽는다2』, 앞의 책, 203쪽.

이루고 있었다는 점[20])에서 『인형의 가』의 『매일신보』 연재는 나혜석의 주선으로 이루어졌을 가능성이 크다. 『인형의 가』 연재 3월 2일, 4일, 5일자에는 나혜석의 삽화가 들어갔고 연재가 끝나자마자 나혜석은 같은 지면에 자신이 가사를 붙인 『인형의 가』(1921. 4. 3)를 게재할 만큼 적극성을 띠었다. 나혜석에 이어 양건식이 「『인형의 가』에 대하여」(『매일신보』 1921. 4. 6~9)를 같은 지면에 게재하였고, 이듬해에 『노라』(영창서관, 1922. 6. 25)라는 단행본을 출간하자 나혜석은 그 책에 「노라」라는 시를 게재하기도 하였다.

이와 같이 동경 유학생 출신의 여성운동가 나혜석과 중국문학자 양건식이 일본과 중국에서 유행한 입센주의를 한국에 소개하는 과정에서 『매일신보』라는 매체를 이용하게 된 것은 문화운동으로서의 파급력을 고려한 선택이라 할 것이다. 양건식이 『인형의 가』를 연재한 직후에 밝힌 소회를 살펴보면 다음과 같다.

> A : 유명한 저작의 『인형의 가』는 친자의 애정이라는 것으로 해결을 주어 문제가 되지 않고 없어져 버리게 하였으니 이는 원문의 정신을 파괴하여 극히 천박한 것이 되었다. 그는 그렇다 하고 입센이 『인형의 가』를 지은 진의는 무슨 세계의 부인에게 대하여 그 남편과 자식을 버리고 가라고 한 것은 아니니 그는 현대사회의 남자와 여자의 지위가 불공평하며 불평등함에 분개하여 여자도 또한 '사람'이라는 자각으로 남자와 동등의 대우와 연애 권리, 지위를 요구하여 남자와 같이 사회문제, 가정문제 등에 책임을 지라고 가르침이다.
> (양건식, 「『인형의 가』에 대하여」, 『매일신보』 1921. 4. 6-9, 『문집3』, 124쪽)
> B : 「노라」라 하면 누구나 다 부인문제를 상기합니다. 이에는 부인의 해방, 부인의 독립, 부인의 자각, 남녀대등으로 한 개인의 결혼, 연

---

20) 윤범모, 『화가 나혜석』, 현암사, 2005, 102쪽 참조.

애를 기초로 한 결혼 등의 제종문제가 포함되어 있슴으로외다. 하기에 여자해방의 성서라고까지 이릅니다. 작자 입센으로 말을 하면 어느 비평가가 사회의 병리 또는 해부의 전문가라고 평을 하듯이 그는 근대의 모든 불합리한 제도와 허위가 그득한 사회를 그 통렬하고 심각한 붓으로 써 묘출하야 그 병폐와 죄악을 지적하고 비판하였습니다. 그리고 그는 허위는 어대까지나 배척을 하고 진실을 위하야는 백전을 불사하는 용감한 혁명가이었습니다.

(『노라』, 영창서관, 1922, 8-9쪽)

인용문 A는 1921년 4월 6일부터 9일까지 매일신보에 발표된 「인형의 가에 대하여」라는 평론의 일부이다. 그리고 B는 1922년 영창서관에서 출간된 단행본 『노라』의 서문 일부이다. 양건식은 위의 두 글에서 공통적으로 주인공 노라라는 '여성'보다는 작가 '입센'의 혁명적 의지에 주목하고 있다. '입센이 『인형의 가』를 지은 진의'가 무엇인지를 밝힐 뿐 아니라 입센을 진실을 위해 백전을 불사하는 '용감한 혁명가'로 규정하고 있기도 하다. 중국에서 입센주의는 자유주의 사상을 확산시켰으며 특히 5·4운동의 사상적 토대가 되었다. 나혜석이 일본의 라이초를 실천가의 모델로 삼았던 것처럼 중국의 호적, 진독수 등을 실천가의 모델로 삼았던 양건식은 '노라'를 식민지 조선에 소개함으로써 중국의 경우와 유사한 반응이 촉발되기를 기대한 것으로 보인다. 양건식이 『개벽』 5호에서 8호까지 연재한 「호적을 중심으로 한 중국의 문학혁명」(1920. 11~1921. 2)이 끝날 무렵에 『매일신보』에 『인형의 가』 연재를 시작했다는 사실, 그리고 『노라』를 단행본으로 출간한 뒤에 곧바로 민족 신문 『동아일보』에 「중국의 사상혁명과 문학혁명」(1922. 8. 22~9. 4)을 발표하여 문화 혁명의 열풍을 국내에 주입하는 데 힘썼다는 사실에 주목할 필요가 있다.

그러나 조선에서의 입센주의는 나혜석을 비롯한 급진적 여성운동 가들의 영향력이 강하게 작용하여 정치운동으로서의 성격은 탈색되고 여성해방과 자유연애를 핵심으로 한 여성운동의 이념적 근거로만 이용되었다. 나혜석은 이미 동경 유학시절에 발표한 「이상적 부인」에서도 노라를 '진의 연애를 이상으로 삼은 부인'으로 규정한 바 있었다. 1921년에 노자영에 의해 소개된 엘렌 케이의 자유연애 사상이 급격히 유포되고, 일본의 사와다 순지로, 하네타 에이지 등이 20세기 초 서구 의학자들 사이에서 형성된 정신분석학의 영향을 받아 성 담론을 촉진시키면서[21] '노라'의 이미지는 성적 욕망을 추구하는 자유연애의 화신으로 고착되었다. 연애의 열기로 뜨거웠던 1922년에서 1925년[22] 사이 양건식의 산문 가운데에서도 연애에 관련된 기록이 자주 나타나는데 그의 연애담론은 언제나 지적인 논리와 냉정한 비판을 수반한다. 가령 토막극 형식으로 구성된 「창피!」(『동아일보』, 1923. 1. 1)에서 자유연애는 다양한 입장에 처한 인물들의 자기변호 끝에 도달한 합의의 성격을 보인다. '정'은 친구인 '유' 목사의 처 '이'를 사랑하게 된 '박', 그리고 '이', '유'와 각각 장면을 바꾸어 담화를 나눈다. '정'과 '박'의 담화에서 '박'은 연애가 신성하여 자신의 도덕을 지배한다면 문제가 없을 것 아니냐고 주장하고 '정'은 연애라는 것이 순간적인 것이지 영원한 것이 되지 않는다는 사실을 환기시킨다. '정'과 '이'의 담화에서

---

21) 권보드래, 「1920년대 초반의 사회와 연애」, 천정환 외, 『근대를 다시 읽는다 2』, 앞의 책, 112쪽 참조.

22) 1925년은 『동아일보』와 『조선일보』가 증면을 단행하고 영화와 스포츠 기사, 부인란을 독립시킨 것은 시기이며, 우편주문을 통해 일본에서 수입된 포르노그래피 인쇄물들이 대량으로 소비되기 시작한 시기이기도 하다(천정환, 「1920-30년대의 책 읽기와 문화의 변화」, 천정환 외, 『근대를 다시 읽는다 2』, 위의 책, 38쪽)

'이'는 자아의 중요성을 역설하고 연애는 절대자유임을 강조한다. 끝으로 '정'과 '유'의 담화에서 '정'은 다음과 같은 결론으로 '유'에게 충고한다.

> 정 : 그야 친한 친구까지 돌보지 않고 남의 비난도 불계하고 연애 그리로만 향하야 달아나는 것이 신성치 아니한다? 허허, 자 여보게. 내 말대로 그만 두게. 기위 그렇게 된 노릇을 그러면 무얼 하나. 자네만 점점 더 창피하지. 그러니 책장을 덮게.
> 유 : 창피!
> 정 : 그러면 창피하지 아니한가?
>
> (『문집3』, 24~25쪽)

'정'이 도달한 결론은 그러나 논리의 소산이기보다는 상황에 의존하는 양상을 보인다. 눈에 띄는 점은 작가와 가장 가까운 인물로 보이는 '정'이 '박'과의 담화에서 연애의 맹목성을 환기시키고 있다는 점인데, 양건식은 다른 글에서도 이와 비슷한 입장을 취한다. 다음은 산문「支頤記」와「연애란 것」의 일부이다.

> 사랑에 그 자신이 파괴의 종자가 있다는 것은 사람이란 존재에 있는 위험성을 의미한 것이니 말하면 폭탄을 품고 있는 것과 같은 것인즉 사람은 먼저 첫째로 인간애라는 것을 투시하는 눈과 비취는 광명을 얻지 아니하면 안된다. (중략) 사랑의 활을 맹목의 어린아이가 쏜다는 것은 다만 남녀의 사랑뿐만 아니라 널리 말하면 인간애라는 것은 흑암을 가지고 있다는 것을 생각게 하는 것이다. 그런즉 우리가 지금 나아갈 제일보는 가만히 이 큐피트의 눈 가린 것을 떼어내는 것이다. 그때에 인간애는 불광에 비춰져서 정화가 되어서 일종의 말할 수 없는 경건한 사랑이 될 것이다.
>
> (「支頤記」, 『불교』 제2호, 1924. 8, 『문집3』, 18쪽)

　　연애 앞에는 이해영욕, 부귀빈천, 일체의 세간적 관계가 없는 것이
다. 이것이 즉 헌신적이니 몸으로써 연애의 희생을 하고 돌아보지 아니
하는 것이다. (중략) 그러나 연애는 인생의 일부분이요 그 전부는 아니
다. 내가 헌신할 때 내가 희생할 때가 연애보다 더 원대하고 더 고상한
것이 있음을 알기에 미쳐서는 사람의 가치는 더욱이 크고 귀한 것이다.
　　　　　　（「연애란 것」, 『조선문단』 제10호, 1925. 7, 『문집3』, 19쪽）

　이와 같이 나혜석이 통속화된 자유의식과 대중적 감성을 중요시한
반면에 양건식은 고상한 사상과 문예, 교양과 취미를 중요시했다.
1930년대에 입센주의 창작극이 나타나면서 그 내용이 대중적 멜로드
라마의 수준에서 크게 벗어나지 못한 것은 1920년대에 이미 급진적
여성운동가들이 입센의 '진의'를 상당부분 왜곡하게 되었기 때문이라
할 수 있다.

4. 양건식의 보수적 여성관

　나혜석, 김명순, 김일엽 등 급진적 여성운동가들이 노라이즘을 자유
연애, 정조의 문제로 고착시키지 않았다 해도 입센주의를 문화 전반의
혁명으로 확대시키고자 했던 양건식의 의도는 관철되기 어려웠을 것
이다. 왜냐하면 양건식 스스로 이중적 여성관을 지니고 있어, 한편으
로 약자로서의 여성의 해방을 옹호하면서 다른 한편으로는 남성 우월
의식을 해소하지 못하고 있었기 때문이다.

　양건식의 남성 우월의식은 우선, '양처'의 강조를 통해 나타났다. 그
는 일제의 여성교육이 강조한 '현모'에 대해서는 전혀 관심을 보이지
않았던 반면, '양처'에 대해서는 그것이 여성 교양의 목표라도 되듯이
특별히 강조했다. 『신여자』 창간호에 게재한 「현대의 남자는 엇더혼

여자를 요구ᄒᄂ가?」에서 양건식은 배우자에게 요구하는 7개 조건으로 교육, 건강, 용모, 의지, 애정, 치가, 취미성을 제시하였다. 특징적인 점은 교육을 첫째로 꼽고 있으며, 취미성이 7개 조건 중에 들어있다는 사실이다. 교육에 관해 언급한 부분과 글의 마무리 부분을 보면 다음과 같다.

> 第一, 敎育, 적어도 中學程度의 여학교를 卒業ᄒ 女子로 普通社交에 서투르지 아니ᄒ며 ᄯ 요사이 諺漢文씨긴 신문ᄒ장보와 小說과 三面記事 以外의 內外重要事件에 對ᄒ야 觀察과 批評的 理解力이 잇고 書簡文은 勿論이어니와 남편의 口授ᄒᄂᄃᆡ로 諺漢文셕긴 原稿ᄒ장밧어 쓸만ᄒ 女子.
>
> 「중략」
>
> 新時代 卽 현대의 覺醒ᄒ 姉妹여러분이 어서어서 率先ᄒ야 女子界의 革新을 圖謀하야   男子와 共同一致로 싀社會建設에 盡力ᄒ게ᄒ기를 바라옵ᄂᆡ다.
>
> （「현대의 남자ᄂ 엇더ᄒ 여자를 요구ᄒᄂ가?」, 『신여자』 창간호, 17～18쪽)

'남편의 구수하는 대로 언한문 섞인 원고 한 장 받아 쓸 만한 여자'는 일찍이 「귀거래」(1915)에서 구체적인 형상으로 묘사된 적이 있다. 소설에서 '작가'는 돗자리에 팔베개를 한 채 비스듬히 누워 월보에 게재할 소설의 결말을 구수(口授)하고 책상 앞에 앉은 '안해'는 남편이 구수하는 내용을 필기하고 있다. 아내는 남편이 지은 소설에 대해 논평하기도 하는데, 논평 가운데 '대장부'다운 남자 주인공과 '유순하고 안정'한 여자 주인공을 호평하고 있어 가부장적 사고방식을 노출시키고 있다. 특히 '작가'가 쓴 소설 속의 여자 주인공과 「귀거래」의 '안해'는 양처의 전형으로 제시되어 있다.

　　"그렇지요 소설이라 하는 것은 권선징악을 뛰어나게 하여야 하는
것인즉 이를 폭로하기까지 하는 것은 아주 재미없지오. 그러나 이번 소
설에 주인공은 묘사가 다 잘 되었어요. 남자는 당당한 신사로 대장부답
고 여주인공은 일층 더 유순하고 안정하야 참 부인이라 이르겠던 걸
요."
　　작자는 한참 안해의 얼굴을 쳐다보며 정다운 소리로,
　　"눈 앞에 저와 같은 얌전한 표본이 있는데 왜 말괄량이 같은 부인을
그린단 말이오."
　　"아이고 저런……"

(「귀거래」, 『문집3』, 30쪽)

　　『신여자』 2호(1920. 4)에 실린 주은월의 「행복스런 가정」에도 '급
한 편지 같은 것도 남편 대신으로 회답'[23]하는 배화학교 출신의 '양처'
가 묘사되고 있는 것을 보면 교육받은 여성을 남편의 조력자로 가정
영역에 귀속시키는 양상은 여성운동가들에게서도 나타난 과도기적
양상으로 볼 수 있다. 그러나 여성운동 초기에 묘사된 가정적 여성은
새로운 근대적 여성주체로서 거리를 활보하던 여학생들이 공적 영역
에서 마땅한 직업을 구하기 힘들자 가정의 안락함과 그것을 지키는 현
모양처를 부추기는 과학적 가사담론에 부응하여 '주부'로 탄생되었
던[24] 사정과는 성격이 다른, 일종의 가능태이다. 즉 1920년대 초반의
여성운동가들은 여성의 해방을 지향하여 '양처'를 포함해 다양한 가
능태를 모색한 것이었으나, 양건식은 이론적으로는 남녀의 평등과 해
방을 추구하면서도 현실적인 부부관계에 있어서는 '양처'라는 명분
아래 아내를 남편과 가정에 종속시키고자 한 것이다. 양건식이 말하는

---

23) 주은월, 「행복스런 가정」, 『신여자』 2호, 1920. 4, 21쪽.

24) 김혜경, 「가사노동담론과 한국근대가족 : 1920, 30년대를 중심으로」, 『한국여
　　성학』 제15권 1호, 1999, 173-6쪽 참조.

^{1부}식민지 현실과 문학적 대응　81

취미란 구체적으로 독서, 회화, 음악, 원예 등을 이르는데 그가 배우자의 조건으로 그러한 취미성을 제시한 이유도 '가정을 의의 있게' 하기 위해서였다.

중국 문화혁명의 영향을 받아 전통적인 도덕사상의 혁명을 주장해온 양건식은 유교 도덕과 전통적 폐습에 대한 혁신의 일환으로 여성평등을 주장하였다. 그렇기 때문에 다른 유교 도덕과 여성문제가 착종되어 있을 경우에는 여성문제가 부차적인 문제로 밀려난다. 가령, 「슬픈 모순」에서 백화는 "세상에 사람으로 태어날 때에 무식한 부모의 자식으로 태어날 것은 아닌가 하나이다"라며 자신의 배움을 가로막고 동생 동순을 귀족의 첩으로 주려는 부모의 만행을 폭로하는데, 이 대목에서도 동순의 인권문제보다는 '효' 전통에 대한 문제의식이 더욱 부각된다. 양건식은 「吳虞씨의 유교 파괴론」(『개벽』, 제23호, 1922. 5)에서 유교의 사회도덕이 '효'에서 출발했다고 전제하고, 효경충순은 존귀장상에게 유익이 있을 뿐 비천에게는 이익을 주지 못하므로 '평등'사상에 입각한 공화 정신과 상반된다고 보고, '효' 관념의 대표적인 폐해로 여자를 아들 생산의 기계로 취급하여 경시하는 풍조를 지적하였다. "요컨대 내 생각으로는 친자간에 존비의 관념이 없어 가하고, 이보답도 상호부조하는 책임이 있음을 바란다. 같은 인류요 같은 인사를 영위하면서 하등의 은의도 없고 따라서 또 무슨 덕도 없으며 여자의 인격을 인식하여 우리 모두가 인도를 향해 나아가자 함을 주장함일 것이다."[25]라는 것이다. 이와 같이 여성문제를 유교도덕이 낳은 폐단의 일부로 인식하면 여성해방의 이념 또한 매우 제한적일 수밖에 없다.

양건식의 남성 우월의식은, 다음으로 여성을 교육과 계몽의 대상으

---

25) 「吳虞씨의 유교 파괴론」 『개벽』, 제23호, 1922. 5, 『문집3』, 88쪽.

로 인식하고 있다는 점에서 두드러진다. 여성이 교육을 받아야 하는 이유는 주체성, 자립성을 키우기 위해서라는 것이 신지식을 수혜한 남성들의 공통된 생각이었다. 김동인도『창조』1, 2호에「약한 자의 슬픔」을 분재하고는 후기에 신여성 엘니자벳트가 반성해야 할 약점을 "주위의 반동을 안 받고 스스로는 아무 일도 못하는 점, 삶을 모르고 사는 점"26)으로 요약한 바 있고, 양건식과 함께『신여자』창간호에「나는 이러한 여자를!」이라는 글을 게재한 이동원은 "자각이 있고 依賴性이 없는 노예근성을 버린 사람인 여자를 요구"한다면서 여성 독자들에게 "자기의 육체와 영혼을 어떤 남자에게 제공하고 그 代價으로 衣食住의 안락을 취하려는 노예적 근성을 바라시오."27)라고 충고하고 있다. 여성에 대한 편견이 남성 지식인들의 의식 속에 여전히 깊이 뿌리를 내리고 있었던 것이다.

　양건식도 예외가 아니다. 양건식은 여성을 주인공으로 하는 작품을 상당수 번역했는데, 의지가 강하고 도전적인 성격의 여성 주인공들을 보수적 통해 양건식의 여성관을 간접적으로 살필 수 있다.『서태후』의 난아는 남의 노리개가 되고 싶지 않아 꼭 시집을 가야 한다면 황후가 되겠다는 야심을 품는다. 절세의 미인이며 학식과 글씨, 남방 노래 솜씨와 춤 솜씨를 모두 갖춘 난아는 결국 서태후가 되어 사십년이라는 세월 동안 청나라의 전권을 쥐고 흉악한 짓을 하다 끝내 나라를 망하게 하고 만다. 서태후가 숨을 거두기 전에 남긴 유언은 소설의 주제나 다름없는데, 그것은 "다시는 여자로 하여금 정사에 참여하는 일이 없도록 하라. 조상으로부터 이어오는 제도에 어긋나는 일이 없도록 하라."28)라는 것이었다. 실화를 바탕으로 한 소설의 번역물이라 할지라

---

26) 김동인,「나믄말」,『창조』2호 1919. 3, 59쪽.
27) 이동원,「나는 이러한 여자를!」,『신여자』창간호, 1920. 3, 21쪽.

도 번역문학의 의의와 번역작업의 포부를 분명히 밝힌 양건식이, 더욱이 여성해방 운동에도 동참하였던 그가 '여걸'이라 할 진취적 여성의 말로를 부정적으로 그린 작품을 번역한 것은 쉽게 이해가 되지 않는다. 논개를 연상케 하는 중편소설『빨래하는 처녀』또한 나라에 대한 충성을 연인에 대한 사랑으로 윤색하고 있는 작품이라 비슷한 시기에 발표한「吳虞씨의 유교 파괴론」과는 모순된 글이 아닐 수 없다. 후에 양건식은 결국 '남아'론을 펴며 남성 우월의식을 노골적으로 드러내고 만다.

> 남아로 태어났으면 어디까지든지 남성적이어야 한다. 지분의 기가 없고 아녀의 태가 없으며 영웅의 기상이 충만하여야 한다.
> (「남아」,『매일신보』1935. 4. 6,『문집3』, 61쪽)

이러한 남아 중심적 사고가 바탕에 깔려 있었기 때문에 여성해방의 서사『인형의 가』를 번역하여 조선 사회에 소개하면서도 양건식은 무성화를 기초로 한 '혁명'을 모토로 내세웠던 것이다.

5. 마무리

양건식은『인형의 가』를 국내에 최초로 소개함으로써 결과적으로 여성해방 운동의 선구자가 되었지만 그가 본래 의도했던 것은 여성해방운동이 아니라 광범위한 문화혁명이었다.『인형의 가』의 국내 소개는 사실상 일본 유학생 출신 나혜석과 중국문학자 양건식이 함께 이루어낸 것으로, 그것은『청탑』을 중심으로 확산된 일본의 '개조' 열풍과

---

28) 양건식,『서태후』, 꿈과 희망, 2008, 602쪽.

『신청년』이 주도한 중국의 '혁명' 열풍이 조선 땅에서 조우한 상징적 사건이라 할 수 있다.

다이쇼 시기 일본의 자유주의 열풍을 몰고 귀국한 동경 유학생 가운데 남성 지식인들은 '개조'의 대상을 봉건유습뿐 아니라 민족차별의 문제에까지 확대한 데 반해, 나혜석, 김명순, 김일엽 등의 신여성들은 현모양처 교육이념에 반기를 들고 가정의 개조와 여성의 해방이라는 슬로건을 앞세운 채 여성들로 하여금 개인성을 자각하고 주체적이며 독립적인 삶을 살도록 선동하는 데 집중했다. 이때 보기 드문 중국문학자였던 양건식은 중국의 '혁명' 열풍에 깊이 매료되어 있는 상태였다. 중국에서 '노라'의 해방서사가 '신청년'의 해방서사로 전이되면서 '남성화' 되었다는 사실, 그리고 중국의 입센주의가 결과적으로 5.4 운동의 사상적 토대가 되었다는 사실로 미루어『인형의 가』를 번역 소개하여 본격적으로 입센주의 열풍을 일으킨 장본인 양건식은 문화혁명의 기운을 국내에 주입하는 데 힘썼음을 알 수 있다. 요컨대 나혜석과 『청탑』에 있어 '개조'가 여성해방을 의미하는 것이었다면 양건식과 『신청년』에 있어 '혁명'은 인간해방을 의미하는 것이었다.

『인형의 가』가 민족 신문이 아니라『매일신보』를 통해 소개되었다는 사실은 정치적 맥락에서 해석될 여지를 남기고 있으나『인형의 가』의 소개가 문화혁명이나 여성운동의 성격을 지니고 있었다는 점을 염두에 둔다면 압도적인 대중 장악력을 지닌 유력 일간지『매일신보』의 활용은 대중적 소통의 장을 확보한 것 이상의 의미를 지니지는 않는다고 볼 수 있다.『인형의 가』가 소개되는 과정에 나혜석을 비롯한 급진적 여성운동가들의 영향력이 강하게 작용하여 조선에서의 입센주의는 문화혁명으로서의 성격은 탈색되고 여성해방과 자유연애를 핵심으로 한 여성운동으로만 전개되었고, '노라'의 이미지는 성적 욕망을 추구하는 자유연애의 화신으로 고착되었다.

양건식의 『인형의 가』 소개가 여성해방운동과는 거리가 있었음은 그가 지닌 보수적 여성관으로도 알 수 있다. 양건식은 '양처'론을 통해 아내를 남편과 가정에 종속시키고자 하였으며 '남아'론을 통해 남성을 계몽의 주체로, 여성을 계몽의 대상으로 인식하고 있음을 보였다. 그가 번역한 중국문학 『빨래하는 처녀』 『서태후』 등은 영웅 묘사에 치중하고 있으며 '여걸'이라 할 진취적 여성의 말로를 부정적으로 그리고 있어 그의 이중적인 여성관을 단적으로 보여준다. 이 같은 남성 우월의식이 바탕에 깔려 있었기 때문에 여성해방의 서사 『인형의 가』를 번역하여 조선 사회에 소개하면서도 양건식은 무성화를 기초로 한 '혁명'을 모토로 내세웠던 것이다.

■ 참고문헌

「인형의 가」,『매일신보』1921. 1. 25~4. 3.
『노라』, 영창서관, 1922.
『신여자』1, 2, 3, 4호, 신여자사, 1920.3~6.

권보드래,「1920년대 초반의 사회와 연애」, 천정환 외,『근대를 다시 읽는다 2』,
    역사비평사, 2006.
김병철,「한국근대번역문학사연구」, 을유문화사, 1975.
김혜경,「가사노동담론과 한국근대가족 :1920, 30년대를 중심으로 」,『한국여성
    학』제15권 1호, 1999.
류시현,「일제하 최남선의 불교인식과 '조선불교'의 탐구」, 천정환 외,『근대를
    다시 읽는다 2』, 역사비평사, 2006.
박죽심,「근대 여성 작가의 자기 표현 방식 : 김일엽, 김명순, 김일엽을 중심으로」,
    『어문론집』제32집, 중앙어문학회, 2004. 12.
안미영,「한국 근대소설에서 헨릭 입센의『인형의 집』수용」,『비교문학』30집,
    한국비교문학회, 2003.
임우경,「중국의 반전통주의의 민족서사와 젠더」, 연세대 박사논문, 2003. 12.
정혜경,「일제 강점기 보통학교 교육정책 연구」, 수요역사연구회 편,『일제의 식
    민지 지배정책과 매일신보 1910년대』, 두리미디어, 2005.
주은월,「행복스런 가정」,『신여자』2호, 1920. 4.
천정환,「1920-30년대의 책 읽기와 문화의 변화」, 천정환 외,『근대를 다시 읽는
    다 2』, 역사비평사, 2006.
최용철,「양건식의『홍루몽』평론과 번역문 분석」,『문집3』.
태혜숙,「한국의 식민지 근대체험과 여성공간」, 태혜숙 외,『한국의식민지 근대
    와 여성공간』, 여이연, 2004.
한기형,「문화정치기 검열정책과 식민지 미디어」, 천정환 외,『근대를 다시 읽는
    다 2』, 역사비평사, 2006.

김영금,『백화 양건식 문학 연구』, 한국학술정보, 2005.

박찬승,『한국근대정치상사연구』, 역사비평사, 1992.

서정자 편,『정월 라혜석 전집』, 국학자료원, 2000.

스가이 유키오, 서연호·박영산 역,『근대일본역극논쟁사』, 연극과 인간, 2003.

양건식,『서태후』, 꿈과 희망, 2008.

윤범모,『화가 나혜석』, 현암사, 2005.

이상경,『인간으로 살고 싶다』, 한길사, 2000.

_____,『한국근대여성문학사론』, 소명, 2002.

임화의 프로문학 비판과 예술 진략

1. 머리말

적대적 관계에 있어서 저항의 강도는 억압의 강도에 비례한다. 그러나 일방의 세력이 극대화되면 공격능력이나 방어능력을 상실한 다른 일방은 대체로 타협이나 굴종의 행동양상을 보이게 된다. 세력을 상실한 쪽이 굴종이 아닌 침묵을 선택했을 때, 그것은 소극적이나마 저항의 한 방편으로 간주되기도 한다. 1930대 후반 식민지 조선의 지식인 앞에 놓인 선택지는 전향과 침묵뿐이었으며, 그것은 정도의 차이가 있을 뿐 모두 굴욕적인 것이었다. 1930년대 문단의 흐름에 있어 뚜렷한 결절점으로 작용한 시기는 1931년과 1937년이다. 1931년은 1920년대 중반 이후 문단의 지도적 위치를 지켜온 프로문학이 일제의 정치적 압력으로 급격히 퇴조하면서, 그러한 상황변화에 대응하거나 적응하기 위해 다양한 비평적 논의와 창작 실험에 몰두하기 시작한 해이다. 그리고 1937년은 일제가 세계사적 변화에 부응하여 군국주의를 강화하고 광적인 침략전쟁에 돌입한 해로서, 조선 문단에서는 기왕의 논의들

- 자기검증과 자성의 과정을 거쳐 자발적으로 전개되었던 - 이 일제의 대동아 기획과 혼류되고 혼성되면서 정체성을 상실하기 시작한 해이다. 본론에서 구체적으로 살펴보겠지만 이 절체절명의 기로에서 안막[1]은 특이하게도 전향과 침묵의 제스처를 모두 보이며 독자적인 길을 모색한다.

안막은 프로문학사뿐 아니라 북한문학사에 있어서도 매우 비중 있는 역할을 했음에도 불구하고 지금까지 그에 대한 연구는 거의 이루어지지 않았다. 그가 월북하기 전에 보여준 행적이라고는 카프의 2차 방향전환을 전후한 2, 3년의 활동이 전부이기 때문에 그에 대한 언급은 프로문학비평 논의에서도 단편적으로만 이루어졌다. 그러나 조선의 프로문학 이론이 일본으로부터 수입해 들어온 정황을 감안할 때 유학생 신분으로 동경 프로문단에 간여했던 안막의 가시권 밖의 활동은 당대 조선 문단의 특수성을 이해는 데 있어 긴요한 단서가 되어 줄 것이다. 더욱이 그는 월북 직후 북한의 조선노동당 중앙당 선전선동부 부부장에 이어 문예총 부위원장 자리에 오르고 평양 음악학교 학장을 역임하는 등 북한 문화예술계에 있어서도 중추적 역할을 했다. 따라서 남북한 통합문학사를 염두에 두고 볼 때도 그의 존재는 결코 간과해서는 안 될 것이다.

---

1) 본명 안필승(安弼承). 정수웅(『최승희 - 격동의 시대를 살다간 어느 무용가의 생애와 예술』, 눈빛, 2004, 20쪽)은 무용가 이시이 바꾸(石井漠)의 이름을 따서 안막(安漠)으로 개명했다고 하고, 최승희에 의하면(정병호『춤추는 최승희 - 세계를 휘어잡은 조선여자』, 뿌리깊은 나무, 1995, 61쪽 참조) 안막이라는 이름은 펜네임으로 잡지사에서 지어준 이름이라고 한다. 안막이 개조사에 근무할 때와 이시이 바꾸 문하에 있을 때가 일치하므로 이시이 바꾸의 이름을 따서 잡지사 필명으로 사용했다고 봐도 무방할 것이다. 안막은 제이고등보통학교 오학년 재학시절 대한독립만세를 불러 퇴학당하고 제일 고등학교를 거쳐 일본 와세다 대학 영문과에 진학했다가 러시아 문학과로 편입했다.

이미 언급한 바와 같이 안막은 동경 문단에서 사회주의 사상을 접하고 프로문학 운동을 국내에 전파했다. 그가 카프의 볼셰비키화를 관철시키기 위해 국내에 들어오기 전에 일본 프롤레타리아 작가 동맹 기관지『나프』2월호에 발표한 논문「조선에 있어서 프롤레타리아 예술운동의 현황」을 살펴보면 그의 활동이 어떠한 동기로 이루어졌는지 알 수 있다. 이 논문에서 안막은 "나프는 조선 프롤레타리아 예술운동에 가장 주의를 기울여 최대의 원조를 주지 않으면 안 된다. 나프와 카프는 조직적 연결을 빨리 확립하지 않으면 안 된다. 그것이 조선 프롤레타리아 예술운동의 당면의 중대한 과제다."[2]라고 밝히고 있다. 즉 안막이 주도한 2차 방향전환의 우선적 목표는 나프와 카프의 조직적 연결에 있었던 것이다. 안막은 이미 국내의 잡지와 신문에도「프로예술의 형식문제 - '프롤레타리아 리얼리즘'의 길로」(『조선지광』, 1930. 6),「조선 프로예술가가 당면한 긴급한 임무」(『중외일보』, 1930. 8. 8~8. 16),「조직과 문학」(『중외일보』, 1930. 8. 16) 등의 글을 발표하여 김기진의 대중화론을 집중 공격했었다. 그것이 카프의 2차 방향전환을 관철시키기 위한 포석이었음은 물론이다. 이처럼 용의주도하고 강단이 있었던 안막이 1933년에는 추백(萩白)이라는 필명으로「창작방법문제의 재토의를 위하여」(『동아일보』, 1933. 11. 29~12. 6)를 제출함으로써 카프에 큰 충격을 가한다. 이 글은 사회주의 리얼리즘을 최초로 국내에 소개한 글로 알려져 있으나 단순히 새 이론의 소개에 그친 것이 아니라 엄중한 자기비판을 통해 카프조직의 근본을 문제 삼았다는 점에서 문제적이다. 특별히 주목되는 점은 이 글이 제출된 후 사회주의 리얼리즘을 둘러싸고 무성한 창작방법 논쟁이 전개되었으

---

2) 안막,「朝鮮に於ける プロレタリア藝術運動の 現勢」,『ナップ』, 1931. 2, 박명용,『한국프롤레타리아문학 연구』, 글벗사, 1992, 280~291쪽.

나 정작 안막은 논쟁에 가담하지 않았다는 점이다. 심지어 그는 문학활동을 중단해버렸다. 그 돌연한 침묵의 내막을 언표화한 것은 '추백'이라는 필명뿐이었다.

이 글에서는 안막에서 추백에 이르기까지의 심리적 정황과 이후의 행로를 추적해보고자 한다. 안막은 무용수 최승희와 결혼하여 문단활동을 중단하고 최승희의 매니저 활동에 주력했다. 공연, 기획, 광고, 관객 동원 등을 위해 문화계 및 정계 인사들과의 인맥을 쌓아갔으며, 미국, 유럽, 남미 등으로 활동반경을 넓혀 예술적 시야를 확장해 갔다. 비평가 안막은 사라졌지만 문화예술 기획자가 성장하고 있었으며 세계는 그의 예술창작을 위한 실험무대였다. 중요한 것은 그가 저항과 타협으로 정치적 질곡을 견디며 어떤 예술세계를 세계를 구축했느냐 하는 것이다.

2. 창작의 정치편향 비판

안막과 추백 사이의 심리적 거리는 1931년과 1933년 사이의 정세 변화와 개인사의 변화를 세심하게 추적함으로써만 가늠할 수 있다. 1931년에 만주사변이 일어났다는 것, 카프의 볼세비키화로 강경 소장파에게 실권이 넘어갔다는 것은 차라리 피상적인 변화였다. 본질적인 정세 변화는 그 여파로 발생했다. 만주사변의 여파로 대동아의식이 공고화되기 시작했고 거기에 대한 편승심리가 식민지 지식인들 사이에도 나타나기 시작한 것이다. 또한 볼세비키화에 대한 반동이 카프 맹원에 대한 검거 선풍으로 이어졌을 뿐 아니라 그 여파로 조직 내부에서 수정주의가 나타나기 시작했다. 특히 카프의 이론적 지주였던 박영희의 수정주의 행보는 문단 전체에 짙은 암운을 몰고 왔다. 1931년은 안막에게 개인사적으로 의미 있는 해였다. 와세다 대학 재학 중이던 안막은 임화, 김남천 등과 함께 카프의 방향전환을 추진하기 위해 국내에 잠시 들어와 있었는데 구카프 문인의 거두 박영희의 소개로 최승희를 만나 그 해 5월 9일 결혼을 한 것이다. 당시 최승희는 무용수로 이름을 떨치기 시작하여 세간의 주목을 받고 있었으니 안막과의 결혼은 '무용가 최승희 양 무산 예술가와 결혼'[3]이라는 선정적인 기사 타이틀이 암시하는 바와 같이 신여성과 '무산' 예술가의 결혼이라는 이유만으로도 당시 풍속으로서는 획기적인 사건이었다. 그 결혼의 배후에 최승희의 오빠 최승일과 박영희가 있었다는 사실은 매우 의미심장하다. 최승희의 오빠 최승일은 박영희와 배재중학 동기동창으로서 염군사와 파스큘라를 통합하여 카프를 조직하는 데 핵심적인 역할을 했다. 최승일의 이러한 정치 성향과 이력[4], 그리고 박영희라는 거물의 존재로 미루어 볼 때 최승희와 안막의 결합은 카프의 운명과 어떤 식으로든 결부되지 않을 수 없었을 것으로 보인다. 그 구체적인 결과는 박영희의 카프 맹원 탈퇴와 전향선언, 소장파 안막의 자기비판, 그리고 카프의 해체로 나타났다. 외적으로 일본 프로문학의 퇴조와 카프에 대한 일제의 정치적 압력이 작용했음은 물론이다.

1933년 3월에 안막은 최승희와 함께 동경으로 가서 이시이 바꾸(石井漠) 문하로 들어간다. 이때 이시이 바꾸와 『개조』사 사장 야마모토 사네히코(山本實彦)가 안막에게 최승희를 위해 문학활동을 중단하라고 권유했다고는 하나[5] 그것은 단지 전향심리를 합리화하기 위한 명

---

3) 조선일보, 1931. 5. 5. (정병호, 앞의 책, 63~64쪽 참조)

4) 최승일은 경성방송국에 취직하면서 카프 맹원으로서의 활동은 중단하나 『별건곤』, 『대조』 등을 통한 작품활동은 지속하였다.

5) 정병호, 위의 책, 76쪽.

분에 불과했던 것으로 보인다. 그해 11월에 추백이라는 필명으로 제출된 「창작방법문제의 재토의를 위하여」에서 안막의 속내가 분명히 드러나고 있기 때문이다. 문제의 글은 첫째, 기왕의 프로 비평이 정치편향을 보였다는 점, 둘째 카프가 번역비평에 의존했다는 점을 반성하고 있어 안막이 의식적으로 필명을 사용해야 했을 만큼 돌연한 생각의 변화를 보였다. 그 글에서 안막은 사회주의 리얼리즘이라는 생경하고 공소한 대안을 제시해놓고 정작 방점은 조직의 결함에 찍어두고 있었다.

> 우리들은 예술가의 세계관과 창작방법과를 그 복잡한 의존관계에 있어서 정당히 보지 못하고 그것을 혼동하고 그 간의 범주적인 차별까지는 말소함으로써 예술적 창작과정의 복잡성 또는 특수성을 무시하였었다는 의미에 있어서는 중대한 결함을 갖고 있었던 것이다.[6]

프로문학은 태생적으로 정론성을 강하게 지닐 수밖에 없으므로 프로문학에 '예술적 창작과정에 있어서의 특수성'을 요구한다는 것은 프로문학의 근본을 부정하는 것과 같다. 문예운동을 정치운동과 등치시키려 했던 소장파 문인들로서는 정치편향을 비판함으로써 운동성마저 퇴색시키는 안막의 태도를 용인할 수가 없었다. 더욱이 안막은 소부르주아적 정치운동 집단으로 판단한 신간회를 해체하고 카프와 나프의 조직적 연계를 강화하기 위해 함께 활동해왔기 때문에 조직에 대한 그의 비판은 배신행위로 간주되었다. 그러므로 김남천이 안막의 글에 대한 반론으로 「창작방법에 있어서의 전환의 문제—추백의 제의를 중심으로」(『형상』 제1권 2호 1934. 3)를 제출한 것은 예견된 반응

---

6) 추백, 「창작방법문제의 재토의를 위하여」, 『동아일보』, 1933. 11. 29~12. 6 (김윤식 편, 『한국근대리얼리즘 비평선집』, 서울대출판부, 1988, 107쪽)

이었다. 김남천은 무엇보다도 당파성의 문제를 환기시키고, 창작방법은 조직의 문제와 통일되어야 함을 주장하며 안막이 소개한 창작방법론의 오류를 바로잡는 동시에 안막의 발언을 정치주의로부터의 이탈로 간주했다. 안막의 글이 사회주의 리얼리즘이라는 창작방법을 소개하면서 사실상 자신의 예술관을 피력한 것처럼, 김남천의 글 또한 사회주의 리얼리즘에 대한 오류를 교정하는 듯하면서 사실상 안막의 사상검증에 주력했다. 이때 김남천은 해당 사태를 '정치로부터의 이탈'로 규정하였으나 엄밀히 말하여 안막은 카프로부터는 분명히 이탈하였으되 정치적 입장은 유보한 상태였다.

안막의 유보적인 태도는 박영희의 단호한 전향과는 다른 의미를 지닌다. 박영희의 전향선언 논문 「최근문예이론의 신전개와 그 경향」(『동아일보』, 1934. 1. 2 – 4, 6 – 11)이 안막의 자기비판에 부분적으로 의존하고 있기 때문에 두 사람 사이에 모종의 교감 내지 동류의식이 존재했음을 짐작할 수 있다. 두 논문의 발표 시기는 불과 한 달의 시차를 두고 있다. 그러나 구카프계와 소장파를 각각 대표하는 두 사람의 자기비판은 전혀 다른 방향으로 발전했다. 박영희 쪽을 먼저 살펴보면, 그는 "추백 씨는 그 「창작방법문제의 재검토를 위하여」에서 무어라고 지적하였든가?"라며 추백의 글을 상기시키고, 안막의 글 일부("중요한 것은 창작방법의 법전을 각 작가에게 적용하려는 데 있는 것이 아니고 건설의 진실한 형태를 작가들에게 삽출(揷出)하도록 하는 것이다")를 발췌해가며 예술성을 등한시했던 카프를 비판했다. 이 글에서 박영희는 "목적의식성의 실패에서부터 나는 퇴각을 시작하였다. 일부 신진들에게 공식적이라고 지적을 받고, 또한 그들도 예술의 특수성을 논하였으나 도모지 구체적인 발전이 없었다."[7]고 술회하면서 '도모지 구체적인 발전이 없었다'는 것을 이유로 부르주아 예술로의 역편향을 보여주고 말았다.

　　즉 뿌루쥬와 문학을 완전히 계승해야 하는 사적 의미에서 예술적 제
반 유산을 정확히 정리하며, 섭정해야 할 것은 물론이다. 문학계에 유
력한 평론가 제씨의 항론한 제론은 확실히 문학적 완성의 길로 기울어
지는 한 개의 중요한 「경향」이다. 나는 이렇게 문학의 진실한 형상의
탐구와 문학이 가져야 할 모든 조건의 완비를 탐색하는 최근의 이 경향
은 비로소 뿌르쥬와 문학을 완전히 계승할 만한 용의라고 생각한다. 이
곳에 진실한 문학의 길은 있는 것이다.[8]

이기영의 『고향』이 1933년 11월 15일부터 1934년 9월 21일까지 조
선일보에 연재되어 리얼리즘적 성취를 보이고 있었으니, 1934년 새해
벽두에 행해진 이 전향선언은 박영희 자신이 퇴맹원을 제출(1933. 10)
하던 시기의 판단으로부터 아무런 진전이나 전환을 보이지 않았던 것
이다. 이기영은 박영희의 글을 비판하며 "우리들은 어디서나 언제나
당파성을 떠나서는 안 될 줄 안다. 문학은 결코 문학자체를 위해 존재
한 것이 아니다"(「문예적 시사감(時事感)」, 『동아일보』, 1934. 5. 31)
라 하여 김남천이 안막에게 그러했듯이 당파성을 강조했다. 한편, 박
영희가 "도모지 구체적인 발전이 없었다"며 프로문학의 예술적 생명
에 종언을 선고할 즈음 안막은 침묵함으로써 입장표명을 유보했다. 적
극적인 의미로서의 침묵은 전략의 은폐일 수 있다. 정치 편향을 이유
로 카프를 떠난 안막이 가야 할 길은 정해져 있었다. 안막의 삶은 이미
최승희의 무용세계에 연루되어 있었고 당시 그 세계는 어떠한 성격으

---

7) 박영희, 「최근 문예이론의 신전개와 그 경향」, 『동아일보』, 1934. 1. 2~11(김윤식
　　편, 위의 책, 1988, 137쪽)

8) 박영희, 위의 글, (김윤식 편, 위의 책, 1988, 135쪽)

로도 규정되지 않은 미개척지였다. 안막과 최승희에게 무용예술의 세계는 거대한 실험장이었다. 이제 안막의 직업적 신분은 이름도 생소한 매니저, 즉 최승희 무용예술의 기획자였던 것이다.

3. 번역비평 비판

안막이 「창작방법문제의 재토의를 위하여」에서 지적한 카프의 또 다른 문제점은 번역비평을 해왔다는 점이었다. 프로문학이 근본적으로 프롤레타리아 국제주의에 입각해 있는 데다 조선의 프로문학은 일본 프로문학의 지부적 성격을 지녔기 때문에 국제적 추수주의를 피하기는 어려웠지만, 카프는 조직 내에서 발생한 자생적 논의조차 자체의 논리로 발전시키지 못하고 교조주의적 견강부회로 매듭짓는 일이 빈번했다. 주지하는 바와 같이 1927년에 있었던 내용 형식 논쟁도 발단은 우발적인 것이었다. 그럼에도 불구하고 그것이 일본 프로문단의 목적의식에 의한 방향전환과 교묘히 맞물리면서 애초의 문제제기의 의도는 왜곡된 채 김기진이 조직의 논리에 굴복하는 것으로 끝났다. 당시 박영희는 김기진의 주장을 반박하는 과정에서 쉬클로프스키와 트로츠키의 대화를 기계적으로 대입해가며[9] 김기진과 자신 사이의 논쟁을 형식주의자 대 맑스주의자의 대결이라는 원초적 갈등으로 확전시켰다. 러시아 이론의 대입이 문제파악에 도움이 되고 정당한 지침을 줄 때도 있었으나 카프의 많은 논자들은 지적 현시욕이라 할 만큼 심각한 외래 이론에의 경도를 보여주고 있었다.

김기진의 「대중소설론」(『동아일보』, 1929. 4. 15) 역시 독자적인 논

---

9) 박영희, 「문학비평의 형식파와 맑스주의 − '순예술'과 '경향예술'·'생활인식'과 '생활창조'」, 『조선문단』 20호, 1927. 3. 참조.

리로 성장할 가능성이 있었다. 그러나 김기진 자신이 하야시 후사오(林房雄)의 논리를 그대로 모방했으며, 김기진의 대중화론에 반박했던 안막, 임화, 김남천 등이 구라하라 고레히토(藏原惟人)의 논리를 고스란히 복제함으로써 결국은 일본 대중문화론을 이식한 논쟁으로 귀결되었다. 누구보다도 안막의 비평이 주목되는 바, 그가 제시한 '프롤레타리아 리얼리즘'[10]은 레닌, 엥겔스, 루나찰스키, 플레하노프 등의 이론을 인용하면서 결론적으로는 일본에서 프롤레타리아 리얼리즘 이론을 전개한 구라하라 고레히토의 이론[11]을 모방했던 것이다. 이처럼 프로문학 비평은 러시아와 일본 측 이론의 권위를 무조건 승인하여 그것으로 자기논리의 보강함으로써 마침내 프로문학 자체의 논리를 빈약하게 하는 악순환을 초래했다. 더욱이 조선의 현실과 상황에 부합되지 않는 이론들의 기계적 대입은 진실을 왜곡시키기까지 하였다. 요컨대 「창작방법문제의 재토의를 위하여」는 안막 자신을 포함한 많은 논자들이 주체적인 논리를 세우지 못하고[12] 일본이나 러시아의 이론을 학습하고 모방하는 데 그쳤던 번역비평의 관행을 반성한 것이었다.

---

10) 안막, 「프로예술의 형식문제 – '프롤레타리아 리얼리즘'의 길로」, 『조선지광』, 1930. 6.

11) 「生活組織 としての 藝術と 無産階級」(『前衛』, 1828. 4) 「プロレタリア・レアリズムへの道 」(『前衛』, 1828. 5) 「再びプロレタリア・レアリズムについて」(『東京朝日新聞』, 1929. 8. 11~14), 박명용, 앞의 책, 202쪽 참조.

12) 사카이 나오키는, 번역표상이 외국어에 대칭되는 자국어 표상을 만들고, 나아가 '타자'에 대한 모방이 정치적 공동체로서의 '국민 주체'를 제작한다고 보았는데(사카이 나오키, 후지이 다케시역, 『번역과 주체』, 이산, 2005, 125~139쪽 참조) 이는 번역의 포괄적이고 무자각적인 효과에 속한다. 조선의 프로문단은 주체적 이념에 대한 뚜렷한 자각이 요청되고 있었다.

물론은 훨씬 뒤떨어져 있는 우리 나라의 작가, 비평가들이 사베-트 문학이론가-더 정확히 말하면 구「라프」의 지도부 또한 일본의 藏原惟人 등과 같은 비평가들의 이 문제에 관한 우수한 논문에서 많은 것을 배워왔고 또한 그것을 「우리들의 것으로」 맨들며 맨들려고 노력한 것만은 사실이고 그것은 우리들의 비평적 창조적 활동의 보다 높은 발전을 위하야 절대로 필요한 것이었다.

그러나 우리들의 비평가, 또한 작가들이 선진국의 프롤레타리아 문학운동의 이론적 제성과는 정당히 섭취함으로써, 우리들의 비평적 활동을 보다 정당히 보다 광범시키지 못하고 그것을 기계적으로 섭취하고 또한 우리들의 비평적 활동의 광범한 전개를 위한 XX(투쟁:인용자)을 게을리하고 그리함으로써 우리들의 비평가, 작가들이 마치 사베트 동맹, 또는 일본의 비평가, 작가인 것과 같이 그 나라의 이론적 지도에만 의거하게 되는 것과 같은 결과를 가져왔다는 것도-그러한 경향이 부분적이었으나마 창작방법의 문제에 관한 당시의 우리들의 토론에 있어서는 없지 않아 있었다는 것은 인정하여야 할 잘못이며 이러한 잘못은 결국에 있어서 우리들의 문학운동을 발전시키는 대신에 후퇴시킬 위험을 낳기 쉬운 것이다.[13]

그런데 이 글은 번역비평을 비판하면서 러시아에서 제기된 사회주의 리얼리즘 이론을 소개하고 있다는 점에서 자기모순적이었다. 또한 사회주의 경제단계로서의 러시아와 식민지 반봉건 단계로서의 조선의 현실적 차이를 고려하지 않았다는 점에서 논리의 비약이 있었다. 안막의 자기비판이 조직에 대한 비판에 다름 아니었기 때문에 소장파 맹원들이 이러한 논리적 결함을 그냥 덮어둘 리 없었다. 김남천은 "그가 우리나라에 있어서의 창작방법을 정확히 해결하여 보겠다는 열정적인 기도에도 불구하고 그것이 단지 소개-그것도 소련서 전개되면서 있는 토론상황을 왜곡되게 소개하면서 조선의 이야기를 기계적으

---

13) 추백, 「창작방법문제의 재토의를 위하야」, 앞의 글 (김윤식 편, 앞의 책, 1988, 104쪽).

로 문제히 결부시킨 것에 지나지 않는다"14)고 하면서 안막의 사회주의 리얼리즘론이 러시아 이론의 '왜곡된 이식'에 불과하다고 비판하였다. 그 밖에 많은 논자들이 사회주의 리얼리즘 논쟁에 가담했지만 안막은 거기에 대응하지 않았다. 그러나 조직으로부터의 이탈을 감행하면서까지 자기비판을 한 마당이니 어떤 식으로든 향후의 노선을 정할 필요는 있었다.

민족갈등과 계급갈등이 고조되어 있던 식민지 조선에 중간항이란 존재하지 않았다. 절충주의 노선을 취했던 양주동, 염상섭이 결국 민족주의 진영으로 기울었고, 프로진영, 민족주의진영과의 차별을 강조하며 제3의 그룹을 자처했던 해외문학파가 우익성향을 띠었던 것처럼 식민지 조선에서는 좌익과 우익, 전향축과 비전향축이라는 대립항만이 존재할 뿐이었다. 그런 상황에서 안막은 일단 전향축에 편승하였다가 입장표명을 유보하며 독자적인 진로를 개척하기 시작했다. 창작방법론으로서의 사회주의 리얼리즘이 조선적 토양에 뿌리내릴 수 없음을 암묵적으로 인정한 마당이라 안막에게 주어진 과제는 조선적 특수성을 발견하고 그것을 바탕으로 창작방법을 고안하는 일이었다. 조선적 특수성이란 조선이 처한 현실적, 이념적 특징을 말하는 것으로서, 1920년대 말에 민족주의 문학 진영에서 관심을 고조시켰던 조선주의와 구별되는 것이며, 또한 카프 해산 이후 광범위하게 전개된 고전 탐색과도 구별되는 것이었다.

---

14) 김남천, 「창작방법에 있어서의 전환의 문제」, 『형상』 2호, 1934. 3 (김윤식 편, 위의 책, 1988, 148쪽).

4. 조선적인 것의 현대화

프로문학 진영의 약점이 창작방법론의 결여에 있었다면, 민족주의 진영의 약점은 조선주의의 실체를 규명하지 못한다는 점에 있었다. 조선예술의 당면 과제는 이 양대 결함을 극복하는 것이었다. 1933년에 안막과 함께 동경으로 건너간 최승희가 첫 무대에서 선보인 것은 조선무용 「에헤야 노아라」였다. 최승희가 이 작품의 창작배경을 설명하며 "조선 사람의 마음을 표현한 새로운 무용", "술에 취한 자기 아버지의 굿거리 춤에서 얻어낸 작품"[15]이라 하였다는 사실은 흥미롭다. 처음 이시이 바꾸가 조선춤을 권고했을 때 최승희는 기생춤이라고 거부했으나 안막이 수락했다는 것, 그리고 최승희가 전통무용가 안성준으로부터 조선춤을 배울 때 안막은 안성준의 춤을 채록하는 식으로 조선춤을 함께 연구했다는 것 등의 몇 가지 사실[16]에 비추어 매니저로서의 안막의 위치와 역할을 가늠해볼 수 있다. 안막은 최승희 무용의 내용과 형상까지 결정하는 감독이자 안무가이기도 했던 것이다. 최승희도 밝혔듯이 「에헤야 노아라」는 조선심의 구체성을 향토적 소재에서 구했다. 이 작품이 궁중무용이나 기방무용에서 소재를 취하지 않고 흰 옷, 걸음걸이와 같은 향토 문화를 변형시켰다는 것은, 고전 부흥에 열을 올리던 민족주의 진영이 시조와 같은 과거 사대부 문화에 집중했던 사정과 대비해 볼 때[17] 분명히 차별적인 것이었다. 또한 현재적이고

---

15) 정병호, 앞의 책, 82쪽.

16) 정병호, 위의 책, 79~80쪽.

17) 김기진(「조선문학의 현재와 수준」, 『신동아』, 1934. 1)이 이병기를 민족주의 진영 문인으로 분류한 바와 같이 30년대의 시조에 대한 관심은 20년대 최남선, 정인보, 이은상 등의 계보를 잇고 있으나 그 성격에 있어서는 다소 차이가 있었다. 당연히 정치적 환경 변화의 반영일 터인데, 30년대 말엽 『문장』을 중심으로 한 이병기의 조선시가에 대한 관심은 심미적 도락 차원에 머물러 있어 민족주

민중적인 기호를 활용하여 조선적인 것을 표현하려 했다는 점에서 '추백'이 이념적으로는 전향하지 않았음을 확인시켰다.

안막이 최승희와 더불어 선택한 독자적 진로의 모토는 고전의 현대화, 향토문화의 세계화로 요약될 수 있다. 언뜻 보면 이것은 1931년경 해외문학파가 프로문학의 추수주의를 비판하면서 내세웠던 주장과 유사하다. 무엇보다도 전통적 보수주의를 거부한 것은 해외문학파의 핵심적인 논지였다. 해외문학파는 그 출발 즈음부터 프로문학을 향해 국제적 추수주의의 한계를 지적하며 조선적 특수성을 발견하라고 요구했다. 그리고 해외문학파 스스로는 문학의 예술성, 창작과 개성, 조선적 특수성으로서의 고전과의 관계뿐 아니라 문학의 사회성, 시대성, 국제성을 논했다.[18] 특히 해외문학파의 멤버들이 외국문학을 전공하는 동경 유학생들이라는 점에 있어서도 안막과 공통점을 지니는데, 그들이 대학을 졸업하고 국내에 들어와 근대극운동의 일환으로 극예술연구회[19]를 발족(1931. 8. 7 전동식당)시킨 것은 무대무용예술 공연을 기획하고 있던 안막에게 직접적인 자극을 주었던 것으로 보인다. 문제는 안막이 예술관에 있어서 그들과의 차별성을 분명히 했다는 점이다. 극예술연구회는 그 창립취지에서 "진정한 의미의 우리 신극을 수립"하겠다고 밝히고 탈춤이나 창극 같은 재래의 연극양식과 신파극을 저

의의 이념적 지향이 크게 약화되었음을 보여준다. (황종연, 「한국문학의 근대와 반근대」, 동국대 박사학위 논문, 1991, 89~90쪽 참조)

18) 김윤식, 『한국근대문예비평사연구』, 일지사, 1992, 162쪽.

19) 극예술연구회 창립멤버는, 윤백남(동경 상대), 홍해성(일본 중앙대 법과), 김진섭(법정대 독문과 졸), 유치진(입교대 영문과 졸), 이헌구(조대 불문과 졸), 서항석(동경제대 독문과 졸), 이하윤(법정대 영문과 졸), 장기제(법정대 영문과 졸), 정인섭(조대 영문과 졸), 조희순(동경제대 독문과 졸), 최정우(동경제대 영문과 졸), 함대훈(동경외대 노어과 졸) 등 12명의 해외문학파였다. 유민영, 『한국연극운동사』, 태학사, 2001, 262쪽.

질적인 대중 오락물 정도로 취급했다.[20] 극예술연구회가 고상하고 우아한 조선시대 귀족문화를 선호한 반면, 안막은 그들이 천박하다고 생각하는 서민문화와 승무, 검무 등에 눈을 돌린 것이다. 「에헤야 노아라」에 대한 극예술연구회 함대훈의 지적을 보면 그 관점의 차이를 확연히 알 수 있다.

> 적어도 조선무용을 「아렌지」 하려면 이 이상 더 좋은 것이 얼마든지 있는데 너무나 일반화되고 속된 승무나 검무나를 「아렌지」 했을까. 더구나 「아헤야 노아라」같은 것은 저속한 취미에 영합한다는 의미에서 나는 좀더 씨의 연구가 깊어지기를 바랬다.
>
> 춘학무(春學舞)도 무산향(舞山香)도 그 외 여러 가지 조선무용이 많다. 더구나 조선무용은 그 발달이 궁중에서부터였으므로 그 무용이 모ー두 퍽 우아하고 정적인 움직임이다. 이것을 어떻게 엄숙하게 또 신비하게 또 곡에 따라 장중하게 할 수 있으면 퍽도 좋았으련만.[21]

1931년, 해외문학파와 프로문학파의 논쟁이 전개되는 동안 안막은 그 논쟁에도 가담하지 않았다. 알려진 바와 같이 카프 측의 논객으로는 임화와 송영이 참여했다. 안막에게 있어 보편성과 대중성의 확보는 예술의 생명과 직결되는 문제였다. 해외문학파가 『조선일보』, 『동아일보』, 『중앙일보』와 같은 주요 일간지의 편집인의 지위를 차지하고 영향력을 행사하고 있었으니[22] 그들에게서 최승희 무용 공연의 광고를 부탁하고 스폰서를 구해야 할 안막으로서는 그들과의 관계를 원만

---

20) 유민영, 위의 책, 263쪽 참조.

21) 함대훈, 「최승희 씨의 인상」, 최승일, 『최승희 자서전』, 이문당, 1937, 130쪽.

22) 조선일보에 이선근, 이헌구, 동아일보에 서항석, 중앙일보에 이하윤(이후 동아일보로 옮김) 등 (김윤식, 앞의 책, 1992, 141쪽 참조). 함대훈은 잡지 『조광』의 편집자가 된다.

하게 유지할 필요가 있었다[23]. 이시이 바꾸와 야마모토 사네히코 사장이 안막에게 프로문학 활동을 중단하라고 한 것은 이러한 자본주의적 유통구조의 생리를 이해시킨 것이나 다름없었다.

요컨대, 안막이 '추백' 이후 사회주의 리얼리즘 논쟁에 가담하지 않은 이유는, 첫째 최승희 활동을 지원하기 위해 좌익 활동을 자제한 것, 둘째 러시아와 조선의 경제발전 단계의 상이성을 인정함으로써 사회주의 리얼리즘의 한계를 수긍한 것, 셋째 조선적 특수성을 기반으로 한 새로운 예술창작방법을 모색하기 시작한 것 정도로 요약해 볼 수 있겠다. 첫 번째가 가장 현실적인 이유라면, 세 번째 이유는 근본적이지만 관념적이다. '조선적인 것'은 결국 하나의 관념이기 때문에 특수한 환경에 노출되었을 때 그 환경에 의해 변질되고 변형될 운명에 처하기 쉽다. 상업적인 무대 무용공연으로서의 특수성으로 인해 시대변화에 민감할 수밖에 없었던 안막도 예술적 신념을 수시로 수정해야 했는데, 특히 1937년 이후에는 저항 심리와 타협 심리가 복잡하게 착종되어 예술의 정체성마저 상실한다. 그런 점에서 최승희의 초기 무용은 예술성과 이념성이 가장 안정적으로 조화된 것이라 할 수 있다. 안막 부부는 「에헤야 노아라」의 호응에 힘입어 조선무용을 확대했으며, 그 첫 번째 결실로 1934년 9월 20일에 개최한 최승희의 첫 발표회에서 「검무」, 「승무」, 그리고 군무인 「영상춤」, 「마을의 풍작」 들과 같은 조선무용을 집중적으로 소개한 바 있다.

---

23) 1931년 10월에 안막이 검거되었을 때, 그것이 신문에 보도됨으로써 최승희 공연의 관객 수가 줄어들었고, 최승희의 무용이 불순하다고 해서 공연 허가를 내주지 않는 일이 벌어지기도 했다. 정병호, 앞의 책, 71쪽 참조, 최승희, 『나의 자서전』, 니혼쇼소, 1936, 109쪽.

5. 조선적인 것의 세계화와 동양주의 중심의 세계화

1935년 이후 조선에서는 고전적인 것의 발견과 고전에 대한 고찰이 전 문단적 관심사로 확대되었다. 그것은 카프 해소, 프로문학 퇴조, 일본 군국주의의 강화 등 일련의 상황 변화에 기인한 것으로, 일단은 위기 상황에 대응하는 저항적 민족의식의 발로라 할 수 있다. 일본낭만파[24]의 영향으로 고전론이 수입되었다 하더라도 같은 시기에 일본문학 추수의 관행을 비판하고 있었기 때문에 고전에 대한 접근태도를 획일적인 것으로 볼 수는 없다. 그런데 1936년 이후 '조선적인 것'을 중심으로 한 저항논리와 '일본적인 것'을 중심으로 한 지배논리가 일제가 기획한 동양주의에 흡수되면서 그 상사성으로 인해 발생의 기원과 동기조차 혼동되는 상황이 전개되었다. 1936년에 새로 조선총독으로 부임해 온 사람은 일제의 만주침략 당시 육군대신으로 활약했던 미나미 지로(南次郞)였다. 그는 내선일체를 앞세워 조선말 사용을 금지하고 창씨개명을 강행하는 등 전 조선인을 일본인화 하는 데 총력을 기울였다. 그리고 중일전쟁이 발발한 1937년에 일제는 이른 바 '근대의 초극'을 기치로 서구적 근대의 보편성에 대항하기 위해 일본적인 것으로서의 고전 탐구에 가일층 열을 올리기 시작했고, 한 편으로는 조선과 만주, 중국을 일본의 지방 개념으로 전환하고 동양주의 중심의 대동아의식을 주입시키기 시작했다. 이로 인해 조선적인 것의 세계화는 자체의 목적성을 상실하고 동양주의 중심의 세계화라는 다른 목적의 수단으로 전도되었다.

안막과 최승희는 1937년 12월 19일 조선을 떠나 미국, 프랑스, 스위

---

24) 정창석, 「일본 근대성 인식의 한 양상 - 근대의 초극을 중심으로」, 『일본역사연구』 제8집, 일본사학회, 1998, 95~115쪽 참조.

스, 이탈리아, 독일, 네덜란드, 브라질 등의 중남미 순회공연을 하고 1940년 11월 24일에 일본으로 돌아온다. 그러나 이러한 행적을 국책에의 협력으로 단정하는 어렵다. 1937년에 창씨개명과 일본어 창작을 강요받았던 문인들 사이에서도 절필을 선언하고 낙향하는 사태가 속출했는데, 최승희는 3년간의 외유 당시 창씨개명을 하지 않았으며 '코리안 댄서'로 활약하였다는 점이 확인되거니와,[25] 미국으로 떠나면서 최승희가 오빠 최승일에게 보낸 편지에서는 확고한 민족의식이 엿보이기 때문이다.

> 나는 조선의 「리듬」 – 크게 말하면 동양의 「리듬」을 가지고 서양으로 싸홈을 하러 건너갑니다. 아 – 나는 기쁩니다. 용기백배입니다. 그러나 한가지 의심되는 것은 저는 제 자신이 확실히 조선의 호흡 – 조선의 「리듬」을 가지고 있는지 그것이 의문입니다. 저도 제가 조선 사람인 바에야 조선의 혼 – 조선의 「리듬」은 있었으리라고 생각합니다마는 – 오빠 저는 생각해요. 어떤 경우라도 민족은 망하지 아니하고 그 민족의 예술도 결단코 망하지를 않는다고요. 애급이 망하였으나 그 민족과 그 민족의 예술은 망하지 아니하였으며 유대는 망하였으나 그 민족은 망하지 아니하였습니다.[26]

일제가 '일본적인 정신'을 주입시키기 위해 '동양주의'를 이용했다면 안막 부부는 '조선적인 것'의 보존을 위해 그것을 역이용했다고 볼 수 있다. 1944년에 그들이 중국으로 도주할 때도 그것을 가능케 한 명분은 동양주의 연구였던 것이다.

안막 부부가 해외로 나가있던 3년 간 조선에서는 많은 변화가 있었

---

25) 정병호, 앞의 책, 22쪽.
26) 최승일, 앞의 책, 55쪽.

다. 1938년에 일제가 '국가총동원법'을 공포하여 식민지 조선을 상대로 인적, 물적 착취를 강화했으며,「전조선전향자대회」(1938. 7. 22)에서는 임화, 이기영, 송영 등이 의장적 전향을 했다. 나아가 박영희가 『인문평론』 창간호에 "동양정신의 선구라고도 할 만한 이 일본정신"이 조선과 중국의 정신을 모두 포괄한 정신이므로 "이 정신을 기초로 한 전쟁은 말할 것도 없이 성전임에 틀림없다."[27]고 한 바와 같이 중일전쟁을 성전으로 미화하는 사태에까지 이르렀다. 고전 탐구를 앞세운 동양주의 연구도 더욱 확산되었는데 이는 대동아기획의 일환이었으며 1939년에 조선에서 창간된 『문장』,『인문평론』도 그러한 동양주의의 영향권 안에 있었다.

안막과 최승희가 해외 순회공연을 마치고 일본으로 귀국했던 1940년 11월에 조선에서는 미나미 지로의 지휘 아래 신체제운동이 전개되고 있었다. 이때 시국의 변화를 미리 감지한 안막 부부도 노골적인 친일행각을 하게 된다. 귀국 인터뷰에서부터 친일 발언을 하였으며 이후 '노오'나 '부가꾸'와 같은 일본 고전의 수법을 이용해「신전의 춤」「칠석의 밤」「무혼」「천하대장군」 등의 일본무용을 창작하기도 하고 공연 수익을 군부에 헌납하기도 하였으며, 중국 화북지역으로 일본군 위문공연을 다니기도 하였다.[28] 여기서 잠시 환기하고 넘어갈 점은, 당시 동양주의라는 추상을 점유하는 방식에 있어 일제와 중국 간에 첨예하면서도 미묘한 차이가 존재했다는 점이다. 일제가 동양주의는 곧 일본주의라는 등식을 강요한 반면, 중국 지식인들은 호혜평등의 입장에서 중국과 일본이 대등한 문화합작을 통해 동양주의를 완성하자고 제안했다. 이때 조선인은 이미 일본인으로 간주되었으므로 문화합작의

---

27) 박영희,「전쟁과 조선문학」,『인문평론』 창간호, 1939. 10, 40쪽.

28) 정병호, 앞의 책, 201쪽.

해당 국가에서 조선은 아예 제외되어 있었다.

> 합작은 쌍방의 책임에 있어서 이루어져야 할 것이다. 중일 양국은 과거 수년간 이 점에 주의를 게을리 하였기 때문에 실패한 예가 많다. 합작의 길은 성심성의, 호혜평등의 입장에 서는 데 있다. 만약 중일양국이 문화공작을 행하지 않는다면 구미의 물질문명의 해독은 정지할 바를 모를 것이요, 동방문명의 몰락과 인류생존의 위기는 구키 어려울 것이다. 그리고 중일간의 阻隔이 해소되지 않으면 오해는 더욱 깊어질 것이다. 이것은 동아의 평화를 말하는 자의 희망하는 바가 아니다. 고로 화평을 말하는 이상 중일문화합작의 중요성은 절대로 경시할 것이 아니요, 중일양국의 지식계급은 이 목전의 현대적 사명을 책임을 가지고 추진시키지 않으면 안 될 것이다. 29)

이런 가운데 식민지 조선의 예술인이 중국문화의 우월성을 옹호한다는 것은 일본 파시즘에 대한 정면 도전이 아닐 수 없었다. 그런데 1944년 1월 27일부터 2월 15일까지 제국 극장에서 있었던 장기 공연의 레퍼터리를 살펴보면, 안막과 최승희 역시 호혜평등에 입각한 '동양주의'를 추구하고 있었음을 알 수 있다. 그 범주에서 스스로 조선을 제외시킬 리는 만무했다. 그들은 "일본적인 색, 중국적인 형, 조선적인 선"을 조화시키겠다는 구상 아래 동양무용 예술을 창작했는데30) 이는 사실상 야나기 무네요시(柳宗悅)의 예술론31)을 그대로 모방한 것이기는 하나 두 사람에게 그것은 동양주의의 수용을 합리화하는 일종의 이데올로기로 작용한 듯하다. 특히 열 세 작품으로 구성된 전체 레퍼토

---

29) 이광황(중국), 「중일문화합작론」, 『문장』 제2권 제7호, 1940. 9. 111쪽.

30) 다가시마 유사부로, 『최승희』, 무꾸게샤, 1981, 130~131쪽. (정병호, 앞의 책, 233~234쪽 참조)

31) 야나기 무네요시(柳宗悅), 심우성 역, 『조선을 생각한다』, 학고재, 1996 참조.

리의 삼분의 이를 차지할 만큼 중국무용의 비중이 상대적으로 컸던 것은 일제를 심각하게 자극할 수 있는 처사였다. 일제가 '일본적인 것'을 동양주의와 등치시킨 데 반해 안막과 최승희는 집요하게 그것을 동양주의의 하위 범주로 규정하고 포괄적인 의미에서 동양무용을 개척해 나간 것이다.

6. 마무리

해방 직후 북한에서는 카프 전통이 존중되는 가운데 한설야와 안막이 문화예술계의 실권을 장악하게 된다. 한설야와 안막이 포함된 북한 지도부는 카프의 문제의식을 계승하면서 교조주의와 형식주의, 그리고 복고주의를 경계하는 동시에 전통의 현대적 계승에 주의를 기울였다. 1949년에 안막이 평양 국립음악대학 초대학장으로 부임하여 전통악기를 개량한 것은 '조선적인 것의 현대화'를 실현한 또 하나의 사례라 하겠다.

그러나 안막은 1958년에 북한의 정치 지도부로부터 숙청당하고 만다. 1958년은 카프문학 전통과 김일성의 항일문학 전통이 충돌하던 시기였다. 전후 전쟁복구 시기부터 북한은 농촌의 사회주의화를 위해 농민들의 의식 속에 뿌리내리고 있는 낡은 사상 잔재를 퇴치하기 위한 사상투쟁을 전개한 바 있다. 전후 복구시기의 농업협동화를 중심 소재로 한 장편소설 『석개울의 새봄』(천세봉, 신문연재작 1부를 1958년에 단행본으로 출간)이 '새 것과 낡은 것'의 갈등을 중점적으로 해명하고자 했던 것은 사회개조의 필요에 부응한 것이었다. 그리고 1950년대 후반에 북한은 전후 복구 완료를 선언하며 사회주의 국가 건설을 앞당기기 위해 '사회주의적 내용에 민족적 형식'이라는 명제를 내걸고 민족적 특성을 집중적으로 논의했다. 식민지 시대부터 '조선주의', '조선적인 것', '고전', '전통'으로 끊임없이 변주되어 온 민족적 특성이 새로운 실험대에 오른 것이다. '사회주의적 내용에 민족적 형식'은 언술 자체는 예술과 관련되어 있으나 사실상 권력의 이동과 교체, 그리고 공고화를 위한 정치적 전략을 그 내용으로 했다. 식민지 시대의 조선이 고전을 통해 위기상황에 대응하고자 했고 일제가 고전을 통해 대동아기획을 관철시키려 했듯이 북한의 정치 지도부는 전통(고전)을 통해 정통성을 확보하고 김일성 중심 체제를 확립하려 하였다. 고전의 함의는 주체성과 민족성으로 풀이될 수 있는 것이기 때문에 이처럼 상상적 실체를 구체화하는 데 쉽게 동원되었던 것이다. '새 것과 낡은 것'의 투쟁 속에서 안막과 최승희, 그리고 한설야는 이미 낡은 전통에 속했고 천세봉과 같은 신진 작가는 새 것에 속했다. 그리고 낡은 것에 대한 새 것의 승리는 사회주의 국가 건설의 충분조건이었다.

■ 참고문헌

김기진, 「대중소설론」, 동아일보, 1929. 4. 15.
김남천, 「창작방법에 있어서의 전환의 문제 ─ 추백의 제의를 중심으로」, 『형상』
　　2호, 1934. 3.
박영희, 「문학비평의 형식파와 맑스주의 ─ ‘순예술’과 ‘경향예술’·‘생활인식’과
　　‘생활창조’」, 『조선문단』 20호, 1927. 3.
＿＿＿＿, 「최근 문예이론의 신전개와 그 경향」 동아일보, 1934. 1. 2 ─ 11.
＿＿＿＿, 「전쟁과 조선문학」, 『인문평론』 창간호, 1939. 10.
안　　막, 「프로예술의 형식문제 ─ ‘프롤레타리아 리얼리즘’의 길로」, 『조선지광』,
　　1930. 6.
＿＿＿＿, 「조선 프로예술가가 당면한 긴급한 임무」, 『중외일보』, 1930. 8. 8 ─ 8. 16.
＿＿＿＿, 「조직과 문학」, 『중외일보』, 1930. 8. 16.
＿＿＿＿, 「朝鮮に於ける プロレタリア藝術運動の 現勢」, 『ナップ』, 1931. 2.
＿＿＿＿(추백), 「창작방법문제의 재토의를 위하여」, 『동아일보』, 1933. 11. 29 ─
　　12. 6.
이기영, 「문예적 時事感」, 『동아일보』, 1934. 5. 31.
이광황(중국), 「중일문화합작론」, 『문장』 제2권 제7호, 1940. 9.

김병구, 「고전부흥의 기획과 ‘조선적인 것’의 형성」, 『민족문학사연구』 제31집,
　　민족문학사학회, 2006.
김용직, 「1930년대 중반기 한국문학의 방향전환과 그 해석문제 ─ 박영희의 전향
　　에 관한 일고찰」, 『동양학』 5집, 단국대 동양학연구소, 1975.
이주미, 「최승희의 ‘조선적인 것’과 ‘동양적인 것’」, 『한민족문화연구』 제23집,
　　한민족문화학회, 2007.
정창석, 「일본 근대성 인식의 한 양상 ─ 근대의 초극을 중심으로」, 『일본역사연구』
　　제8집, 일본사학회, 1998.
황종연, 「한국문학의 근대와 반근대」, 동국대 박사학위 논문, 1991.

김윤식,『한국근대문예비평사연구』, 일지사, 1992.

______ 편,『한국근대리얼리즘 비평선집』, 서울대출판부, 1988.

박명용,『한국프롤레타리아문학 연구』, 글벗사, 1992.

유민영,『한국연극운동사』, 태학사, 2001.

이애순,『최승희 무용예술연구』, 국학자료원, 2002.

정병호,『춤추는 최승희 – 세계를 휘어잡은 조선여자』, 뿌리 깊은 나무, 1995.

정수웅,『최승희 – 격동의 시대를 살다간 어느 무용가의 생애와 예술』, 눈빛, 2004.

최승일,『최승희 자서전』, 이문당, 1937.

강상중(姜尙中), 이경덕·임성모 역,『오리엔탈리즘을 넘어서』, 이산, 1997.

야나기 무네요시(柳宗悅), 심우성 역,『조선을 생각한다』, 학고재, 1996.

사카이 나오키, 후지이 다케시 역,『번역과 주체』, 이산, 2005.

한설야의 고리키 수용 양상

1. 머리말

한국 문단에 막심 고리키(1868. 3. 28~1936. 6. 18)가 소개된 것은 1915년 『청춘』 4호와 6호에서부터이며[1] 고리키의 작품으로는 「의중지인(意中之人)」(진순성 역)이 1922년 6월 『신생활』지에, 「첼까쉬」(진순성 역)가 같은 해 8월 2일부터 9월 16일까지 『동아일보』에 소개되기 시작하였다.[2] 이후 1928년 러시아에서 열린 고리키의 탄생 60년 기념대제전과 1932년에 열린 그의 문단생활 40년 기념제에 발맞추어 국내에서도 고리키의 생애와 작품세계에 대한 소개가 본격화되었으며, 고리키가 사망한 1936년 6월 18일 이후에는 국내의 각 신문과 잡

---

[1] 『청춘』 4호에는 필명 曲橋人의 「一日一件」이라는 일기 형식의 글에 고리키의 이름이 언급되고 있으며(이숭원, 「한국문학의 막심 고리키 수용」, 『국어국문학』 88권, 국어국문학회, 1982. 12, 167~168쪽 참조), 『청춘』 6호에는 金鏡의 일절에서 입지전적 인물로서의 고리키가 소개되고 있다. (김학동, 『한국문학의 비교문학적 연구』, 일조각, 1972, 193~201쪽 참조)

[2] 김용희, 「최서해에 끼친 고리키와 알치·바세푸의 영향」, 『국어국문학』 제88권, 1982. 2, 국어국문학회, 56쪽. 「의중지인」은 박영희에 의해 다시 번역되어 1929년 5월 10일 『조선문단』에 「그 여자의 애인」이라는 제목으로 소개된다.

지에서 앞다투어 고리키 특집을 마련할 만큼 그의 영향력은 지대하였
다. 고리키의 작품이 소개되기 시작한 시기를 전후하여 한국에서도 사
회주의 경향이 출현하였으며 1925년 4월에는 조선공산당이 창립되었
는데,[3] 러시아 코민테른의 지령을 따르고 있었던 조선공산당은 러시
아와는 달리 지식인을 중심으로 이루어져 있어 러시아 문학의 광범위
한 수입은 한국 문단의 지형을 크게 바꾸어 놓았다.

　고리키 작품을 번역하고 해설하여 그의 작품을 국내에 소개하는 데
크게 기여한 함대훈[4]을 비롯하여, 이기영, 한설야, 김남천, 박승극, 백
철 등이[5] 고리키에 관한 다수의 글을 발표함으로써 고리키의 문학과
사상은 빠른 속도로 한국 문단의 심장부로 침투하였다. 고리키에 관한
평문 중에서 특히 주목해볼 점은 한국 소설가들의 반응이다. 이기영과
한설야의 당시 평문을 살펴보면 고리키 문학에 대한 두 사람의 관심에
약간의 차이가 있었음을 발견할 수 있다. 이기영은 주로 작가 고리키
의 건실한 생활체험과 부단한 노력에 강조점을 두어 '참 삶의 건설자'
로서의 고리키를 추앙하였다면, 한설야는 고리키 작품의 특징이나 창

---

3)　김준엽·김창순, 『한국공산주의운동사』 제2권, 고려대학교 아세아문제연구소,
　　1970, 27~30쪽 참조.

4)　함대훈, 「노동문단의 기린아 막심 고리키 연구 : 문단생활 40년을 기념하여」, 『조
　　선일보』, 1932. 11. 23~12. 27.
　　＿＿＿, 「빈곤과 고난의 작가 고르키의 생애와 예술」, 『조선일보』, 1936. 6. 21~7. 1
　　＿＿＿, 「인류의 교사 막심 고르키를 弔함」, 『비판』, 1936. 7. 20

5)　이기영, 「골키에 대한 작가적 印象抄」, 『조선중앙일보』, 1936. 6. 22.
　　＿＿＿, 「문호 골키옹을 弔함」, 『비판, 1936. 7. 20.
　　＿＿＿, 「막심 고리키 1주년제」, 『조광』 3권 6호, 1937. 6.
　　한설야, 「막심 고리키의 예술에 대하여」, 『조선일보』, 1936. 7. 25~8. 5.
　　＿＿＿, 「고리키옹의 생애와 작품」, 『신동아』, 1936. 8. 1.
　　김남천, 「골키를 哭함」, 『조선중앙일보』, 1936. 6. 22.
　　박승극, 「고리키를 더 배우겠다」, 『비판』, 1936. 7. 20.
　　백　철, 「문호에게의 공개장 ― 골키에게 嗇함」, 『사해공론』, 1936. 8. 1.

작 기교에 관심을 집중시켜 그것을 문학적으로 실천하기 위해 고심했다. 도시 노동자의 계급투쟁에 관심을 기울였던 한설야가 창작에 있어서 고리키의 문학관을 적극적으로 수용한 것은 고리키가 노동자 출신 작가라는 점, 그리고 그의 문학이 노동계급 투쟁을 선구적으로 작품화하였다는 점이 중요한 이유로 작용했다. 이는 농민작가 이기영이 그의 창작에 있어서 고리키보다는 러시아의 빈농출신 작가 표도르 이바노비치 빤표로브(1896~1960)의 영향을 많이 받게 된[6] 사정과 비슷하다.

한설야는 「막심 고리키의 예술에 대하여」[7]라는 글에서 고리키의 청년기의 러시아가 "농업적, 촌락적, 지주적 러시아로부터 자본주의적, 도시적, 공업적 러시아로의 전환기"였으며, "국민성은 일반적으로 퇴폐하고, 무기력한 인텔리겐챠와 회색적인 소시민은 무의미한 안일과 빛없는 우울에서 허덕이던 시대"였다고 설명하고 나서, 고리키는 "자본주의의 핵심인 두뇌부 ─ 도시와 자본가의 일체의 가면을 벗긴 최초의 작가"였다고 평가하고 있다. 고리키 작품의 가장 중요한 특장이 생활체험의 형상화에 있다고 볼 때, 고리키의 두 번째 장편소설『세 사람』은 주인공 일리야라는 인물을 통해 작가의 자전적 체험을 고스란히 반영하고 있으면서도 자본주의 사회의 부패상을 섬세하게 묘파하고 있어 고리키 문학의 본질적 성격을 충실히 드러내고 있는 작품이라 할 수 있다. 이 글에서는 한설야의『황혼』의 서사적 구성을 고리키의『세 사람』과 비교하여 고찰함으로써 그 창조적 수용 양상을 살펴보고자 한다.

---

6) 이상경,『이기영 : 시대와 문학』, 풀빛, 1994, 144~155쪽 참조. 이기영은 농촌에서 전개된 계급투쟁을 작품에 다룸에 있어서, 소련 농촌에서의 계급투쟁을 다룬『부르스끼』(1928~1937)의 영향을 받는다.

7) 한설야,「막심 고리키의 예술에 대하여」,『조선일보』, 1936. 7. 28.

2. 창작 태도의 유사성

한설야는 1935년 1월『조선문단』4호에 낭만적 성격을 띤 연애소설 「그날 밤」을 발표함으로써 문단에 데뷔한다. 이후 그는 이기영, 조명희 등과 교분을 맺고 리얼리즘 작가로 변모하는데, 그의 문학적 지형이 이처럼 완전히 바뀌게 된 데에는 부친의 사망과 가계의 파산이 일차적 원인이 되었다고 할 수 있으나, 결정적으로는 이기영, 조명희, 그리고 러시아의 고리키 등의 영향이 크게 작용했을 것으로 보인다. 파산 이후 무순 탄광 등지에서의 노동체험 또한 그의 문학적 토양을 변화시키는 주요 동인으로 작용하였다. 한설야는 카프 가입 이후 농민의 노동자화를 그린 단편소설「과도기」(『조선지광』, 1929. 4)와「과도기」의 주인공 창선이를 명호로 공장 노동자화 한「씨름」(『조선지광』, 1929. 8) 등을 발표하여 문단의 주목을 받게 된다. 그리고 이기영의 『고향』과 함께 리얼리즘 문학의 고전으로 일컬어지는『황혼』을『조선일보』에 발표하게 되는데, 이 작품은 한설야가 1934년 8월에 있었던 이른바 카프 2차 사건에 연루되어 투옥되었을 때 감옥에서 구상한 것으로 알려져 있는 작품이다.『황혼』이 연재된 시기는 1936년 2월 5일부터 10월 28일까지이며 연재 도중인 1936년 6월 18일에 고리키가 사망한다.

『황혼』이 다루고 있는 자본주의 착취의 악랄성과 소시민 근성은 고리키 작품에서 일관되게 다루어지던 주제이기도 하다. 고리키의 문학적 전개과정을 4기로 구분하고 있는 함대훈의「노동문단의 기린아 막심 고리키 연구」에 따르면, 낭만적 성향을 지녔던 고리키가 소시민 계급과 지식 계급에 속하는 인물을 통해 사회구조를 해부하기 시작한 시기는 제2기에 해당된다. 참고로, 고리키는 제1기에 불평등하고 불합리한 사회에 대해 반항하는 개인주의자를 주로 묘사하였으며, 제2기에 부랑한, 지식계급, 소시민계급 등 각종의 사회집단을 예리하게 분석하였고, 제3기에는 합리적이고 자유로운 생활의 건설자인 프롤레타리아트를 묘사하였고, 제4기에는 예술적으로 세련된 회상록의 성격을 보여주었다. 이 중 제2기에 해당하는 작품 『세 사람』(1900)에 대해 함대훈은 다음과 같이 해설한 바 있다.

> 이 『세 사람』의 주인공 일리야는 소시민 계급의 출신으로 부르주아적 안일의 이상으로 향하여 매진하고 있다. 이것이 성공되어 있던 어떤 상점 주인이 된다. 처음에는 만족하였지만 일생을 장부와 싸우는 것이 부질없는 일이라고 생각한다. 그리하여 지금까지 생활해온 모든 이상이 소용없는 것이라고 각성한다. 그러나 새로운 이상을 가질 수도 없고 하여 비극적 최후를 마치는 수밖에 없게 된다. 그리하여 머리를 벽에 부딪혀 자살하는 것이다. 이리하여 고리키는 포마 고르제예프와 같은 상인사회에서나 또는 일리야와 같은 소시민 계급에서나 생의 건설자를 발견하지 못하였다. 그러는 가운데 1900년부터 고리키는 지식계급에 대한 묘사를 광범하게 하였나니 이것을 위하여 고리키는 희곡의 양식을 취하게 되었던 것이다.[8]

고리키의 『세 사람』은 혁명의식의 맹아를 보여줄 뿐 『어머니』(1906)에서와 같이 노동자의 혁명 운동을 주제로 하고 있지는 않다. 그러나 이 작품은 인물을 구성하는 방식에 있어서 『황혼』과 유사한 면을 보여주고 있어서 주목된다. 『세 사람』의 중심 인물은 소시민 계급의 특징을 노정하고 있는 일리야이고 '생의 건설자'로서 프롤레타리아 계급을 대변할 만한 인물인 파벨은 아직 작품 내에서 중요한 비중을 차

---

8) 함대훈, 「노동문학의 기린아 막심 고리키 연구」, 『조선일보』, 1932. 12. 21.

지하고 있지 못하다. 그러나 이 작품의 창작 의도가 자본주의의 모순과 소시민 계급에 대한 비판에 있기 때문에 파벨의 약체성을 이 작품의 결정적 결함으로 보기는 어렵다. 이는 한설야의 『황혼』에서 서사의 중심이 되고 있는 인물이 노동자 준식이 아니라 려순인 사정과 유사하다. 『황혼』에서 려순은 소시민 계급을 대표하고 있는 경재를 비판의 대상으로 삼고 있다. 이처럼 두 작품은 자본주의와 소시민성의 비판을 주제로 하고 있다는 점에서 공통점을 지닌다. 게다가 이 두 작품은 노동자를 작품의 전면에 내세우지 않음으로써 일단 프로 문학의 도식성을 면하고 있다. 다만 『황혼』이 노동자 계급을 보다 분명히 제시하고 그들의 투쟁과정을 정밀하게 포착하고 있다는 점에서 『세 사람』이 지니고 있는 세계관의 한계를 넘어서고 있음을 볼 수 있다.

작품을 분석하기에 앞서 한설야, 고리키 두 작가의 창작태도를 비교해볼 필요가 있다. 고리키는 「첼카쉬」라는 작품에서 주인공 첼카쉬로 하여금 "이 세상은 어찌되든지 모른다. 조금치라도 울거나 탄식하거나 불행을 말할 필요가 없다. 그런 일은 아무런 가치가 없는 것이다. 살자 쓰러질 때까지 살자"[9]고 말하게 함으로써 끝까지 싸워야 한다는 자신의 생활 신조를 인상깊게 피력한 바 있다. 이는 『황혼』을 둘러싼 임화와 한설야의 논쟁을 상기시킨다. 임화는 『황혼』에 대한 논평에서 주인공 려순이 각성하는 과정이나 남주인공의 성격이 완성되어가는 과정이 생략되어 있다고 지적하고 "인간이 죽어가야 할 환경 가운데서 설야는 인간을 살려가려고 애쓰는 것이다"[10]라고 총평한 바 있다.

---

9) 홍효민, 「노문학과 골옹에 지위 – 한 개의 단편적 고찰」, 『조선문학』 2권 9호, 1936. 9, 155쪽에서 재인용.

10) 임화, 「한설야론」, 『문학의 논리』, 학예사, 1940(1989년 서음출판사의 재판본 565쪽)

임화는『과도기』의 창선이가「씨름」의 명호가 되는 성격개조의 과정을 한설야가『황혼』을 통해 소설적으로 해명해주길 바랐던 것이다. 한설야는 그러한 문단의 요구에 부응하지 못했음을 인정하는 가운데[11] 죽어가는 환경 속에서 인물을 살리게 된 연유에 대해서는 "산다는 것은 환경과 타협하거나 또는 환경에 추수해서만 가능한 것이 아니라 환경과 싸우는 데에도 있을 수 있다고 믿기 때문이다. 아니 도리어 살아갈 수 없을 만치 거칠고 사나운 환경에 있어서는 싸우는 그것만이 오직 生이다. 이것을 맡는 려순은 그러기 때문에 마음의 무장을 해제하지 않았다. 살았다. 싸웠다."[12]라고 응수한 바 있다. 고리키의 말을 인용하고 있다는 인상을 강하게 풍기는 이 말을 통해서 고리키와 한설야 두 작가의 창작 태도가 일치하고 있다는 점을 확인할 수 있다.

3. 성격 대조를 기초로 한 인물 구성

『황혼』과『세 사람』의 친연성을 더욱 분명하게 보여주는 것은 인물의 구성 방식이다. 고리키는 초기의 작품에서부터 성격의 대조를 기초로 한 인물 구성 방식을 강조하였다. 가령 그는「매의 노래」(1895)에서는 하늘을 자유로이 날아다니는 매와 지상을 비굴하게 기어다니는 뱀을 대조하여 뱀이 보여주는 소시민성을 비판하고 매가 지닌 용기와 모험을 예찬하였다. 이 매와 뱀의 이미지는「첼카쉬」(1895)에서도 반복적으로 나타나는데, 이 작품에서도 고리키는 뱀과 같은 가브릴라를 매와 같은 첼카쉬와 대조적으로 묘사함으로써 첼카쉬의 호방한 기개

---

11) 한설야,「감각과 사상의 통일 – 전형적 환경과 전형적 성격」,『조선일보』, 1938. 3. 8.

12) 한설야,「『황혼』의 려순」,『조광』, 1939. 4. 147~148쪽 참조.

를 옹호하였다. 이 소설에서 돈을 벌기 위해 부랑인 첼카쉬의 부하가
되었던 농부 가브릴라는 첼카쉬에게서 도둑질한 돈을 빼앗으려 하다
첼카쉬에게서 모욕을 당한다.

「매의 노래」,「첼카쉬」가 이분법적인 단순구도 속에서 일방적으로
소시민을 비판하고 부랑인에게서 생활의 건설자를 발견하려고 한 반
면에,『세 사람』에서는 인물 관계가 좀더 복잡하게 구성되면서 생활의
건설자를 부랑자가 아닌 노동자에게서 찾는 변화를 보인다.「첼카쉬」
와『세 사람』에 대한 한설야의 논평을 살펴보면 다음과 같다.

> 이것(인용자 :「첼카쉬」)은 볼가의 노동을 취재한 것으로 금전이나
> 조그만 행복보다 더 높은 곳에 자기의 자유로운 생활형식을 둔 호방과
> 감한 부랑인 첼까쉬, 자기 자신에 대한 타산에 파묻혀서 호담한 첼까쉬
> 를 이해하지 못하는 농부 가브릴라와를 대척적으로 그린 것이다.[13]

> 1900년에 발표한 장편『세 사람』은 도시 소시민의 하층사를 취지하
> 고 있으나 이것은 초기의 작품같이 방향을 잡지 못한 무지의 저용이나
> 아나키스틱한 반항이 아니라 그 비참한 생활의 재건을 위하여서 처참
> 의 노력을 나타내고 있으니 이것은 초기 작품에 대한 한가지의 해결이
> 라고도 할 수 있는 것이며 한 가지 해답이라고도 할 수 있는 것이다. 그
> 는 여기서 그 마땅히 할 바 길을 명시하고 있다. 그 길은 결코 상업과
> 이윤의 길인 '일리야'의 길도 아니요 또 타협과 신앙을 설교하는 '야꼬
> 브'의 길도 아니요 실로 프롤레타리아 '바벨'(모다그의 작품 중의 인물
> 명)의 길이니 그 길은 곧 생활조건의 완성의 길이요 생존의 환희의 길
> 이다.[14]

---

13) 한설야,「막심 고리키의 예술에 대하여」,『조선일보』, 1936. 7. 25~8. 5.

14) 한설야,「막심 고리키의 예술에 대하여」,『조선일보』, 1936. 7. 28. 그런데 이는
    한 달 전에 이미 동아일보에 게재된 한식의 해설을 거의 그대로 반복하고 있
    다. "장래 생활의 주인공은 상업과 이윤을 찾는 '일리야'의 길에서가 아니고 또

「첼카쉬」를 분석하고 있는 첫 번째 인용에서와 같이 첼까쉬와 가브 릴라와의 성격이 '대척적'으로 드러나 있다는 점에 관심을 보였던 한 설야는 차츰 고리키 소설의 발전양상을 추적하면서 인물을 대조하는 방식이 고리키 소설의 서사적 구성 원리로 자리잡고 있음을 발견한다. 그리하여 두 번째 인용에서와 같이 한설야는 『세 사람』을 해설하는 자리에서 일리야, 야코프, 파벨을 직접 대조하면서 '생활조건의 완성'의 길을 찾고 있다. 「막심 고리키의 예술에 대하여」에서 한설야는 『세 사람』의 연장이라 할 만한 희곡 『소시민』(1900)을 설명하면서도 "그는 여기서 소시민적 속물의 회색적인 평범한 생활과 창조적이오 활동적인 노동자를 대치하여"15)라고 말함으로써 '대조'('대치', '대척')의 구조에 대해 각별한 관심을 보였다.

한설야의 관찰과 같이 『세 사람』은 파멸을 면치 못하는 야코프와 일리야의 대척점에서 파벨의 건재함을 보여주고 있어서 주목된다. 일리야, 야꼬브, 파벨의 대조적인 성격 제시를 통하여 사회적 흐름의 올바른 방향을 제시하고자 했던 고리키의 『세사람』은 한설야의 『황혼』에 등장하는 세 인물, 려순, 준식, 경재의 관계와 유사하다. 특히 한설야가 『황혼』을 연재하기에 앞서 창작 의도를 밝힌 글에서도 '대조'를 강조하고 있다는 사실은 우연의 일치라고 보기 어렵다.

타협과 신앙을 설교하는 '야코프'의 길에서도 아니고 오직 프롤레타리아의 '파벨'의 고난에 싸이고 오랜 유혈의 투쟁을 거치고 나온 사회주의의 승리의 길에서만 얻어볼 수 있다는 것을 탐구하였으며 또 발견하였던 것이다." (한식, 「문호 막심 고리키의 문학사상의 공헌 : 위대한 작가, 교사로서의 그의 부보를 들으며」, 『동아일보』, 1936. 6. 25) 다만 파벨의 경우는 '모다그 작품 중의 인물명'이라는 부연이 붙어 있는 것으로 보아 한설야가 말하는 파벨은 『어머니』의 파벨임을 알 수 있다. 그러나 『세 사람』의 파벨도 노동자의 맹아를 보여주고 있는 인물이므로 본 고에서는 『어머니』에 대한 논의는 논외로 하고자 한다.

15) 한설야, 「막심 고리키의 예술에 대하여」, 『조선일보』, 1936. 7. 28.

> 이 소설(황혼 : 인용자)은 양심있는 인테리 청년의 고민을 그린 것이
> 다. 고민을 고민만을 그리게 되면 그 색채와 의의(意義)가 엷어질가 하
> 야 그것을 가장 선명히 할, 어떠한 대조(對照)아래에 마조 비최어보려
> 고 한다.16)

통상적으로 프로문학이 노동자나 지식인과 같은 전위적 인물을 작품 전면에 내세워 작품의 흐름을 주도하게 할 경우 도식주의에 빠지기 쉽다. 한설야가 '양심있는 인텔리의 고민'을 그리고자 한 것은 이념적 구호를 뒤로 감추고 '대조'를 통하여 문제의 본질을 암시적으로 드러내기 위해서이다. 『황혼』에서 '양심 있는 인텔리'의 구체적인 형상은 경재의 모습으로 나타났다. 한설야가 고리키와는 달리 인텔리를 중심으로 사건을 전개시킨 것은 그가 인텔리 계층에 친숙했기 때문이다. 한설야는 그의 집안이 파산하기 전에 유복한 유년기를 보냈으며17) 1920년에는 북경 익지(益智)영문학교에서 사회과학을, 1921년에는 일본대 사회학을 수학한 경력을 가지고 있다. 상대적으로 볼 때, 그가 가세가 기울고 부친이 사망한 뒤 만주체험을 한 것은 그리 오랜 기간이 아니었다. 이후 그가 카프의 이념을 작품으로 실천하기 위하여 의식적으로 노동현장에 들어가 노동체험을 한 것은 주지의 사실이다.

> 카프 작가들은 1927년 카프 신강령을 채택한 이후 보다 많이 공장
> 이나 노동자의 생활을 주제로 한 작품들을 쓰게 되어서 우리들은 누구
> 나 공장지대로 갈 것과 노동자들과 접촉할 것을 생각하였고 의식적으
> 로 그런 기회를 가지려고 노력하였다 (중략) 그때 마침 홍남에 질소 비
> 료공장이 들어앉게 되어 토지 매수가 시작되었는데 이것은 이름이 매

---

16) 한설야, 「본지에 빛날 신장편소설 『황혼』」, 『조선일보』, 1936. 1. 28.

17) 함경도 함주 출신인 설야는 구한말 군수를 지냈으며 간척사업을 했던 상당한
   재산가의 아들이었다.

수지 실상은 강탈이어서 불피코 회사대 주민 사이에 분쟁이 야기되었
다. 회사 앞잡이로 일제 경찰이 연장을 들고 나섰던 것은 두말할 것이
없다. (중략) 흥남은 나의 고향에 인접한 해안이니만치 나의 관심은 컸
으며 나는 이것을 작품화 하기 위해서 몇 번 고향에 돌아가서 직접 현
지로 가보았고 그곳 주민들과 만나서 담화도 하였다. 그리하여 나는 단
편 「과도기」와 「씨름」에 대한 구상을 하기 시작하였고 고향에 눌러 있
으면서 인민의 항쟁에 기세찬 파문 속에서 이 작품을 탈고하였다.[18]

이처럼 「과도기」와 「씨름」에 등장하는 하층민의 인물형상이 의식
적인 노력을 거쳐 획득된 것이라면 인텔리 지식인으로 등장하는 『황
혼』의 경재, 준식, 려순은 한설야의 무의식 속에 내재해 있는 작가의
여러 측면을 분신처럼 드러내 주는 인물 형상들이라 할 수 있다. 특히
소설의 흐름이 준식이 아니라 경재 쪽의 심리에 치중해 있는 것은 앞
서 살펴본 바와 같이 작가의 자전적 체험의 한계 때문이기도 하려니
와, 그것은 대조를 통해 조명될 준식의 형상에 대한 작가의 전략적 배
려 때문이기도 하다.

4. 성격 형상화의 유사성

『세 사람』의 주인공 일리야, 야코프, 파벨이 동성의 인물들로서 평
면적인 성격을 보이고 있는 반면에 『황혼』은 세 사람 중 한 사람을 여
성으로 설정하여 서로의 영향관계에 따라 성격이 크게 변화하는 입체
적 인물로 묘사된다. 『황혼』은 인텔리청년 경재와 려순의 사랑으로부
터 시작되고 후반부에 가서는 려순이 노동자 준식이 동지로 결합하여
예속자본가에 대항하는 것으로 끝난다. 『세 사람』에서 『황혼』에 대응

---

18) 한설야, 「정렬의 시인 포석 조명희」, 『조명희 선집』, 조명희 문학유산위원회,
    1959, 547~548쪽 참조.

되는 인물을 찾아 비교해 보면 다음과 같다.

『황혼』의 려순은 조실부모하고 시골에서 사립학교를 졸업한 후 서울로 올라와 김재당의 집에서 가정교사를 하며 고학을 한다. 그리고 경재의 도움으로 안중서의 방직공장 여비서로 취직하게 되나 안중서에게 성희롱을 당하고 만다. 이로 인해 려순은 안사장을 비롯한 부르주아 계급의 부패상에 강한 회의를 느끼게 된다.『황혼』에서 려순이라는 인물은 다음과 같이 소개된다.

> 어머니 아버지란 말을 불러 본 기억이 아득한 려순은 이 집에 있게 되면서부터 그 그리운 칭호의 하나를 경일 어머니에게로 보냈으나 바든 그는 그다지 고마운 기색도 보이지 않았다.……려순의 그리운 표정은 때아닌 서리에 떨어지는 낙엽과 같이 가깝고도 먼 두 사람의 사이를 마치 텅비인 거친 뜰같이 하염없이 휘날려 사라지곤 하였다. 그러며 넓은 뜰에도 인총이 빽빽한 세간에도 오직 한 몸만이 외로이 서 있는 자기 자신을 려순은 발견하는 것이었다.
>
> (『황혼』, 15쪽)

『세 사람』에서『황혼』의 려순에 대응되는 인물은 일리야이다. 연약한 성품의 일리야도 려순과 마찬가지로 불행한 출생배경을 지녔다. 그의 아버지는 방화죄로 유형당하고 어머니는 정신병을 앓게 되어 그는 곱추인 삼촌의 보살핌 속에서 유랑생활을 하게 된다. 일리야는 넝마주이 예레메이 노인과 함께 시내를 돌아다니며 넝마와 쓰레기를 줍고 다니다가 예레메이 노인이 삼촌 테렌티와 야코프의 아버지 페트루카에 의해 죽고 나자 세상을 환멸하고 신을 의심하게 된다. 그리고 마침내 그가 사랑하게 된 창녀 올림피아다를 환금업자가 괴롭힌다고 생각한 나머지 아무 죄의식 없이 그를 죽이고 만다. 환금업자를 죽인 날 일리야는 삼촌 테렌티에게 그가 알아들을 수 없는 말을 하는데, 이 말 속에서 자본주의 사회에 대한 비판의 소리를 들을 수 있다.

> "난 아마 이렇게 생각할 거예요. 내가 죄 지을 생각이 없었는데 일이 그렇게 되어버린 거라고 말예요. 모든 게 하나님의 뜻이지요. 내가 근데 뭣하러 머리를 싸매야 되나요? 하나님은 모든 걸 알고 있고 모든 일을 좌우하시는데요. 만일 그게 하나님의 뜻이 아니었다면 내 팔을 잡고 늘어졌을 거예요. 근데도 하나님은 아무 것도 하지 않았어요. 그러니까 난 떳떳하게 행동한 거지요. 다들 거짓말하는 데에 익숙해 있고 누구 하나 회개하는 것 봤어요?"
>
> (『세 사람』, 182쪽)

일리야는 사건을 둘러싼 여론조차 살인자의 대담성과 순발력을 칭찬하고 있다는 사실에서 세상의 모순을 절실히 깨닫는다. 사람들 중 환금업자를 불쌍해하는 사람은 하나도 없으므로 그는 정당한, 오히려 정의로운 일을 했다는 도취감에 빠진다. 살인 이후에 일리야는 폭행을 하기도 한다. 술취한 야코프를 폭행한 페트루카에게 달려가 말 한 마디 없이 그의 얼굴을 때린 것이다. 이 때에도 일리야는 정당한 일을 했다고 자부하며 모여든 구경꾼들에게 대담하게 자신의 정당성을 웅변하기도 한다. 『세 사람』에서 술집 주인 페트루카는 『황혼』의 안중서, 김재당와 같이 비도덕적이고 비인간적이며 속물적인 인물로 묘사된다. 이는 이기영의 『고향』에 등장하는 안승학, 권상철에 대응되는 인물이라 할 수 있다.

한편 『세 사람』에서 술집 주인 페트루카의 아들 야코프는 『황혼』의 경재에 대응되는 인물이다. 관념적 개인주의자로 묘사되고 있는 야코프는 치부를 위해 도둑질도 서슴지 않는 아버지 페트루카와 퇴폐적인 주위 환경으로부터 벗어나고자 끝없이 갈등하는 인물이다. 『황혼』에서 경재는 방직회사를 경영하는 부유한 집안에서 자랐고 동경유학을 한 부르주아 지식인이다. 그는 유학시절에 인도주의 사상과 사회주의 사상을 습득하였으나 가세가 기우는 가정환경으로 인하여 신념의 허약성을 보여주다가 개인주의자로 전락한다.

> 지금 나는 부모의 말대로 일가의 행복을 위해서 부잣집 사위가 되어 가지고 남에게 예속된 강아지의 행복을 누리겠느냐?……그렇지 않으면 내 뜻대로 내가 하고 싶은 길을 걸어 가겠느냐?……하는 기로에 있습니다. 제 삼자가 보기에는 부잣집 사위가 되어 가지곤들 무슨 일을 못하겠느냐 하겠지만 내 뜻을 살려가려면 불가부득 그 속에서 빠져 나와야겠고 그리되면 그 생활은 파탄되고 말 것인데 그것을 번연히 알면서 그리로 눈감고 뛰어들 수는 없는 거 아닙니까?
>
> (『황혼』, 115쪽)

경재의 처지와 심정이 단적으로 드러난 위 인용에서 경재의 내면적 갈등의 요체가 선명하게 드러난다. 즉 '남에게 예속된 행복을 누리느냐' 하는 것과 '하고 싶은 길을 걸어가느냐' 하는 것이 경재에게 있어서 가장 커다란 고민거리였다. 경재의 인텔리 지식인으로서의 고민은 그의 부친이 방직 회사의 경영난을 타개할 목적으로 안중서를 사장으로 앉히고 안중서의 딸 현혹과의 결혼을 추진하려고 하는 가정환경에 이끌리는 측면과, 이에 반발하면서 려순의 처지를 동정하고 사랑하게 되는 양심의 측면이 끊임없이 교차하면서 지속된다. 이는 『세 사람』의 야코프가 술집을 경영하는 아버지의 가업을 이어받지 않기 위해서 몸 부림치는 모습과 흡사하다.

두 작품에서 노동자 파벨과 준식의 모습은 집중적으로 조명되지 않는다. 대장장이 아들이자 장차 노동자로 성장하게 되는『세 사람』의 파벨은『황혼』의 준식에 대응되는 인물이다. 기름범벅을 하고 수리공 조수로 일하는 파벨은 철학적 관념에 빠져있는 야코프와 대칭적인 관계에 놓여있다.『황혼』의 준식과 경재 역시 대칭적인 관계에 놓여있는데, 한설야는 노동자 준식을 앞세우기보다는 경재를 반사경 삼아 준식의 성격을 대조적으로 보여줌으로써 준식으로 하여금 이데올로기의 시녀가 되지 않도록 배려하였다. 경재와 마찬가지로 파벨 역시 작품 속에서 성급하게 이데올로기를 전파하려 하지 않는다. 작품에서 파벨의 모습은, 일리야 가게의 점원 가브리크의 누이 쏘피아 리코노브나의 선진 사상에 깊이 매료되어 있는 모습 정도로 묘사되어 있다.

일리야, 파벨, 야코프, 그리고 려순, 준식, 경재는 각각의 작품에서 서로 대조됨으로써 자신들의 성격과 사회의 모순을 극명히 보여줌으로써 사회의 올바른 길을 제시하고 있다. 이들은 독자적인 성격 발전의 모습을 보이기보다는 서로에게 영향을 주고받으면서 성장한다. 일리야와 파벨, 또는 일리야와 야코프의 우정 속에서 일리야의 성격이 완성되는가 하면, 려순도 처음에는 자기의 방향을 제대로 잡지 못하다가 준식의 도움으로 노동자의 길을 걷게 된다.

두 작품의 결말을 살펴보면 두 작품의 차이와 공통점을 다시 한 번 확인할 수 있다.『황혼』의 결말은, 노동자들이 단결하여 산업합리화를 반대하는 투쟁을 하고자 사장실에 몰려드는 상황으로 마무리된다. 이 대목에서 경재는 부르주아의 몰락을 상징하는 황혼 속에 자신이 서있음을 똑똑히 목도하게 되는데, 그가 그럴 수밖에 없었던 가장 큰 이유는 사랑하던 려순이가 강인한 노동자의 모습으로 탈바꿈했기 때문이다. 이는 경재의 소시민성이 단죄되는 상황이라 할 수 있다. 한편『세 사람』은 불의와 부정을 용납할 수 없었던 정의로운 소년 일리야가 점차 세상에 대한 환멸을 느끼고 상점 주인으로까지 성장하여서도 만족을 느끼지 못하자 자살하는 것으로 끝난다. 이 작품에서 경재에 대응되었던 인물은 야코프였으나, 고리키는 야코프를 폐결핵으로 죽어가는 모습으로 처리하고 그 대신 일리야의 소시민성을 부각시킨 뒤 마침내 그를 자살하게 하였다. 고리키의 초기 작품「첼카쉬」가 돈을 훔치는 첼카쉬보다 비굴한 소시민 가브릴로를 비판적으로 그렸듯이,『세 사람』에서 일리야의 자살은 살인죄에 대한 속죄가 아니라 소시민성에 대한 단죄라 할 수 있다. 이를 뒷받침하듯 일리야는 동업자 탄냐의 집에 모인 사람들 앞에서 자신의 죄상을 폭로하며 다음과 같이 말하고 있다.

> "아가리를 왜 그렇게 벌리고 난리야? 난 저년하고 놀아났어. 내가 잘 알아. 그리고 난 사람도 하나 죽였어. 고리대금업자 폴루에크토프말이다. 내가 그 사람에 대해서 자주 이야기했던 것 기억나? 그 자 목을 졸라 죽였어. 그리고 중요한 건! 그 녀석의 돈이 화장품 가게에 투자됐다는 거지."
>
> 일리야는 방안을 휙 둘러봤다. 아무 말없이 겁에 질린 가련한 몰골들이 벽쪽으로 바짝 물러났다. 그는 그들이 경멸스러웠다. 한편으로는 자신의 범죄행위를 다 털어놓은 것에 화가 치밀었다.
>
> "내가 회개하고 있는 죄인이라고 생각하지는 마!"
>
> 그가 다시 외쳤다.
>
> "그럴 일은 없을 테니까! 난 그저 너희들을 비웃고 있을 뿐이야. 그뿐이라구!"
>
> (『세 사람』, 403쪽)

고리키 역시『세 사람』에 대해 언급하는 자리에서 "그 벽은 그가 일생 동안 공연히 자기의 머리로 타관하여 보자고 하였던 소시민성을 상징하는 것이다"[19]라고 말한 바 있다. 주인공의 자살은 패배주의로 해석될 여지가 많으나 일리야의 자살은 소시민성을 제거한 행위이기도 하므로 일정 정도 긍정성을 지닌다. 『황혼』의 려순은 일리야와 다른 선택을 한다. 려순 역시 한 때에는 부르주아적 환상과 소시민적 편견을 가졌으나 준식의 도움으로 계급적으로 각성하여 노동자의 편에 서게 된다. 이 점이 『황혼』이 『세 사람』의 성과를 능가하고 있는 점이라 할 수 있다. 『황혼』도 결과적으로는 자본가-노동자 계급의 양대 축을 형성하는 것으로 끝을 맺지만 『황혼』 이전의 작품들에서 보인 도식적 제시와는 달리 '성격 대조'의 방식으로 이 계급적 축을 제시하였다.

5. 마무리

한설야의 『황혼』은 고리키의 『세 사람』의 서사적 구성 원리를 창조적으로 수용하고 있다. 고리키는 이미 『첼까쉬』에서도 인물의 성격을 대조적으로 설정하여 그들의 대립을 통해 사회변혁의 방향성을 제시한 바 있다. 그리고 『세 사람』에서는 일리야, 야코프, 파벨의 성격 대조를 통해 변혁기 러시아 사회의 모습을 보다 입체적으로 보여주었다. 이 작품의 주인공들은 계급적 신분이나 성격에 있어서 『황혼』의 려순, 준식, 경재와 유사하다.

그러나 한설야는 고리키를 모방하는 차원에 그친 것이 아니라 이 세 인물의 대조를 보다 다양화시키고 세분화시키고 있다. 가령 토착자본가 김재당과 신흥자본가 안중서, 건강한 노동자 분이와 타락한 노동자 정님이, 개량적 노동운동 세력 동필과 혁명적 노동운동 세력 준식, 진보적이면서도 계급적인 한계에 갇혀있는 경재 등이 『황혼』의 서사망

---

19) 한 식, 「문호 막심 고리키의 문학사상의 공헌 : 위대한 작가, 교사로서의 그의 부보를 들으며」, 『동아일보』, 1936. 6. 25.

을 구축하고 있는 인물들이다. 한설야는 이 인물들을 통해서 자본가와 노동자의 양대 계급을 기본축으로 하는 당대 사회의 모순을 객관적으로 묘사하되 창작 방법면에서 기존의 도식성을 극복하고 있다. 즉 두 소설의 인물들은 독자적인 성격 발전의 양상을 보이기보다는 서로 대조됨으로써 상대방의 성격과 사회의 모순을 극명히 드러낸다.

고리키의 작품을 창조적으로 수용한 한설야는 『황혼』을 통해 자본가와 노동자의 양대 계급을 기본 축으로 하는 당대 사회의 모순을 객관적으로 묘사하되 1927년 볼셰비키화 이후 예술을 계급 이데올로기의 표현으로 이해하던 사회주의적 미학관을 극복하기 위한 시도를 성공적으로 보여주었다. 『황혼』이 카프 해산 직후에 쓰여졌다는 것은 카프의 해산과 함께 대부분의 작가들이 진보적인 세계관을 포기하여 전향소설이나 통속소설이 주도적인 흐름을 형성하게 되었던 당시의 사정을 비추어 볼 때 문학사적으로 매우 의미 있는 사건이었다.

■ 참고문헌

한설야,『황혼』, 풀빛, 1989.
막심 고리키,『세 사람』, 공동체, 1992.

김남천,「골키를 哭함」,『조선중앙일보』, 1936. 6. 22.
김민혁,「막심 고리키와 조선문학」,『조선문학』, 1956. 6(『고리키와 조선문학』
　　　부록)
김용희,「최서해에 끼친 고리키와 알치·바세푸의 영향」,『국어국문학』제88권,
　　　국어국문학회, 1982, 2.
박승극,「고리키를 더 배우겠다」,『비판』, 1936. 7. 20.
백　철,「문호에게의 공개장－골키에게 寄함」,『사해공론』, 1936. 8. 1.
이기영,「골키에 대한 작가적 印象抄」,『조선중앙일보』, 1936. 6. 22.
　　　　,「문호 골키옹을 弔함」,『비판, 1936. 7. 20.
　　　　,「막심 고리키 1주년제」,『조광』3권 6호, 1937. 6.
이숭원,「한국문학의 막심 고리키 수용」,『국어국문학』88권, 국어국문학회,
　　　1982. 12.
임　화,「한설야론」,『문학의 논리』, 서음출판사, 1989.
한설야,「본지에 빛날 신장편소설『황혼』」,『조선일보』, 1936. 1. 28.
　　　　,「막심 고리키의 예술에 대하여」,『조선일보』, 1936. 7. 25～8. 5.
　　　　,「고리키옹의 생애와 작품」,『신동아』, 1936. 8. 1.
　　　　,「감각과 사상의 통일 － 전형적 환경과 전형적 성격」,『조선일보』, 1938.
　　　3. 8.
　　　　,「『황혼』의 려순」,『조광』, 1939.
　　　　,「정렬의 시인 포석 조명희」,『조명희 선집』, 조명희 문학유산위원회,
　　　1959.
한　식,「막심 골키의 문학사상의 위치」,『동아일보』, 1936. 6. 20～6. 26.
　　　　,「문호 막심 고리키의 문학사상의 공헌 : 위대한 작가, 교사로서의 그의

부보를 들으며」, 『동아일보』, 1936. 6. 25.

함대훈, 「노동문단의 기린아 막심 고리키 연구 : 문단생활 40년을 기념하여」, 『조
　　선일보』, 1932. 11. 23~12. 27.

______, 「빈곤과 고난의 작가 고르키의 생애와 예술」, 『조선일보』, 1936. 6.
　　21~7. 1.

______, 「인류의 교사 막심 고르키를 弔함」, 『비판』, 1936. 7. 20.

홍효민, 「노문학과 골翁에 지위 − 한 개의 단편적 고찰」, 『조선문학』 2권 9호,
　　1936. 9.

김준엽・김창순, 『한국공산주의운동사』 제2권, 고려대학교 아세아문제연구소,
　　1970.

김학동, 『한국문학의 비교문학적 연구』, 일조각, 1972.

이상경, 『이기영 : 시대와 문학』, 풀빛, 1994.

한설야 외 지음, 김송본 편, 『고리키와 조선문학』, 좋은 책, 1990.

2부
남북한 사회와 문학적 대응

현기영 소설의 역사의식

1. 머리말

문학적 상상은 과거의 시간을 진공포장 상태로 재구성하지 않는다. 상상적 과거는 어떤 방식으로든 현재와 연계됨으로써 현재의 사태를 반성적으로 규명한다. 상상의 질료가 현실적인 것이 아니라 할지라도 상상 자체가 현재 통용되고 있는 언어로 번역되고 기술되어야 하기 때문에 현재적 판단을 배제할 수 없다. 현기영[1]의 소설도 언뜻 보기에는 4·3이라는 특정 시간에 봉합된 기억을 반복적으로 다루고 있는 듯하나 그 기억의 손상과 망실 정도는 현재적 관점에서 결정된다.

현기영의 소설에서 현재와 과거의 시간을 통합하는 서사의 핵심 키워드는 제주도이며, 제주도는 변방의식을 함의한다. 작가의 고향인 제주는 작가의 기억에 천형의 땅으로 각인되어 있다. 그럼에도 불구하고 작가가 창작 활동에 있어서 제주라는 소재를 버리지 않는 이유는, 그의 기본적인 창작 전략이 '변죽을 쳐서 복판을 울리게'[2] 하겠다는 것

---

1) 1941년 1월 16일 제주시 노형리에 속한 함박이굴 부락에서 출생.

이기 때문이다. 작가의 말대로 제주라는 협소한 지역은 한반도의 모순적 상황이 첨예한 양상으로 축약되어 있으므로 한반도의 보편적 상황을 대변해주는 장소이다. 제주도가 이처럼 민족적 현실의 한 전형으로 인식되기 때문에 이를 소재로 한 현기영 소설도 민족 보편의 정서에 호소할 수 있는 것이다.

역사적 사건을 소설의 소재로 택하는 경우에 작가가 특별히 고심하는 점은 단독자로서의 개인과 공동체의 구성원으로서의 개인을 어떻게 일치시킬 것인가 하는 점이다. 다시 말해서 작가는 개인의 경험과 정서 안에 공동체의 문제, 또는 공동화된 이념적 추상을 구체화시킬 방도를 강구해야 하는 것이다. 4·3과 제주라는 소재적 한계에도 불구하고 현기영 소설이 다채롭게 전개되어 온 이유는 바로 역사적·집단적 체험을 개개인의 체험으로 섬세하게 용해시킬 수 있었기 때문이다. 권력의 잔혹성을 고발함으로써 '금기를 뚫고 진실의 규명에 나아가려는 모든 지향을 추동하는 실천'[3]으로 평가되는 중편『순이삼촌』을 비롯해서, 그 연장선에서 화해의 길을 모색하고 있는「길」,「아스팔트」, 진실 탐색의 일환인 과감한 형식 실험으로 기억이 주는 충격적 잔상의 효과를 배가시킨「아버지」,「쇠와 살」, 그리고 정통 사실주의 기법에 충실한「마지막 테우리」,『지상에 숟가락 하나』, 소설과 소설가의 역사적 소임을 밝힌「위기의 사내」,「목마른 신들」등 현기영의 제주 이야기는 다양하게 변주된다.

어떤 기법을 동원하든 현기영 소설의 주제는 4·3 사태의 진상을 규명하고 제주도민의 소외의식을 보여주는 데로 모아진다. 그러면서

---

2) 현기영,「제주 4·3항쟁 45주년 특별기획 : 내 소설의 모태는 4·3 항쟁」,『역사비평』, 역사문제연구소, 1993. 2, 163쪽.
3) 정호웅,「근본주의의 정신사적 의미 : 현기영론」,『작가세계』, 1998. 2, 65쪽.

도 그의 소설은 결코 관념적 조급성이나 과격한 이론주의에 빠지지 않는다고[4] 평가될 만큼 자기 검증에 철저하고 역사적 사건의 고증에 충실하다. 이 글에서는 현기영 소설의 골간을 이루고 있는 체험의 진실성이 '불' 이미지로 구현되고 있다고 보고, '불'을 중심으로 한 공적 기억과 사적 기억의 탐색을 통해 작가의 창작태도와 역사의식을 살펴보고자 한다.

2. 공적 기억의 상징, 봉화(烽火)와 방화(放火)

개인적 체험에 대한 기억이 주관의 폐쇄성에서 벗어나기 힘든 반면, 집단적 체험에 대한 기억은 지배 이데올로기의 영향권에서 벗어나기 힘들다. 이 두 한계를 동시에 극복하기 위해 객관적 현실은 가능한 한 개별적 체험을 통하여 구체적으로 표현되어야 한다. 현기영 소설에서 4·3에 관한 공적 기억은 작가가 직접 목격한 봉화와 방화의 기억으로 회상된다. 봉화와 방화는 현실을 지배하는 이데올로기의 대립쌍을 표상하는데, 공적 기억 속에서 실제 체험의 복잡성은 이 두 배타적 상징물로 수렴된다. 봉화와 방화에 대한 기억은, 백살일비, 즉 양민 백을 죽여서라도 한 명의 유격대를 잡으라는 토벌대의 초토화 작전에 의해 새까맣게 타버린 고향의 기억에 뚜렷한 화광과 화기를 새겨 넣는다. 실제로 4·3 당시 토벌대는 무장유격대를 소탕한다는 명분으로 한라산 중산간 일대를 대대적으로 소개하였다. 작가는 소설에서 봉화가 아닌 방화에 의해 '중산간 지대 이백여 마을이 불에 타면서 한라산은 살육의 피구름으로 덮였다'(「거룩한 생애」, 433쪽)[5]는 사실, 그리고 '함

---

4) 염무웅, 「역사의 진실과 소설가의 운명 : 현기영 『마지막 테우리』」, 『실천문학』, 1994. 가을, 333쪽 참조.

박이굴은 그 이듬해 초토화의 불길에 잿더미가 된 채 지도상에서 영영 사라지고 말았다.'(『지상에 숟가락 하나』, 38쪽)는 사실을 체험적 근거를 동원하여 생생하게 증언한다.

> 사태 초기에 오름봉우리에 올랐던 불은 봉앳불이고, 토벌대가 지른 불은 방앳불이었다. 이 두 단어를 옳게 고쳐 봉홧불과 방홧불로 이해하게 된 것은 내가 장성한 다음의 일이었다.
> 그러나 나는 아직도 그 무서운 방홧불의 진정한 의미를 모른다. 횃불도 이해할 수 있고 횃불이 모여 봉홧불이 된 것도 알 수 있지만, 하늘마저 불지른 듯 벌겋던 그 초토의 방홧불은 도무지 이해 불능이다.
>
> (『지상에 숟가락 하나』, 49쪽)

화자에게 봉화와 방화는 개별적 항으로는 그 의미가 잘 포착되지 않는다. 즉 방화는 봉화와의 배치[6]에 의해 이해된다. 본래 배치는 다른 것과의 관계성, 그리고 그 관계로 인한 가변성을 특징으로 하는 개념이기는 하나, 증거 지상주의 사회에서는 새로운 해석을 입증할 만한 획기적인 사료가 발굴되지 않는 한 기왕에 정해진 배치를 수정하기 어렵다. 특히 지배 이데올로기에 의해 일단 배제의 대상으로 지목된 사료는 권력의 주체가 바뀌지 않는 한 본래의 지위를 회복하기가 어렵다. 이처럼 선택과 배제의 결정에 공정한 원칙이 적용되지 않는다는 사실은 그만큼 현실의 구성방식이 불합리함을 말해준다. 현실은 '극단의 상상력'에 의해 지배되며 현실을 지배하는 극단의 상상력은 항상 이분법적이다.[7] 이를 전제로 하고 보면 현기영의 소설이 봉화와 방화

---

5) 이하 본문에 인용된 중·단편소설의 해당 쪽수는 한국소설문학대계72『순이삼촌 외』(동아출판사, 1995)의 쪽수이다.
6) 들뢰즈에 따르면 배치는 공시적인 어떤 상태를 포착하는 개념이다.

사이의 중간항에 주목하는 이유를 짐작할 수 있다. 그것은 어느 한 쪽을 절대화함으로써 다른 쪽을 철저히 배제하는 극단주의의 오류를 반복하지 않기 위함이다. 다시 말해서 작가가 제주의 4·3에 대해 절대 부정이나 절대 긍정의 태도를 취하지 않는 이유는 사실 자체를 철저히 객관화하기 위해서이다.

4·3은 남로당 제주도지부의 무장 봉기가 발단이 되었다고 알려져 있으나 거기에는 엄밀하게 검토해봐야 할 역사적 맥락이 있다. 남로당은 광복 이후 두 번째 맞는 3·1절 기념행사 때 미·소 공동위원회를 통한 임시정부 수립을 요구하는 대대적인 조직운동을 전개하려 했다. 그것이 1947년 3.1절 집회였다. 집회 참가자들이 제주 관덕정 앞으로 행진하자 경찰이 시위대를 향해 총을 발포하였으며 그 때 민간인 6명이 숨지고 6명이 중상을 입었다. 이 때의 정황에 대해서는『지상에 숟가락 하나』에도 공식 기록과 크게 다를 바 없이 기술되어 있다. 문제는 대규모 유혈사태가 벌어진 4·3인데, 공식 기록에서 4·3은 1948년 4월 3일 제주도 전역에서 좌익 무장대의 조직이 경찰관서와 우익인사들을 습격하였다가 좌초된 무장봉기로 간략히 기술되었다. 그러나 소설에서 현기영은 그러한 기록이 간과한 사실, 즉 피해 당사자인 제주도민이 겪어야 했던 고통에 대해 상세히 진술하고자 노력한다.

> 제주 경비대는 '좌도 우도 아닌 민족의 군대'를 표방하여 제주사태를 경찰과 서청이 야기한 도민과의 분란으로 보고 중립적 입장을 취했었는데 중앙의 군수뇌부가 미군정의 철퇴를 맞아 몰락하고 만 것이었다. 제주 경비대는 연대장이 전격적으로 갈리면서 곧바로 토벌 작전에

---

7) 정호웅,「한국문학과 극단의 상상력」,『한국문학의 근본주의적 상상력』, 프레스 21, 2000, 33쪽 참조. 극단의 상상력이란 대립항의 철저한 배제를 통해 어느 한 측면을 절대화하는 상상력을 의미한다.

투입되었다. 그러나 말이 '폭도토벌'이지 실상은 양민학살이나 다름없
었으니, 대원 중 섬 토박이 출신들의 입장은 그야말로 진퇴양난이었다.

(『지상에 숟가락 하나』, 45쪽)

위의 인용에서 보는 바와 같이 현기영은 4・3 당시의 폭도토벌은
곧 양민학살이었다고 증언하고 있다. 제주 4・3에 대한 관제적 가치
판단에는 반공 이데올로기에 의한 시각의 제약이 있었다. 당시 제주도
인구의 10퍼센트인 2만 5천~3만 명이 목숨을 잃은 것으로 기록되고
있음에도 불구하고 국가의 입장으로서는 당시의 제주도민 상당수가
'빨갱이'였다. 그래서 4・3은 지배 권력을 확보하고 있는 국가권력에
의해서, 공산주의자에 부화뇌동해 일어난 소요로 규정되었다. 그것은
당시 그 역사적 사건의 복판에서 몸소 수난을 겪어내야 했던 제주도민
으로서는 도저히 이해할 수 없는 해석이었다. 미군정과 이승만 정부가
소위 '공산 폭동'을 진압하기 시작하여 1954년 한라산의 금족령이 해
제되기까지는 6년 8개월이 걸렸는데,[8] 이 6년 8개월은 사실상 폭도의
폭동의 규모를 의미하는 수치가 아니라 민간인의 피해와 희생의 규모
를 의미하는 수치였다. 피해자의 대부분이 사태의 중심인물이 아니라
주변인물이었으며, 그들은 무서운 폭도가 아니라 소박하고 평범한 제
주도민이었다. 현기영이 그러한 주변인물들에게 주목하는 이유는 그
들이 바로 민중의 전형이기 때문이다. 그의 소설에서 제주도민의 전형
적 특징은 '군경과 산사람이 대변하는 이념의 틈새기에서 중산간 마을
사람들이 좌우양단간에 어느 쪽에도 정처를 못 두고 양쪽 눈치를 살펴
야 하는 괴로운 생활을 하다가 파국을 맞는 모습'[9]으로 나타난다.

---

8) 김동현, 「55년 전의 싸움은 아직 끝나지 않았다」, 월간『말』, 2003. 5, 159쪽.

9) 왕철, 「소설과 역사적 상상력」, 『민주주의와 인권』 2권 2호, 전남대 5.18 연구소,
　　2002, 202쪽.

　　밤에는 부락 출신 공비들이 나타나 입산하지 않는 자는 반동이라고
　　대창으로 찔러 죽이고, 낮에는 함덕리의 순경들이 스리쿼터를 타고 와
　　도피자 검속을 하니, 결국 마을 남정들은 낮이나 밤이나 숨어 지낼 수밖
　　에 없는 처지였다.

(『순이삼촌』, 85쪽)

　이와 같이 현기영 소설의 주인공들은 이데올로기에 의해 갈라진 두 대립항의 절대적 배타 관계 속에서 양쪽으로부터 희생을 당했다. 통상적으로 이분법을 지향하는 공식 기록은 한 쪽을 정당화하기 위해 다른 한 쪽을 억압하고 배제한다. 그리고 배제된 쪽의 권리 주장은 안정과 질서에 대한 위협으로 간주된다. 거기에는 개별적 체험이나 미시적 관점에서의 미세한 차이와 공통성은 소멸되고 단순하고 배타적인 논리만 작동하는 것이다. 그러므로 중간항에 대한 현기영 소설의 관심은 공식 기록의 전면적 거부도 전면적 승인도 아닌, 판단 중지의 의지를 말해준다.

　이와 같이 역사적 가치 판단을 유보하는 대신 작가가 관심을 기울이는 것은 가공되지 않은 사료들을 전면적으로 공개하는 것이다. 단편 「쇠와 살」이나 장편 『변방에 우짖는 새』[10]처럼 고증 자체를 목적으로 기술된 소설들이 그 극단에 놓인다. 심방이 혼령의 말을 전하는 방식으로 진술된 「목마른 신들」에서도 심방은 사태에 대한 정보를 객관적 자료로서만 제시할 뿐 적극적으로 분석하려 들지 않는다. 「목마른 신들」의 심방의 말은 마치 초기 단편 「아버지」가 언어로 번역되기 전의 모호한 심리 상태를, 이데올로기에 의한 변형을 거치지 않고 이미지

---

10) 『변방에 우짖는 새』(창작과 비평, 1983) 서문에서 작가 스스로 "나의 작가적 상상력은 사료의 투망 안에 갇혀 기를 펴지 못한 것이 사실이다."(4쪽)라고 술회한 바와 같이 이 작품은 진상의 규명에 초점을 맞추고 있다.

[2부] 남북한 사회와 문학적 대응　141

중심으로 전개하고 있는 것과 유사한 효과를 낳는다. 「아버지」는 언어로 기술되어 있으면서도 인상의 편린들을 추적하고 있다는 점에서 하나의 증상처럼 읽힌다. 그와 마찬가지로 「목마른 신들」의 심방이 늘어놓는 수다한 사설은 마치 실어증을 앓는 순이삼촌의 심정을 번역하고 있는 것과 같다.

이처럼 작가가 사료의 발굴과 증언에 공을 들이는 것은 물증 만능주의에 대한 옹호를 바탕으로 한 것이 아니라 물증의 진정성에 대한 신뢰를 바탕으로 한 것이다. 이를 기반으로 현기영의 소설이 궁극적으로 지향하는 것은 관제적으로 영토화된 기억들을 탈영토화시켜 다시 배치하는 것이다. 다시 말해서 작가는 학습된 역사를 체험의 역사로 다시 기술하고자 하는 것이다.

3. 화인(火印)에 대한 상상적 기억

체험의 역사를 기록하기 위하여 현기영이 선택한 공적 경험의 상징이 봉화와 방화였다면 사적 경험의 상징은 화인(火印)이라 할 수 있다. 화인은 경험 주체에게 감각적으로 남겨진 과거 시간의 흔적으로서, 거기에 얽힌 기억은 현재의 심리상태에 따라 과장될 수도, 왜곡될 수도 있다. 왜냐하면 기억이란 현재적 관점에 의해 해석되거나 현재의 욕망에 의해 변질된 상태로 구성되게 마련이기 때문이다. 현기영 소설의 화인에 대한 기억도 현재의 욕망이 투사되어 상상적으로 구성되었을 것임은 물론이다. 작가에게 가장 뚜렷한 화인을 남긴 사건은 물론 고향마을을 불태워버린 4·3 사태이므로 작가의 소설적 허구가 고향 주변을 맴돌고 있는 것은 지극히 자연스러운 일이다. 다음의 인용에서 볼 수 있듯이, 불길에 흔적도 없이 사라져버린 고향은 작가의 뇌리에

그 곳의 마지막 모습, 공포스럽던 한 때의 정황을 고스란히 간직하고
있는 화석 같은 기억을 남겼다.

> 폭도 마을이라고 낙인찍혀 지도상에서 영영 사라져 버린 곳, 그것이
> 그녀의 고향이었다. 폐촌 되기 전의 고향집을 떠올려 보았으나, 그것
> 역시 고통일 뿐이었다. 콩타작하려고 찰흙 뿌려 잘 다져 놓은 판판한
> 마당 위에 짜랑짜랑 내리쬐는 가을햇볕이 생각났고, 대문 밖에 나란히
> 서 있는 두 그루의 늙은 멀구슬나무, 봄이면 연자색 꽃무더기가 구름처
> 럼 덮이고 겨울이면 잎 떨린 잔가지들이 촘촘히 그물치고, 거기에 별들
> 처럼 무수히 다닥다닥 열린 노란 열매들도 생각났다. 그러나 다음 순
> 간, 그 햇빛만 가득한 빈 마당이 콩다발을 가득 안은 어머니가 들어서
> 는 장면으로 바뀌고, 멀구슬나무의 빈 가지에 어린 동생의 가오리연이
> 걸리는 장면으로 바뀌면, 그녀는 단 쇠로 가슴을 지지는 듯한 고통에
> 진저리쳐졌다. 무구한 어린 영혼이 투영되었던 사물과 사람들이 지상
> 에서 지워져버린 이상, 그녀의 유년, 소녀 시절 역시 존재하지 않은 것
> 처럼 여겨졌다.
>
> (「고향」, 467쪽)

기억은 원형을 온전한 상태로 복원하지 못한다. 위의 인용에서 고향
에 대한 기억이 파편화된 장면들로 산만하게 조합되는 이유는 기억의
상상적 구성이 망각에 의한 훼손과 동시에 이루어지기 때문이다. 더욱
이 작가가 떠올리는 고향은 '초토의 불길에 타버린 검은 폐허'로서 작
가에게는 '단 쇠로 가슴을 지지는 듯한' 화인으로 각인된 곳이다. 그러
므로 국가적 차원의 폭력에 의해 생활 근거지가 초토화되고 가족 친지
를 비롯한 수많은 사람들이 떼죽음을 당하거나 행방불명된 그 고통스
러운 기억을 작가는 가급적이면 망각하고 싶은 것이다. 사태 이후에도
제주도민은 정치적 압박과 소외를 피할 수 없었으니 고향은 차라리 환

멸의 장소였다. 그럼에도 불구하고 현기영이 영원히 치유되지 못한 채 봉합될 뻔한 과거 시간을 현재의 시간 위에 호출하여 고향의 환부를 낱낱이 드러내고 있는 이유는, 작가 스스로도 「위기의 사내」에서 언급하고 있듯이 사회적 편견이 야기한 역사의 과오를 되풀이하지 않기 위해서이다.

> 그는 합동수사본부의 지하실에서 그 책을 쓰게 된 동기로서 "금기를 덮어두면 덮어둘수록 역사는 전철을 되풀이할 뿐 한치도 발전 못한다"라고 진술한 바 있었지만 그 역사의 전철이 바로 그해 오월달 광주에서 되풀이되고 말았던 것이다.
>
> (「위기의 사내」, 375쪽)

순이삼촌의 죽음이 사실상 30년 전의 해묵은 죽음이었듯이, 4·3 당시의 고향의 비극은 '때때로 망령처럼 무고한 사람들을 덮쳐 부당한 혐의로 심신을 피폐시키는 현재적 사건'(「위기의 사내」, 366쪽)이다. 사태 때 우연히 살아남은 사람들에게 있어서 사태 이후 덤으로 주어진 삶은 '현실과는 관계없는 가공의 삶'(「마지막 테우리」, 487쪽)에 불과한 것이다. 이처럼 4·3은 종료된 과거 사실이 아니라 지금도 진행되고 현재형의 사태이다. 순이삼촌은 오랜 후유증을 극복하지 못하고 끝내 자살하고 말았으나, 작가는 꿋꿋하게 살아서 사태의 진상을 규명하고 희생자의 넋을 위무함으로써 과거의 망령이 되살아나지 않도록 해야 한다. 소설가가 지닌 중요한 사명 중의 하나가 인간의 존엄성을 지키는 것이기 때문이다.

현기영의 상상적 기억은 화인에 뿌리를 두고 있는 부정적 감정들, 즉 분노, 증오, 겁의 원천을 탐색하는 데 집중된다. 러슬 나이(Russel Nye)가 '상상력은 역사가에게 선택과 해석의 두 가지 기능을 하게 한다'11)고 말한 바와 같이 역사적 사실을 다루는 작가는 상상을 동원하여 과거의 경험 중에서 의미있는 경험을 선택하고 그것에서 사건의 계기성과 인과성을 밝혀야 한다. 더욱이 진실이 규명되지 않는 역사적 사실에 대해서는 통찰력을 발휘하여 역사의 진실성을 밝힐 수 있어야한다. 현기영의 단편「아버지」가 모호한 이미지를 동원하여 사태 때의 전반적인 분위기를 암시하는 데 치중한 것은 사료 자체의 한계, 금기의 역사를 다루는 데 대한 부담감, 그리고 역사적 소명의식이 혼합되어 나타난 결과라 볼 수 있다.

> 저건 영락없이 밤에 본 굴뚝 도깨비야. 사타구니 밑으로 시커먼 검댕을 흩날리던 그 굴뚝도깨비가 저놈일지도 몰라. 아니다, 아니다. 그건 밤에 먼산에서 걸어 내려오던 아버지였다. 두어 달에 한 번쯤 찾아오는 아버지. 내가 잠든 여름밤. 참 먼 곳에서 칠흑 같은 오밤중을 쉴새없이 걸어서 자꾸자꾸 커지면서 집 앞에 당도했던 거다. 덩덩 북소리처럼 커지던 굴뚝도깨비, 다락같이 큰 키. 사마귀 같은 점이 굴뚝 도깨비로 다 자라 버렸는데도 아버지는 종내 오지 않았다. 그렇다. 이젠 들켜버린 거다. 비밀은 그 부정한 몸을 노출시켰다. 아버지는 머리가 긴 산폭도였다! 읍내 순경 세 명이 차를 타고 와 할머니를 만나고 간 저녁에 나는 벽에 머리를 짓찧으며 소리 없이 울었다.
>
> (「아버지」, 26쪽)

이 작품은 사건의 인과성을 사건과 사건의 인접성 속에서 도출하기보다는 사건을 둘러싼 심리적 상태를 통해서 찾고있다. 작가의 해설에따르면 이 작품에서 입산자를 아비로 둔 한 소년이 연못의 깊은 물 한가운데 갇혀 있고 형이 토벌대인 다른 소년이 돌멩이를 쥐고 못 나오게 감시하는 그 연못은 4·3 당시의 갇혀 있는 제주섬의 극한 상황을

---

11) 차하순, 「역사의 문학성」, 『역사와 문학』, 서강대학교 인문과학연구소, 1981, 35쪽.

상징한다.12) 연못에 갇힌 소년에게 공포의 구체적 대상은 돌멩이를 쥐고 있는 완실이기도 하고 아버지이기도 하다. 아버지와 완실이 형은 현실적인 이데올로기의 대립쌍을 의미한다. 산폭도를 아버지로 둔 나와 토벌대를 형으로 둔 완실이는 이데올로기의 횡포에 의해 서로 적대적인 관계에 놓인다.

여기서 다소 분열적 양상을 보이는 아버지의 이미지는 좀더 면밀한 관찰을 요한다. 「아버지」에서 아버지는 오밤중을 뭉쳐 먹으며 매일 자라는 상상의 까만 점, 화자의 상상력을 먹고 살찌는 상상의 점으로 묘사되거나 화자가 감당하기에는 너무 크고 엄청난 '비밀' 같은 존재로 묘사된다. 심지어 아버지는 백발의 수로노인처럼 폭도대장이 되어 죽창을 들고 빨갱이 산폭도들을 끌고 마을로 내려오는 위협적인 모습으로 상상되기도 한다. 화자에게 아버지는 불안, 공포의 진원지인 것이다. 그러나 아버지는 이처럼 좌익 이념의 한 표상인 동시에 생물학적 존재로서의 아버지이기도 하다. 현기영의 소설에서 생물학적 존재로서의 아버지는 종종 화마가 휩쓸고 간 고향과 똑같은 운명을 지닌 존재로 암시된다. 그래서 장편 『지상에 숟가락 하나』에서는 아버지의 이미지가 방 한가운데 걸려 있는 '전등불' 같은 것으로 묘사되면서도 동시에 화자에게는 이해할 수 없는 별세계 같은 것으로 간주되기도 한다. 이데올로기의 화신으로서의 아버지가 자기증식 하는 공포의 이미지를 지녔다면 실제의 아버지는 생의 원본성으로서의 이미지를 지니고 있는 것이다. 다시 말해서 폭도인 아버지는 '나'에게 상처를 낸 장본인이자 내 상처의 일부이기도 하다. 그래서 소설에서 화자는 아버지를 거부하는 동시에 아버지에 대한 강한 그리움을 표출한다. 그것은

---

12) 현기영, 「내 소설의 모태는 4·3 항쟁」, 앞의 글, 165쪽.

곧 작가가 이념의 횡포에 대해서는 단호한 거부의사를, 역사적 환난에 희생된 민중의 한 전형에게는 깊은 연민을 보이는 이유를 설명해주는 것이나 다름없다.

4. 후유증의 극복과 자기 성찰

현기영은 한 잡지의 기고문에서 '4·3은 결코 발설해서는 안 될 무서운 금기여서 모든 사람의 입을 얼어붙게 했고, 피해의식은 깊이 내면화되어 마치 제 이 천성처럼 굳어져버렸다. 그것은 숙명적인 열패감, 자기부정 사상을 낳았고, 중앙에 대한 맹목적인 선망을 불러일으켰다.'[13]고 회고한 바 있다. 4·3 사태 이후 제주민의 의식과 심리상태를 연구한 한 자료에서도, 제주민들은 극심한 패배주의, 레드 콤플렉스, 자책감, 체념적 숙명론, 허무주의 사고 등에 시달리고 있는 것으로 나타났다.[14] 이러한 후유증을 중점적으로 다루고 있는 「순이삼촌」, 「해룡 이야기」, 「길」, 「아스팔트」 등은 무게 중심을 과거에서 현재로 옮겨 증상의 극복 방안을 모색하고 있다는 점에서 현기영의 다른 소설들과 차별화된다.

「해룡 이야기」에 묘사된 제주도민들은 자신들이 겪은 가공할 사태가 틀림없이 개별적이고 구체적인 사실이었음에도 불구하고 그것을 증명할 방도를 찾지 못하여 운명의 소관으로 넘겨버린다. 체념하듯이 초월적 보편성에 자신의 구체적 경험을 희석시켜버리는 것이다. 이처럼 피해자가 역사의 진정성 찾기를 포기하는 것은 스스로 동일자 전략

---

13) 현기영, 「내 소설의 모태는 4·3 항쟁」, 앞의 글, 166쪽.

14) 김종민, 「4·3 이후 50년」, 역사문제연구소·역사학연구소·제주 4·3 연구소·한국역사연구회 편, 『제주 4·3 연구』, 역사비평사, 1999, 369~379쪽 참조.

에 흡수됨으로써 타자로서의 위치를 공고히 하는 것이 된다. 이때 현기영이 소설에서 드러내고자 하는 것은 피해자의 패배의식이 아니라 현상 자체의 기형성이다.

> 피해자일 뿐인 어머니에 대한 이 가당찮은 반감은, 실은 마땅히 가해자한테로 향해야 할 분노가 차단된 데서 생긴 엉뚱한 부작용임을 그는 잘 알고 있었다. 응당 가해자의 멱살을 붙잡고 떳떳이 분노를 터뜨려야 하는데, 도무지 그렇게 할 수가 없었다. 지금도 그렇게 할 수 없다 빨갱이로 몰릴까 봐 두려운 것이다. 피해자인 섬사람들은 5만이 죽은 그 엄청난 비극을 이렇게 천재지변으로 치부해버린다. 어쩔 수 없는 운명적인 것, 자신이 박복해서, 아무래도 전생에 무슨 죄가 있어서 당했거니 하고 체념해버린다.
>
> (「해룡이야기」, 189쪽)

실제로 제주도민 사이에는 자기 고장의 지정학적 및 역사적 주변성을 지나치게 의식하고 학살의 대규모성 광범위성에 압도되어 그 참극을 마치 불가피한 수난이었던 것처럼 여기는 숙명론적 패배주의적 사고가 널리 퍼져 있었다.[15] 이러한 심리를 반영한 「해룡 이야기」에서도 국가적 차원의 폭력은 초월적 존재인 해룡의 소행으로, 제주도민의 불행은 팔자소관으로 치부된다. 그리고 적개심을 가져야 할 대상이 모호해짐에 따라 분노도 막연한 공포로 바뀌게 된다.

「해룡이야기」에는 이러한 숙명적인 열패감이 '육지콤플렉스'라는 심리적 변종으로 나타나기도 한다. 소설에서도 묘사되고 있듯이, 찌든 가난, 우울증만을 유산으로 남겨준 고향은 제주도민에게 행복이나 출

---

15) 김영범, 「기억에서 대항기억으로, 혹은 역사적 진실의 회복」, 『민주주의와 인권』 3권 2호, 전남대 5.18연구소, 2003, 79쪽.

세와는 정반대의 개념으로 이해된다. 그래서 그들은 대부분 자신이 섬 출신임을 숨기고자 하는데, 그러면서도 한편으로는 '그래서 과연 나는 육지 사람이 되었나'(「해룡이야기」, 190쪽) 하는 회의와 반성으로부터도 자유롭지 못하다. 이 같은 고뇌와 갈등에는 제주도의 타자적 지위를 결코 인정할 수 없다는 의지가 반영되어 있다. 자신의 근본을 부정하는 것은 정체성의 혼란을 가중시킬 수밖에 없다. 그래서 소설에서 화자는 자신을 구제하고 자아의 건강성을 회복하기 위해 과거와 정면으로 대결하기로 결심한다.

> 왜 겁을 내! 꿈적꿈적 잘 놀라는 어릴 적 소아병을 이젠 청산해야지. 겁낼 게 아니라 불같이 노여워하고 무섭게 증오해야 한다. 그래야 나의 주눅든 피해의식을 극복할 수 있다. 해룡의 탈을 벗기고 그 흉측한 정체를 알아봐야겠다. 막연히 육지 토벌군이니 섭구군이니 할 게 아니라 구체적인 인명과 사례를 알아보자.
>
> (「해룡이야기」, 189쪽)

위에서 보는 바와 같이 해룡의 탈을 벗기기 위해 우선적으로 해야 할 일은 피해에 관한 구체적인 인명과 사례를 알아보는 일이다. 지배 이데올로기의 학습과 전파 메커니즘에 편승하지 않으려면 대항담론을 만들어낼 근거를 확보해야 하는 것이다. 국가는 교과서, 반공영화, 언론매체의 기획물 등을 통해 관제 기억을 국민 일반의 공공기억으로 주입시켰으며, 그것에 대한 의심과 도전은 가혹한 법적 규제와 물리적 탄압의 대상이 되었다.[16] 4·3이 금기시 된 데에는 권력의 압박뿐 아니라 그러한 권력의 시선을 내면화한 국민의 무지와 무능이 일등공신

---

16) 김영범, 위의 글, 71쪽 참조.

노릇을 하였다. 잘 알려진 바와 같이 현기영도 중편 『순이삼촌』으로 필화를 겪은 바 있다. 『순이삼촌』은 유신체제가 파국으로 치닫고 있던 1978년에 『창작과 비평』지에 발표되었고, 이 작품으로 작가는 심문을 당하고 옥고를 치러야 했다. 4·3의 상흔을 숙명처럼 안고 살아가는 인물의 심리를 조명하기 시작한 것은 그 뒤의 일이니 필화로 인한 정신적 충격이 얼마나 컸는지를 짐작할 수 있다. 필화 사건 이후에 씌어진 「길」과 「아스팔트」에서 작가는 분노나 증오의 표적을 뚜렷하게 바꾼다. 「아스팔트」 곳곳에서 목격되고 있는 바와 같이 작가가 문제삼는 것은 이제 사태의 직접적인 가해자가 아니라 사회적 편견이다.

> 그때 죽은 자는 모두 폭도다, 폭도가 아니면 왜 죽었겠느냐, 하는 식의 강변과 무서운 집단적 편견이 아직도 세상을 지배하고 있는데 어찌 조심스럽지 않겠는가.
>
> (「아스팔트」, 253쪽)

> 그렇다. 36년이 지난 지금 그때의 사람들은, 마을의 홀어미들도, 생활이 예전만 못해 간고해진 강씨도, 임씨도 파뿌리마냥 호호 늙어가고, 20여 년의 교직생활 끝에 모교인 중학교 교감이 된 창주도 그 뒤를 따라 점점 늙어가는데, 유독 그 집단적 편견만은 저제나 이제나 여전히 세월의 풍화작용을 받지 않은 채 견고하다. 과연 얼마나 오래 대를 물리며 이 편견은 살아 있을 것인가?
>
> (「아스팔트」, 254쪽)

모름지기 예술이 개인의 진리와 보편 타당성을 동시에 보여주어야 하는 것이라면, 사회의 편견을 문제삼는 「길」과 「아스팔트」는 보편 타당성 쪽을 좀더 강조한 경우라 하겠다. 『순이삼촌』 계열을 잇고 있는 작품으로 평가되는[17] 「길」과 「아스팔트」는 분노의 표적을 사회적 편견으로 돌리는 대신 가해자를 편견의 또 다른 희생자로 새롭게 규정한다. 가해자는 개인이 아니라, 개인을 발광케 만든 한 시대인 것이다. 가령「길」에서는 토벌대들에게 자기의 결백을 강변하기 위해 과잉행동으로 과잉충성을 보여야 했던 사람들을 또 다른 피해자로 보고 있다. 그리하여 화자는 사태 때 폭도 용의자로 의심받지 않기 위해서 아버지를 고발한 휘진의 아버지를 용서하게 된다.

주지하는 바와 같이 현기영의 문학관은「위기의 사내」에서 주인공 기웅에 의해 말해진 '말석론'으로 요약된다. 선도성, 유격성, 전위성, 전향성을 고창하는 젊은이에게 기웅은 '후위 없는 전위가 과연 존재할 수 있으며, 창대 없는 창끝이 무슨 소용이 있겠느냐'(「위기의 사내」, 377쪽)고 응수한다. 그러면서도 그는 그 말석론에, 필화를 입어 학교에서 해직 당하고 옥고까지 치른 뒤 점점 소심한 도피주의자가 되어가는 자신에 대한 자기 합리화가 내장되어 있음을 솔직하게 인정한다. 필화 사건 이후 작가는 적대의식과 보복보다는 이해와 용서를 소설의 주제로 다루면서도 한편으로는 '항쟁의 의미는 제쳐놓고 수난의 측면에만 골몰하고 있는 내 자신이 부끄러웠다'[18]고 술회한 바 있다.「위기의 사내」에서도 기웅은 기꺼이 80년대 운동권 젊은이들의 선택을 옹호한다. 더욱이 이 작품에서 이 시대의 '불', 화염병이 '드디어' '화려하게'라는 수식어와 함께 등장하는 것은 '말석론'의 기의가 전위론의 그것과 크게 다르지 않음을 말해준다.

> 드디어 화염병이 화려하게 등장한다. 일몰이 가까운 시간, 석양이 비껴 비치는 허공에 잇달아 날아가는 주황색 불꼬리들, 전경들의 발밑에 확

---

17) 이동하,「역사적 진실의 복원 : 현기영론」,『작가세계』, 1998. 2, 54쪽.
18) 현기영,「내 소설의 모태는 4·3 항쟁」, 앞의 글, 170쪽.

확 번지는 불길.

(「위기의 사내」, 402쪽)

5. 마무리

현기영 소설의 창작 전략은 변죽을 쳐서 복판을 울리듯 변방에서 시작된 파동으로 마침내 중심에 타격을 가하겠다는 것이었다. 그 가시적 성과의 하나가 1999년 12월에 의결된 4·3 특별법이라 하겠다. 현기영 소설이 4·3이라는 한정된 소재를 반복적으로 다루고 있음에도 불구하고 꾸준히 현실적 영향력을 행사할 수 있었던 이유는 자폐적이거나 도취적인 회상에 머물지 않고 시간간의 소통을 지향하였기 때문이다. 그리고 그 소통의 전제가 된 것은 철저한 자기 검증과 역사적 사건의 고증이었다.

이상에서 살펴본 바와 같이 현기영은 '불'을 중심으로 한 공적 기억과 사적 기억의 탐색을 통해 4·3 사태의 진상을 규명하고 제주도민의 소외의식을 보여준다. 현기영 소설에서 4·3에 관한 공적 기억은 봉화와 방화의 기억으로 대표되는데, 이는 현실을 양분하고 있는 이데올로기의 대립을 의미한다. 현기영이 이러한 대립의 중간항에 주목하는 이유는 어느 한 쪽을 절대화함으로써 다른 쪽을 철저히 배제하는 극단주의의 오류를 반복하지 않기 위함이다. 이를 바탕으로 현기영의 소설이 궁극적으로 지향하는 것은 관제적으로 영토화된 기억들을 탈영토화시켜 다시 배치하는 것이다.

현기영 소설의 사적 경험의 상징은 화인(火印)으로 나타난다. 현기영은 암울한 과거의 시간을 현재의 시간 위에 호출하여 고향의 환부를 낱낱이 드러낸다. 그 환부가 남기고 있는 증상들은 패배주의, 허무주의, 체념적 숙명론 따위로서,『순이삼촌』,「해룡 이야기」,「길」,「아스팔트」 등은 무게 중심을 과거에서 현재로 옮겨 이러한 중상들의 극복 방안을 모색한다. 이들 작품에서 현기영은 지배담론을 전복시킬 대항담론을 만들기 위해 은폐된 사료들을 확보해야 함을 강조한다. 즉 현기영 소설의 일차적 목표는 가공되지 않은 사료들을 전면적으로 공개하는 것이다.

　현기영이 4·3에 집착하는 이유는 더 이상 역사적 과오를 되풀이하지 않기 위해서이다. 관제의 기록을 근거로 한 공적 기억은 사회적 편견이라는 다수성의 지원으로 생명력을 유지한다. 그러나 사회적 편견이 절대적 진리로 군림하는 것은 한시적이어서 다수적 척도에 대한 회의와 반론이 거듭되면 그 지위는 붕괴될 수밖에 없다.『순이 삼촌』에 의해 처음으로 제주도에서의 집단학살 사실이 폭로되고 오래된 금기가 무너지기 시작했듯이 작가는 더 많은 소설로 4·3을 증언하여 마침내 사회적 편견을 파열시키고 말 것이다.

■ 참고문헌

현기영,『변방에 우짖는 새』, 창작과 비평사, 1983.

_____, 한국소설문학대계 72『순이삼촌 외』, 동아출판사, 1995.

_____,『지상에 숟가락 하나』, 실천문학사, 1999.

김동현,「55년 전의 싸움은 아직 끝나지 않았다」,『말』, 2003. 5.

김영범,「기억에서 대항기억으로, 혹은 역사적 진실의 회복」,『민주주의와 인권』
　　3권 2호, 전남대 5.18연구소, 2003.

김종민,「4・3 이후 50년」, 역사문제연구소・역사학연구소・제주 4・3 연구소
　　・한국역사연구회 편,『제주 4・3 연구』, 역사비평사, 1999.

염무웅,「역사의 진실과 소설가의 운명 : 현기영『마지막 테우리』」,『실천문학』,
　　1994. 가을.

왕　철,「소설과 역사적 상상력」,『민주주의와 인권』2권 2호, 전남대 5.18 연구
　　소, 2002.

이동하,「역사적 진실의 복원 : 현기영론」,『작가세계』, 1998. 2.

정호웅,「근본주의의 정신사적 의미 : 현기영론」,『작가세계』, 1998. 2.

현기영,「제주 4・3항쟁 45주년 특별기획 : 내 소설의 모태는 4・3 항쟁」,『역사
　　비평』, 역사문제연구소, 1993. 2.

홍용희,「재앙과 원한의 불 또는 제주도의 땅울림 :「아버지」에서『지상에 숟가락
　　하나』까지」,『작가세계』, 1998. 2.

정호웅,『한국문학의 근본주의적 상상력』, 프레스21, 2000.

질 들뢰즈・펠릭스 가타리, 김재인 역,『천개의 고원』, 새물결, 2001.

차하순 외,『역사와 문학』, 서강대학교 인문과학연구소, 1981.

이청준 소설의 자유의지

1. 머리말

과학적 이성이 발달하면서 인간은 결정론과의 대결 관계 속에서 끊임없이 자유의지의 가능성과 한계를 탐구해왔다. 결정론적 세계관의 가장 큰 맹점은 인간 행위에 대한 도덕적 판단이 불가능하다는 점인데[1] 이 때문에 칸트는 선험적 자유를 설정하고 이 선험적 자유에 의해 구성된 도덕법칙에 근거하여 자유의지의 한계를 명백히 하고자 했으며, 현대의 과학철학자 다니엘 데닛[2]은 인간이 결정론적 세계 속에서 미래를 전망하고 결과를 예측하여 자기 행동을 조절할 수 있다는 믿음 아래 자유의지의 가능성을 확장시켰다. 자유의지의 표출방식과 실현 가능성을 모색하는 일은 철학에 있어서뿐 아니라 문학에 있어서도 오랜 과제이며 한국문단에서는 이를 누구보다도 집요하게 탐색해온 작가가 이청준이라 하겠다.

---

1) 이종영, 『가학증, 타자성, 자유』, 백의, 1996, 107쪽.
2) 다니엘 데닛, 『마음의 진화』, 사이언스북스, 2006 참조.

인간은 스스로의 결단과 선택으로 의미 있는 삶을 개척해 나갈 자유가 있지만 그것은 한계를 넘어서지 않는 범위에서만 정당성을 확보할 수 있다. 그런 점에서 이청준의 '도덕적 정결주의'[3]는 자칫 방종으로 흐를 수도 있는 자유의지를 엄격히 단속하는 제어장치로 기능했던 것으로 보인다. 그 엄격성이 다소 지나쳐 이청준 소설의 인물들은 자유의지를 표출하는 방식에 있어서 매우 소극적인 태도를 보인다. 하나같이 의미 있는 삶을 개척하는 데 실패하거나 애초부터 수동적이고 체념적인 태도로 일관하고 있어 작가가 생각하는 자유의지가 실현될 수 있는 종류의 것이 아니라 선망되는 것에 불과하다는 인상마저 주고 있다. 이는 소설 속에 그려진 현실세계가 인물의 결단과 선택을 압도할 만한 힘을 행사하고 있다는 사실과 무관하지 않아 보인다. 이청준의 인물들이 경험한 세계는 대체로 비논리성, 우연성이 지배하는 세계이다.[4] 주지하는 바와 같이 이청준은 4.19와 5.16의 경험을 "20대의 분출을 사회적인 엄청난 힘이 방종으로 단죄하고 억압"[5]한 것으로 회고하면서 「퇴원」(1965), 『소문의 벽』(1971) 등에서 '전짓불'로 상징되는 공포의 원체험을 통해 현실 세계가 가한 폭력적인 '단죄'와 '억압'을 인상 깊게 폭로한 바 있다. 그런데 이청준 소설의 인물들은 우연적 세계에 절망하고 회의와 불안에 시달리면서도 자유를 향한 의지만은 포기하지 않는다. 작가 자신은 소설쓰기를 통해 자유의지를 실현하고 있기도 하다. 마치 『구토』(사르트르)의 주인공 로캉탱이 잘 짜여진 내적

---

3) 김현, 「자유와 사랑의 실천적 화해」, 권오룡 편, 『이청준 깊이 읽기』, 문학과 지성사, 1999, 230쪽.

4) 김치수(「언어와 현실의 갈등」, 권오룡 편, 위의 책, 90~93쪽)도 이청준 소설의 비논리적인 세계에 주목하고 있으나 사실상 관심의 초점은 그러한 세계로 인해 얻게 된 정신적 상처, 포비아에 있다.

5) 권오룡과의 대담, 권오룡 편, 위의 책, 25쪽.

질서를 지닌 노래와 영화를 경험한 뒤 드 롤르봉 후작의 전기쓰기 작업을 중단하고 소설을 쓰기로 결심하듯이, 이청준은 우연적이며 억압적인 현실에 복수하기 위해 소설을 썼던 것이다.

이 글에서 이청준의 장편소설 『당신들의 천국』(1976)을 주목하는 이유는, 확고한 신념에 따라 자유의지를 수행하는 조백헌, 자기 경험에 비추어 자유의지의 내용과 표현수위를 결정하는 이상욱, 그리고 소록도의 원생들의 형상을 통해 인간의 자유의지의 표출방식이 다양하게 제시되어 있기 때문이다. 선행 연구들은 작품에서 추구하고 있는 '자유'의 포괄적인 의미의 해석에 치중한 나머지 각 인물의 성격을 구획해내는 자유의지 현시방식의 차이에는 집중하지 못했다. 자유의지를 표현하는 방식은 주어진 환경, 즉 소여의 문제에 결부된 것이어서 인물의 갈등관계를 이해하는 데 요긴한 단서를 제공하기도 한다. 통상적으로 자유 개념은 두 가지로 나뉜다. 어떤 억압이나 강제, 구속 등으로부터 벗어나는 소극적 개념의 자유인 '정치적 자유'와 자신의 의지작용에 따라 행위할 수 있는 힘을 뜻하는 적극적 개념의 '철학적 자유'가 그것이다.[6] 물리적 환경의 개선으로 소록도 나환자들의 소외의식을 해소하고자 하는 조백헌 원장에게 있어서 자유는 정치적 자유에 가까운 반면, 개인의 자발성과 자율적 선택에 따른 행위를 실행하는 데 관심을 집중시키고 있는 이상욱에게 있어서의 자유는 철학적 차원의 자유에 가깝다고 할 수 있다. 자유의 개념에 대한 인식의 차이는 한 가지 현상을 놓고도 판이한 의미해석에 이르게 하지만,[7] 자유의지를 표

---

6) 김효명, 「결정론과 자유」, 서울대 철학사상연구소, 『철학사상』 28집, 2008, 237쪽.

7) 가령, 『당신들의 천국』에서 원생들의 탈출 사건을 놓고도 보건과장 이상욱은 그것을 탈출'극'으로 보는 반면에 조백헌 원장은 그것을 '탈출'로만 보는 식의 시각차가 발생한다.

현하는 방식에 있어서는 자유의 개념 구분이 무의미하다. 경험론자 로크나 흄에 따르면, 강제와 대립하는 정치적 자유와 필연성, 원인 따위를 부정하는 철학적 자유는 깊이 연관되어 있어 그 차이를 구별하기 어렵다.[8] 이청준의 주요 관심사도 우연성의 세계 속에서 인간이 자유의지를 실현할 수 있는가, 할 수 있다면 어떤 방식으로 가능한가 라는 질문으로 요약되는데, 이 글에서는 『당신들의 천국』의 인물 행위에 대한 작가의 관찰과 개입에 주목하면서 예의 질문에 대한 대답을 추론해 보고자 한다.

2. 단 하나의 선택, 굴종의 삶

『당신들의 천국』은 조백헌이 소록도에 새 원장으로 부임해 오던 날 원생 두 사람의 탈출 사고가 발생하는 것으로 시작된다. 자유는 어떤 권위를 배반하고 명령을 거역하는 행위를 통해서 표현되게 마련이므로 소록도 원생들의 목숨을 건 '탈출극'은 자유의지의 우회적인 현시라 할 수 있다. 육체적 질병이 억압과 구속의 원인이 되고 있는 나환자들에게 정치적, 철학적 자유의 구분은 무의미하며, 이들에게 자유는 삶의 대립항으로서만 의미를 지닌다. 삶을 선택하면 자유를 잃고 자유를 선택하면 삶과 자유를 모두 잃을 수밖에 없는 노예에게[9] 선택항은

---

8) 흄, 『로크, 흄』, 한상범 외 2인 역, 「세계사상대전집 34집」, 대양서적, 1972, 435쪽 참조.

9) 김윤식도 이 '헤겔의 주인과 노예의 변증법'을 적절히 활용하여 이청준의 소설을 분석하고 있는데, 그는 주인과 노예, 즉 가해자와 피해자의 역할 순환에 주목하고 있다. 라캉은 『세미나』11집에서 인정투쟁 속에서 노예는 자유와 삶 둘 중의 하나를 선택해야 하는 기로에 놓인다고 보고 자유를 택하려 하면 삶을 잃고 삶을 잃으면 자유도 잃기 때문에 노예는 자유를 선택하는 것이 불가능하다고 본다. 이종영, 앞의 책, 37쪽 참조.

두 가지가 아니라 단 하나, 굴욕적인 삶을 택하는 길뿐이다. 그러므로 그들의 탈출극은 "생명을 받고 살아있는 자의 마지막 자기 증거"(353쪽)로서의 의미에 그칠 뿐 실질적인 자유의 획득과는 거리가 멀다.

　이청준의 초기 중단편들을 면밀히 살펴보면『당신들의 천국』의 '탈출극'은 이미 여러 작품에서 다뤄진 '의사 광증', '가수면', '가면'의 변종 형태임을 알 수 있다. 이는 이청준의 소설에서 자유의지의 현시 방식이 죽음 직전에 이르는 단계까지 집요하게 관찰되어 왔음을 보여주는 상징적 기호들이다. 싸르트르 식으로 자유의 의미를 확장해서 볼 때, 인간은 죽기 전까지는 자유이다. 타자가 자신을 대상화할지라도 타자의 대상화를 거부하려는 내면적 요구에 의해 대상화된 자신으로 고정되지 않으려 하는 것을 초월의지[10]라 하는데 비록 노예의 처지에 있을지라도 이 초월의지를 박탈당하지 않는 이상 살아있는 인간은 자유인 것이다. 『소문의 벽』(1972)의 박준, 「괴상한 버릇」(여성동아, 1971. 6)의 '그', 「가면의 꿈」(독서신문, 72. 10. 15)의 명식은 자기 의지와 무관하게 통제되고 조정되는 상황에서 불안과 공포를 느끼고 그러한 상황으로부터 벗어나기 위해 스스로 의식 활동을 중단한다. 자신을 의식이 없는 사물존재로 바꾸어보려는 이 시도는 인격성의 포기나 다름없으나 사실상 그것은 위장된 것이라는 점에서 자유의지의 한 표현으로 볼 수 있다. 오히려 그것은 우연성이 지배하는 현실 속에서의 자유의지란 '탈출극'이나 '가면극'과 같이 연극적인 위장술만을 허용할 뿐 정직성과 진정성을 허용하지 않는다는 사실을 역설적으로 말해주고 있다. 행동의 자유를 최대한 제한하고 초월적 자유만을 행사하고 있는 그들이 얻고자 한 것은 휴식[11]이다. 『소문의 벽』에서 박준이 "사

---

10) 이종영, 앞의 책, 115쪽.
11) 변광배, 싸르트르, 『존재와 무: 자유를 향한 실존적 탐색』, 살림, 2005, 227쪽. 싸

람은 미친 사람 취급을 받을 때가 가장 편한 것이 아닙니까. 미친 사람은 어떤 세상일로부터도 온통 자유로울 수 있거든요. 책임을 추궁당할 일도 없고 협박을 당하며 쫓겨 다닐 일도 없지요."(374쪽)이라고 말한 바와 같이, 자신의 자유를 철회하는 것처럼 보이는 이 도피행각들은 거꾸로 외부의 방해와 간섭으로부터 자기를 보호하여 자유의 체감도를 극대화하려는 행위이다. 요컨대 자신을 사물처럼 위장하는 의사 죽음으로 그들은 자유의지를 반어적으로 수행하고 있는 것이다. 이와 마찬가지로 『당신들의 천국』의 표정 없는 원생들의 무서운 침묵과 복종은 현실에 대한 피로감의 표시이자 자유의지의 반어적인 현시 방식이라 할 수 있다. 이들의 복종은 자유의 일종으로서, 자유를 버린 이순구의 복종과는 구분해서 보아야 한다.

이상욱의 아버지 이순구가 과거의 독재자 주정수 원장에게 보여준 충성은 자유의 반환 행위라 할 수 있다. 에리히 프롬의 통찰에 의하면, 인간은 고립과 불안의식이 극대화되었을 때 비록 자유를 빼앗기는 한이 있더라도 불안으로부터의 구원을 약속하는 권력에 복종하고자 하는 행위를 보인다.[12] 이를 이른 바 '자유로부터의 도피'라 한다. 나환자들을 대상으로 단종 수술이 강행되던 주정수 시대에 이순구는 같은 원생 지영숙과 함께 당국의 엄중한 금기를 거역하고 자유로써 사랑하고 사랑으로써 아이를 잉태하여 섬의 자유와 사랑의 상징인 아들 이상

르트르는 "나는 대상보다 더 이상 가는 무엇이기를 거부한다. 나는 타인 속에서 휴식한다"고 말한다. (『존재와 무 2』, 삼성출판사, 삼성판 세계사상전집39, 1982, 114쪽) 사르트르에 의하면, 특히 마조히즘 관계에서 나 스스로 나의 자유와 초월을 벗어던져 타자의 자유와 초월 속에서 '휴식'을 맛본다는 것이다. 물론 이때의 휴식이란 내가 나 스스로를 사물화, 독 즉자화시킨 대가로 누리는 휴식일 따름이다.

12) 에리히 프롬, 『자유로부터의 도피』, 홍신문화사, 2008, 37쪽.

욱을 낳았으며, 섬사람들은 그가 비밀리에 생명을 잉태하고 양육할 수 있도록 협력했다. 그런데 이순구는 끝내 자신의 불안감을 이기지 못하여 권력에 예속되기를 자청함으로써 섬사람들을 배반하고 만다. 마을 일에 열성을 다해 순시원직까지 얻은 그는 원생들의 처지를 노골적으로 외면하였는가 하면 주정수에게 충성을 다하고도 모자라 그 충정심의 표상인 동상까지 지어 바친다. 주정수가 지닌 동일자의 논리에 완전히 포획되어버린 이순구는 주정수의 일부일 뿐이지 자신의 타자성을 보호받는 독립된 존재, 자유인은 될 수 없었다. 그는 결국 섬사람들 손에 살해되지만 그가 자신을 사물화하고 도구적 존재가 되고자 했을 때 이미 그의 굴종은 죽음을 상징하고 있었던 것이나 다름없다.

요컨대 섬사람들의 복종은 생존을, 이순구의 복종은 죽음을 향해 선택된 것이었다. 작가가 관심을 기울이는 대상은 물론 섬사람들이다. 생존을 위한 굴종이라는 단 하나의 선택밖에 주어지지 않은 섬사람들이 자유의지의 주체가 될 수 있는지를 타진하기 위해 작가는 황장로를 통해 작품의 내적 논리에 개입한다. 황장로는 섬의 내력과 이상욱의 출생 비밀, 그리고 조원장과 섬 사이의 갈등을 누구보다도 세밀하고 정확히 파악하고 있어 다른 인물과는 달리 작가만이 지닐 수 있는 전지적 시선을 확보하고 있는 인물이다. 황장로가 조원장에게 들려주는 다음의 이야기에는 작가의 바람이 요약적으로 드러나 있다.

"글쎄, 어째서 주님을 따른다는 자들이 그렇지 않은 사람들보다도 더 의심과 미움으로밖엔 행할 수가 없었는지, 그 미움이나 질시가 어디에서 연유하고 있는진 나도 참 생각을 많이 했지. 이게 혹 우리 문둥이들의 진짜 습성이 아닌가고 말야. 주님의 이름을 빌어 그 주님의 믿음과 사랑을 팔면서도 사실은 아무도 그 믿음과 사랑을 행하지는 않으려했던 게 바로 우리 문둥이들의 습성 때문일 수가 있었거든. 그런데 그

이과장이란 사람이 말을 해 주더구만. 섬을 나가기 전에 나를 찾아와서
말씀야. 그 사람은 그걸 자유라고 하더구만. 이과장이나 나나 이 섬 문
둥이들이 지금까지 이 섬에서 행해온 것은 모두가 그 자유라는 것으로
해서였다고 말씀이야. 그리고 문둥이가 누구의 종이 되지 않는 길은 그
자유라는 것으로 이루어내는 길밖에 다른 방법은 없다는구만. 생각해
보니 그게 제법 옳은 소리 같더리나까. 이 섬에선 아닌게 아니라 자유
로밖엔 행할 수가 없었고 자유로밖엔 행해 온 바가 없었거든. 이상욱이
란 그 사람도 결국 모든 것을 그 자유 한 가지로 행하고 그것으로 섬을
나가고 만 사람 아닌가 말씀야. 그가 그토록 원장의 동상을 경계하고
섬사람들을 경계하고, 그리고 끝내는 스스로 섬을 버리고 나간 것 모두
가 실상은 그 섬의 자유라는 것 때문이었거든.”

(『당신들의 천국』, 300쪽)

위의 인용에서 황장로는 ‘문둥이들의 습성’이라는 자조적 표현을 써
가며 자유로밖에 행할 수가 없었던 소록도의 숙명적 한계를 부정하고,
진정한 해방은 자유와 더불어 사랑으로 행해져야 한다는 사실을 암시
했다. 그러나 이러한 황장로의 생각에는 몇 가지 문제점이 있다. 첫째,
그가 내세운 ‘사랑’은 상황적 계기와 맥락이 뒷받침되지 못한 채 비약
된 것이며, 원생들의 질투와 의심, 그리고 ‘탈출극’으로 분출되었던 반
항심이 ‘자유라는 거 한 가지로만 행하려 해 온 허물’(301쪽)로 단순화
된 데에는 반대로 기왕의 현실적 정황들이 소거되어 있다. 둘째, 황장
로의 ‘사랑’은 쌍방에 의해 실현되는 것이 아니라 일방에 의해 추억되
는 것이라는 점에서 모순을 지녔다. 사랑은 타자가 강요에 의해서가
아니라 자발성에 의해서 노에 되기를 선택할 때 성립될 수 있는 것이
다.[13) 거기에는 어느 한 쪽이 도구화되지 말아야 한다는 조건이 필수
적으로 수반된다. 그런데 힘의 균형을 유지하기 어려운 지배자─피지

---

13) 이종영, 앞의 책, 41쪽.

배자의 관계 속에서는 그 조건이 충족되기 어렵다. 자발적으로 노예되기를 선택하는 쪽이 피지배자 쪽일 경우 이순구에게서 볼 수 있었던 불행이 반복될 가능성이 커진다는 사실은 자명하다. 지배자 쪽에서 자발적으로 노예 되기를 원한다 해도 그 상태가 변질되지 않으리라는 보장이 없다. 황장로가 이미 마음 속에 스스로 조원장의 '동상'을 지어놓고도 그가 섬을 떠나는 것을 전제로 '사랑의 동상' 이야기를 꺼내고 있다는 것은 그 자신조차도 조원장의 사랑을 확신할 수 없었기 때문이라 할 수 있다.

피지배자에게 사랑이 굴종과 구분되기 어려운 것처럼, 지배자에게 사랑은 가식과 잘 구분되지 않는다. 이는 이청준 자신이 『당신들의 천국』의 초입부터 윤해원을 통해 보여 준 문제의식이기도 하다. 윤해원은 봉사하러 오는 건강한 아가씨들에게 사랑을 호소하는 식으로 섬으로부터 쫓아냄으로써 건강인이 원생들과 같을 수는 없다는 사실을 환기시키며 여인들의 허세를 증명하곤 했다. 이상욱이 섬을 떠나기 전에 조백헌 원장에게 "운명을 같이하지 못하는 사람들 사이에선 절대의 믿음이 생길 수 없습니다. 더욱이나 이 섬에서는 사정이 그렇습니다. 그리고 그 같은 운명을 살 수 없는 사람들 사이의 믿음이 없는 사랑이나 봉사는 한낱 오만한 시혜자로서의 자기도취적인 동정으로밖에 보일 수가 없습니다."(349쪽)라고 말한 것도 윤해원의 생각과 크게 다르지 않다. 그럼에도 불구하고 작가가 관계의 다양한 스팩트럼을 포괄하는 '사랑'을 다시 운위한 것은 원생들로 하여금 자유의지를 갖게 하기 위한 궁여지책으로 보인다. 소설의 내적 논리를 파열시키면서 감행된 작가의 개입은 결과적으로 원생들 및 피지배자들이 선택할 수 있는 길은 굴종적인 삶뿐임을 재차 확인한 셈이다.

3. 두 개의 선택항, 그러나 선택된 삶

『당신들의 천국』에서 이청준은 지배자 — 피지배자 관계가 아닌, 다른 차원의 관계 구도 아래에서 자유의지를 시험하기도 한다. 오마도 간척사업으로 해산물 채취장과 해태 양식장을 잃게 된 인근 마을 사람들이 조원장에게 항의하러 왔을 때 한 사내가 조원장에게 "원장님은 도대체 의삽니까, 사회사업갑니까?"라고 묻는데, 이 질문은 섬과 조원장의 관계를 다른 관점에서 보게 한다. 조원장이 지배자의 위치에 놓일 수 있었던 것은 '원장'이라는 직함 때문이었지만, 사내의 질문은 그가 '의사'나 '사회사업가'와 같은 또 다른 역할 자질들을 갖고 있음을 환기시키고 있다. 나병의 병원체, 발병, 전염, 치료 등에 대해 엄격히 의학적 태도를 고수해야 하는 의사 입장과 인간적인 측면에서 부당한 통념에 맞서 환자를 보호하고 관리해야 하는 입장은 크게 다르다. 『당신들의 천국』을 관통하는 전반적인 주제의 흐름도 그렇거니와, 『소문의 벽』에서 진술공포증을 호소하고 있는 박준에게 치료의 명목으로 자기 진술만을 요구했던 의사 김박사가 부정적으로 그려졌음을 상기해본다면, 작가가 긍정적 인물로 그려내고 있는 조원장의 역할 선택은 마땅히 후자 쪽일 것이다. 그러나 중요한 사실은 그가 어느 쪽을 선택했느냐가 아니라 그가 최소한 두 개 이상의 선택지를 가지고 있다는 점이다. 생존만을 선택해야 했던 원생들과는 달리 그는 '어떻게 살 것인가'라는, 질적인 차원의 고민을 할 수 있는 위치에 있는 것이다.

복수의 선택항을 눈앞에 둔 자리야말로 자유의지를 시험하기에 용이한 자리이다. 경우에 따라 미결정 상태라고도, 중도라고도 할 수 있는 이 가운데 자리는 작가 이청준이 놓여있는 자리이기도 하다. 어느 대담에서 이청준은 '삶이 억압당하고 고통받을 때 너는 역사의 바른 자리에 있었느냐?'라는 물음에서 벗어날 수 없었다고 고백한 바 있다. 특히 소설을 처음 쓸 당시인 5·16 이후의 상황 속에서 "이렇게 쓰고 있을 때 과연 나 자신이 역사와 문학과 삶의 옳은 자리에 서 있는가라는 나 자신을 향한 물음에서 오는 그런 위기감이 많았다"[14]는 것이다. 그런데 이청준의 소설들을 두루 관찰해보면 작가가 언급한 '바른 자리'는 작가의 양심에 의해 결정되는 자리가 아니라 타자에 의해, 사후적으로 그 정당성이 평가되는 종류의 것임을 알 수 있다. 이러한 사정을 상징적으로 보여주는 작품이 이청준의 단편 「빈방」이다. 이 작품에서 지승호가 본래 서 있던 자리는 '복도'였다. 동료 공원들이 봉금 인상과 해고된 공원의 복귀를 요구하는 있는 투쟁 현장에서 지승호가 '복도'를 선택한 것은 싸움의 피해를 줄이고 협상을 끌어내기 위해서였다. 그러나 우연히 복도 쪽에서 농성자들을 향해 물벼락이 쏟아졌고 그 때문에 그는 자신의 의지와는 상관없이 배신자, 가해자로 낙인찍히고 만다.

> "그렇지요, 딸꾹. 전 그때 제가 서 있어야 할 곳에 서 있질 못했던 거예요. 지금 와서 생각하면 전 분명히 그렇게밖엔 보일 도리가 없었던 겁니다. 그리고 그렇게 자신을 인정해 버리는 편이 제 마음도 훨씬 더 편하게 되었구요, 딸꾹……"
>
> (「빈방」, 193쪽)
>
> "배신자란 자신의 배신을 시인해 버리는 데서보다도, 그것을 부인하고 싶어하는 때가 훨씬 고통이 더한 법이거든요, 딸꾹."
>
> (「빈방」, 194쪽)
>
> "제 나름대로는 그래도 제가 있어야 할 자리에 있어 보려고 했었으니까요, 딸꾹. 다만 결과가 그렇게 보이질 못했던 것이죠. 하지만 지금

---

14) 권오룡과의 대담, 앞의 책, 34쪽.

와서 굳이 그걸 변명하고 싶진 않아요. 어차피 제가 그때 그렇게 보이
고 있었던 입장을 말입니다. 딸꾹.”

(「빈방」, 194쪽)

“아닙니다. 전 결국 있어야 할 곳에 있질 못했어요. 제가 어디에 있
었든지간에 애들에겐 그렇게 보이고 만 걸요. 제가 문 밖에 그러고 있
을 때 녀석들이 바로 물벼락을 안으로 들여보냈단 말입니다. 녀석들의
물벼락이 제 설득을 회사 쪽의 간교한 음모로 만들어 버린 것지요.”

(「빈방」, 198쪽)

“그렇지요. 애들이 물벼락을 맞고 복도로 뛰어나왔을 때, 전 거기 분
명한 가해자로 서 있었던 겁니다. 그리고 그때부터 애들도 모두 나를
그렇게 보기 시작했구요.”

(「빈방」, 199쪽)

지승호가 애초에 선택한 ‘복도’는 나름대로 분명한 명분이 있는 자
리였으나 그 자리에 대한 평가는 자신의 의도나 능력과는 전혀 다른
차원에서 이루어졌다. 위의 인용에서 지승호의 이야기가 단속적으로
전개된 것은 딸꾹질 때문이다. 본의 아니게 가해자의 입장이 되어, 물
벼락 맞은 여공원들의 추운 알몸을 바라보아야 했던 지승호는 당시의
정황에 대해 변명할 기회조차 얻지 못한 채 말을 잃고 딸꾹질에 시달
리게 되었다. 지승호의 딸꾹질은, 말하자면 자신이 서 있던 자리가 타
의에 의해 바르지 않은 자리로 규정되면서 생긴 증상으로서,[15] 언제
어디서든지 또다시 자기도 모르게 우연과 편향에 휘말릴 수 있다는
‘위기감’이 가져온 징후적 생리현상이다. 『소문의 벽』에서 이청준은
이러한 비논리적인 상황을 문학관행에 빗대어 직설적으로 비판한 바
있다. 이 작품에 삽입된 박준의 두 개의 소설은, 하나는 ‘시대양심’이

---

15) 김치수(앞의 글, 94쪽)는 ‘무서움에 대해서 이야기할 수 없는 포비아의 상황’이
그로 하여금 말대신에 딸꾹질을 하게 했다고 본다.

라는 것에 바탕을 둔 편집자의 문학이념과 어긋난다는 이유에서, 그리고 다른 하나는 '말썽의 소문'을 두려워하는 용기 없는 편집자의 조심성에 의해서 모두 빛을 보지 못하고 만다. 문제가 된 박준의 소설 「괴상한 버릇」이, 이청준이 『소문의 벽』을 발표하기 수개월 전에 여성동아에 발표한 짧은 분량의 소설 「괴상한 버릇」과 일치한다는 점에서 박준 소설에 대한 '나'의 입장 표명은 이청준이 자신의 소설평에 대한 불만을 표출한 것으로 볼 수 있다. 문제의 박준 소설을 놓고 '나'와 안형이 대화하는 장면에서 이청준은 예의 '바른 자리'에 대한 소회를 항변조로 드러내고 있다. 안형이 주장하는 것은 박준 소설의 주인공이 기벽을 갖게 된 현실적이고 구체적인 압박요인을 말하지 않아 독자의 관심을 엉뚱한 데로 끌고 갔으며, 그래서 독자를 속였다는 것이고, 이에 대한 박준의 응수는 다음과 같다.

"하지만 그 역시 안형의 편집이 아닐까요? 가령 모든 작가들에게 자기 시대의 요구나 압력을 꼭 안형과 같은 정도로 받아들여야 한다고 고집하는 것이나, 또는 그것을 똑같이 받아들이고 있는 경우라 해도 어떤 일정한 방법 속에서만 그 시대정신에 투철해질 수 있다는 식의 생각이 말입니다. 박준의 소설이 그런 식으로 쓰여졌다고 해서 그 소설이 전혀 우리 시대를 외면해 버렸다고 장담할 수는 없지 않을까요?"

(『소문의 벽』, 330쪽)

이청준은 앞에서도 언급한 대담에서 자신이 피의자의 처지에 놓일 수밖에 없는 이유가 '원죄 의식' 때문이라고 밝히고 있는데,[16] 따지고 보면 그 원죄라는 말 속에는 자기 행위나 논리의 정당성에 대한 옹호, 부당한 힘에 대한 항의가 내포되어 있다. 이청준은 자신의 인물들 지

---

16) 권오룡과의 대담, 앞의 책, 26쪽.

승호와 박준이 끝내 옛날 이발장이의 진실을 들어주었던 '구원의 숲'을 만나지 못한 채 실종되도록 함으로써 다른 진실을 말하지 못하게 하는 폭력적인 현실에 타협하지 않겠다는 태도를 분명히 한다.

이청준 소설 전반을 놓고 볼 때『당신들의 천국』의 조원장의 적극성은 지극히 예외적이다. 그의 활력과 추진력은 '원장'이라는 수직적 지위에서 비롯되었는데, 그 지위의 힘은 본래 억압과 강제를 가능하게 하는 권력이 될 수도, 융화와 협조를 유인하는 구심력이 될 수도 있는 가치중립적인 것이다. 작가가 '동상'을 통해 암시한 바와 같이 그 지위의 가치를 최종적으로 결정하는 것은 타자이다. 과거에 주정수의 동상은 섬사람들의 충성심으로 지어졌고, 만일 조원장의 동상이 세워진다면 그것은 섬사람들의 감사와 사랑의 뜻으로 지어지게 될 것이다. 동상은 이처럼 피지배자의 손으로 지어지고도 어느새 지배자의 욕망의 표징이 되고마는 것이라 지배자가 본래 지녔던 의도는 왜곡되기 쉽다. 어떤 힘에 대한 평가가 이처럼 감정적이고 즉흥적이라면 작가가 추구한 '자유와 사랑의 화해적 결합'이란 우연의 소치가 아닐 수 없다.

『당신들의 천국』에는 조원장 말고도 복수의 선택항을 놓고 고민할 수 있는 위치 있는 사람이 또 한 사람 있는데, 그는 원생의 피가 흐르는 건강인 이상욱이다. 상반된 자질을 한몸에 지니고 있는 이상욱은「빈방」에서 '복도'에 서 있던 지승호처럼 원생과 건강인 사이에 서서 양측을 관찰하고 그 관계의 망 속에서 융통성 있게 자기 역할을 선택한다.[17] 그가 조원장에게 긴 충고를 남기고 섬을 떠날 때, 섬을 나가고

---

17) 김현(앞의 글, 231쪽)도 이상욱이 지닌 두 개의 기능에 주목한 바 있다. 하나는 현상에 만족하여 무의식적으로 현상을 유지하려는 세력에 하나의 경종을 울리는 각성자의 기능이며, 또 하나는 현실 개조 의사가 감추고 있는 영웅주의, 유토피아를 상정하여 모든 사람을 그곳으로 이끌어가려는 힘의 행사 속에 감추어져 있을지 모르는 힘의 횡포를 감시하는 감시자의 기능이다.

싶으면 언제든 떳떳하게 나루를 건너갈 수 있는 건강인임에도 불구하고 다른 원생들과 같은 탈출극을 재현함으로써 그는 두 개의 자유, 즉 금기를 거역하는 원생으로서의 자유와 삶을 포기하지 않고도 자유를 선택할 수 있는 건강인으로서의 자유를 동시에 실현한다.

> 상욱은 자신이 탈출 소동으로 섬사람들의 가슴 속에 깊이 도사리고 있는 어떤 배반의 기억을 되살리고, 원장과 섬사람들 앞에 자신이 직접 그것을 시범해 보임으로써 섬사람들을 노골적으로 충동질하고 있는 것이었다.
> 하지만 그보다 중요한 것은 대부분의 섬사람들이 아직도 상욱의 내력을 잘 모르고 있다는 점이었다. 상욱과 섬의 관계가 밝혀진 바가 없다는 점이었다. 상국이 탈출을 시범해 보임으로써 원생들의 어떤 충동을 깨어나게 하고 싶었던 의도에도 불구하고 그는 이 섬을 못견디게 된 원생으로서가 아니라, 언제라도 그 섬을 버리고 떠나가 버릴 수 있는 건강인으로서 섬을 빠져 달아났다는 사실이 더욱 더 고약한 여운을 남기고 있었다. (중략) 상욱은 건강인으로서 섬과 섬사람들을 봐란 듯이 배반하고 간 것이었다.
>
> (『당신들의 천국』, 279~280쪽)

이상욱의 성격이 조원장이나 「빈방」의 지승호의 성격과 크게 차별화되는 점은 타자로 하여금 자신을 심문하게 하지 않고 자기 스스로 심문자가 되려 한다는 점이다. 어차피 자신과 타자 사이에 맺어지는 존재관계는 서로를 객체화하기 위한 계략들의 연속이다.[18] 이상욱이 황장로, 윤해원 등를 비롯한 원생들과 건강인 조원장을 관찰하는 것은 그들을 객체화함으로써만 자신이 고문자의 위치에 설 수 있기 때문이다. 이처럼 자기 의지에 따라 피의자의 위치에서 벗어나 고문자의 위

---

18) 변광배, 앞의 책, 213쪽.

치를 선택할 수도 있는 이상욱은 끊임없이 고문자의 위치에 서려 함으로써 자기 행위에 대한 부당한 평가를 피하고 있다. 그러나 이상욱의 특별한 출생내력은 작가에 의해 고안된 것으로, 그것은 조원장의 수직적 지위에 버금가는 예외성의 지표가 된다. 말하자면 조원장과 이상욱을 통한 자유의지의 실험은, 결국 예외성이 수반되지 않은 자유의지의 추구는 근본적으로 무력한 것이라는 결론에 이르고 있는 것이다.

4. 신념화된 자유의지, 연기(演技)하는 삶

자유의지가 현실적 맥락을 넘어서서 추구될 때, 그것은 견고한 신념이 된다. 여러 작품에서 이청준은 신념에 대해 부정적인 입장을 보이곤 했다. 가령, 「자서전들 쓰십시다」의 지욱이 농촌개척자 최상윤 선생의 자서전 쓰기를 포기한 것은 최상윤 선생의 신념, 즉 자기 믿음, 청교도적 엄격성, 투철한 자신감에서 가식을 느꼈기 때문이었다. 또한 『소문의 벽』에서, "당신이 선택하고 있는 방법이 무엇이냐"고 물어오는 신문 기자에게 박준이 "그런 질문은 작가에게 선입견을 강요하고 정직하게 현실을 보지 못하게 하기 때문에 위험하다"고 경고한 것도 신념의 경직성을 경계한 것이었다. 그런데 자유의지의 가능성에 대해서만은 이청준은 현실적 근거보다는 당위적 확신에 기대어 있다.

『당신들의 천국』에서 오마도 간척사업은 실패로 끝나고 섬에서는 여전히 원생들의 탈출사건이 이어진다. 이때 작가는 섬을 떠났던 조백헌 원장을 민간인으로 귀환시켜 자유의지의 가능성을 다시 시험한다. 섬사람으로서의 이상욱이 섬사람들의 운명에 돌파구를 만들기 위해 섬을 빠져나간 행위가 '탈출극'이었다면, 섬사람들과 운명을 함께 하기 위해 섬으로 돌아온 조원장의 행위는 언제든지 철회될 가능성이 있

다는 점에서 '귀환극'이라 할 수 있다. 섬에 처음 부임해올 당시 조원
장은 섬을 나가라 해도 나가지 않는 사람과 죽음의 위험을 무릅쓰며
탈출극을 벌이는 사람이 같은 섬사람들이라는 사실을 이해할 수 없었
으며, 낙토를 약속하고 그것을 이행하기만 하면 섬의 모순들은 저절로
해소될 것으로 믿었다. 그러나 오랜 시련 속에서 그는 진정한 천국을
건설하려면 명분이 아니라 과정을 생각해야 한다는 것, 그리고 그 과
정이라는 것은 천국을 누리고자 하는 사람들의 자율적 선택을 우선시
해야 하는 것임을 깨닫게 된다. 문제는 그러한 사실들을 깨닫는 사이
에 그가 꿈꾸었던 섬의 자유가 목적론적 세계관에 포획되고 말았다는
사실이다. 그가 섬에 귀의한 것이 낙토 건설의 목표를 향한 전술상의
수정으로 보이는 것은 그 때문이다.

  조원장이 주선하여 치르게 된 윤해원과 서미연의 혼인식은 '귀환극'
과 더불어 또 하나의 자족적인 상황극이라 할 수 있다. 소설 『당신들의
천국』의 대미는 이 혼인식의 '축사'로 마무리되는데, 작가가 소설에서
화두처럼 남기고 있는 것은 '축사' 자체가 아니라 '축사연습' 장면이
다. 축사 내용은 그리 새로울 것이 없고, 혼자 방 안에서 자신의 광기에
못이긴 진지한 연기로 축사 연습을 하는 조원장의 모습만을 인상적으
로 그리고 있을 뿐이다. 조원장의 모습은 때맞춰 섬에 돌아와 축사를
엿듣게 된 이상욱에 의해 관찰되고, 그런 이상욱의 행동은 이정태 기
자에 의해 관찰되기 때문에 작가는 그들의 행위에 대한 직접적인 언급
을 피한다. 다만, 이정태의 시선에 비친 이상욱의 표정을 "어찌 보면
조원장의 그 너무도 직선적이고 순정적인 생각에 다소 감동을 받고 있
는 듯싶기도 했고, 어찌 보면 그 조원장에게 오히려 어떤 연민어린 그
의 비웃음을 보내고 있는 것 같기도 했다"(377쪽)고 표현함으로써 조
원장의 태도가 긍정적으로도, 부정적으로도 해석될 수 있음을 짐작케

한다. 이상욱의 얼굴에 떠오른 미소의 의미를 분명히 이해하기는 어려우나, 섬의 배반이 금기와 억압에 원천을 두고 있었음을 염두에 둔다면 '축사'와 함께 성대하게 치러지는 혼인식은 금기와 억압의 해제를 의미하는 것이므로 감동의 미소였을 것이고, 서미연이 완전한 건강인이 아니라는 점, 이상욱 자신이 자유와 사랑의 상징이 되어 섬에서 출생하고도 아비의 배반을 목격할 수밖에 없었다는 점을 염두에 둔다면 조원장의 패배를 예고한 연민의 비웃음이었을 것이다.

이상욱 희미한 미소와 대조되고 있는 조원장의 연극적인 과장은, 이정태 기자와의 허심탄회한 대화에서 미루어볼 수 있듯이 조원장의 패배의식을 은폐하고 있는 것으로 볼 수 있다. 기자와의 대화 속에서 조원장은 마치 운명론자가 되어버린 듯 관조적 태도를 보이고 있어 자유의지를 포기한 것은 아닌가 하는 의구심마저 불러일으킨다.

"그렇다면 원장님은 결국 이 섬은 어떤 식으로도 달라질 수가 없다는 말입니까. 아무도 이 섬에서는 더 이상 행할 바가 없다는 말씀입니까."

(중략)

"운명이 자생적인 것일 수밖에 없는 것이라면, 그 자생적인 운명의 일부분으로서 선택되어져야 할 힘의 근거가—그 원장이라는 직위와 권능이 오늘날처럼 섬사람들의 운명이나 선택과는 아무 상관도 없이 일방적으로 군림해 올 수밖에 없는 상황에선 어쩔 수가 없는 일이겠지요……"

"자생적인 운명의 일부분으로서 선택되어져야 할 힘의 근거라는 말의 뜻은, 그 원장이나 원장의 권능이 섬사람들 자신의 의사에 의해 그들 가운데서 선택돼져야 한다는 뜻입니까……"

"물론이지요. 그렇지 못한 힘은 언제나 그 힘 자체의 욕망을 충족시킬 지극히도 이기적인 명분을 지어내게 마련이니까요. 명분은 언제나

힘에 대한 봉사만을 일삼아 왔으니까요. 그리고 그게 이섬을 실패시키
고 있는 가장 깊은 원인이겠지요."
　"이 섬에서 과연 그런 때가 올 수 있을까요?"
　"그런 때가 올 수 있을지 없을지는 모르지만 섬이 끝끝내 실패만 하
고 있지 않으려면 그때는 결국 와야겠지요. 그게 아무리 시간이 오래
걸리는 일이라도…… 그게 아마도 상상 이상으로 긴 세월이 걸리게 될
일인지도 모르는 일이지만 말이야요."

(『당신들의 천국』, 368~369쪽)

　섬의 운명에 대해 조원장이 내린 결론은, 요컨대 섬사람들이 자신의
의사에 의해 자신들 가운데서 원장이나 원장의 권능을 선택할 수 있을
만큼 성숙되었을 때에야 비로소 섬은 달라질 수 있을 것이며, 그렇게
되기까지는 참을성 있게 기다려야 한다는 것이다. 그 기다림에 대한
일단의 보상으로, 이청준은 『당신들의 천국』의 결미에서 원생들이 일
상에서 미세한 해방의 징후를 느끼게 함으로써 단 하나의 선택항뿐이
던 그들도 다른 선택항을 가질 수 있게 되리라는 기대감을 갖게 한다.
해당 대목은 나음과 같다.

　축구 시합과 오마도 공사를 계기로 유령의 잠에서 깨어나 격앙되기
시작한 원생들이 그 무질서한 성정들이 이제는 제풀에 제법 안정된 정
서의 순화기를 맞으려 하고 있는 것 같은 인상이었다.
　그 섬은 실상 이제까지 수십년 동안을 오로지 원장 한 사람의 일사
불란한 통제와 규제에 의해 다스려져 오고 있었다. 원장은 제왕이었고
섬은 그의 왕국이었다. 그런데 이제 섬은 새로운 질서를 꿈꾸고 있는
징조가 역력했다. 새로운 질서란 통제에 의해서가 아닌 조화에 의한 것
이었다. 원생들이 책을 읽고 글을 쓰는 것, 공원을 산책하고 노래를 부
르는 것, 그리고 교회당으로 나가 예배를 드리고 기도하는 것, 그 모든
것은 무엇보다도 우선 원생들의 정서 순화라는 일차적인 의의를 지녀

야 하겠지만, 그것은 또한 모든 원생들의 독립적인 인격 획득의 값진 개인화 과정이기도 했다. 섬 전체가 하나의 운명 단위로 집단으로만 존재해 온 원생들이 개별적인 독립 인격체로 분화되어 가는 현상은, 그 인격체의 조화에 의한 새로운 질서에의 지향은, 이 섬을 지금까지 지탱해 온 획일적인 지배 질서로부터의 눈에 보이지 않는 해방의 징후였다.

(『당신들의 천국』, 327쪽)

위의 인용에서 원생들이 더 이상 집단으로 존재하지 않고 독립적인 인격체로 분화되기 시작하였다는 것은 비로소 그들에게 자유의 기초가 마련되었음을 의미한다. 통상적으로 개체화는 고립감과 불안감을 일으키게 마련이나, 소록도라는 공간의 집단적 고립성을 고려해 볼 때 이곳에서의 개체화는 거꾸로 외부세계와의 융화를 의미함을 알 수 있다. 그러나 이러한 변화는 세월이 가져온 변화이지 조원장이나 원생들이 자유의지로써 성취해낸 것이라고 보기 어렵다.

요컨대 이청준의 소설에서 자유의지의 실현 가능성은 탈출극, 귀환극, 축사 연습 등과 같은 연극적인 장면들을 통해서 상징적으로만 확인될 뿐이다. 작가의 신념이 만들어낸 이 연극적 장면들은 자유의지의 현실적 패배를 은폐하는 것인 동시에 좌절된 꿈을 우회적으로 실현하는 것이다. 이는 작가의 비관주의적, 패배주의적 세계관을 역설적으로 증명한다.

5. 마무리

『당신들의 천국』에서 이청준은 인간과 현실의 화해적 관계를 모색하기 위해 다양한 처지와 관점에서 자유의지의 현시 방식을 시험하였다. 이 글에서 특별히 '자유의지'에 주목한 이유는 자유의지를 표현하는 방식이 소여의 문제를 근간으로 하고 있어 인물의 성격과 인물들간의 갈등을 효과적으로 이해할 수 있도록 하는 단서가 되기 때문이다.

우선, 이청준은 선택항이 하나뿐인 굴욕적인 삶을 사는 사람들의 유형을 대상으로 자유의지를 시험하였다. 『당신들의 천국』에서는 소록도의 원생들이 이 유형에 속하는데, 이들은 '탈출극'과 같이 극단적인 행위를 동원해 반어적으로 자기존재를 증명하려 한다. '탈출극'은 이청준이 초기소설에서 다루었던 '의사 광증', '가수면', '가면'과 마찬가지로 자신을 사물존재로 바꿈으로써 제한된 형태로나마 자유를 경험하려는 것이다. 그러나 그것은 자기위안에 불과한 행위일 뿐 진정한 의미에서의 자유의지의 실현은 되지 못한다. 『당신들의 천국』에서 작가는 황장로라는 인물을 통해 자유로밖에 행할 수가 없었던 원생들을 비판하고 사랑으로 자유의지를 실현할 것을 제안하나 이와 같이 소설의 내적 문맥을 벗어난 작가의 개입은 결과적으로 원생들에게는 생존이라는 굴욕적인 삶을 선택하는 길밖에 없다는 사실을 재차 확인시킬 뿐이다.

다음으로, 이청준은 최소한 두 개 이상의 선택항을 가지고 있는 사람들의 유형을 통해 자유의지를 시험하였다. 『당신들의 천국』에서는 조백헌 원장, 이상욱이 이 유형에 속하며, 굳이 따져보자면 작가 이청준도 이 유형에 속해 있다. 조백헌과 이상욱은 자유의지를 실현하기에 상대적으로 용이한 자리에 있음에도 불구하고, 조원장은 '원장'이라는 수직적 지위를, 이상욱은 특별한 출생내력을 기반으로 자유의지를 실현하고 있어서 자기 행위의 진정한 주체가 되지 못한다. 이들을 대상으로 한 작가의 자유의지 실험은, 결국 예외성이 수반되지 않은 자유의지의 추구는 근본적으로 무력한 것이라는 결론에 이르고 만다.

이청준은 끊임없이 새로운 국면을 고안하여 집요하게 인간의 자유의지를 시험하였으나 소기의 성과를 보여주지는 못했다. 현실적 맥락에서 자유의지가 좌절됨에 따라 이청준은 그것을 신념화한다. 신념에 기초하여 이청준은『당신들의 천국』의 결미에서 원생들로 하여금 일상에서 미세한 해방의 징후를 느끼게 함으로써 단 하나의 선택항뿐이던 그들도 다른 선택항을 가질 수 있게 되리라는 기대감을 갖게 하고 있다. 그러나 그것은 자유의지의 실현 문제에 대한 해답이라고 보기는 어렵다. 오히려 작가는 탈출극, 귀환극, 축사 연습 등과 같은 연극적인 장면들을 통해서 자유의지의 한계와 가능성을 더욱 효과적으로 보여주고 있다. 이러한 연극적 장면들은 현실적인 패배를 은폐하는 것인 동시에 좌절된 꿈을 우회적으로 실현하는 것이다.

■ 참고문헌

이청준, 『당신들의 천국』, 문학과 지성사, 1976.
______, 『소문의 벽』, 민음사, 1973.
______, 『잃어버린 말을 찾아서』(「빈방」, 「지배와 해방」 수록), 문학과 지성사, 1981.
______, 『가면의 꿈』(「괴상한 버릇」, 「가면의 꿈」 수록), 일지사, 1975.

김윤식, 「미백의 사상 또는 이청준의 글쓰기의 기원에 대하여」, 『작가세계』, 세계
　　사, 1992. 8.
김　현, 「자유와 사랑의 실천적 화해」, 『당신들의 천국』, 문학과 지성사, 1989.
권수현, 「자유의지와 결정론의 대립 해소를 위한 방법론적 대안 : 데닛의 양립론
　　을 중심으로」, 『철학연구』 35집, 고려대 철학연구소, 2008.
김효명, 「결정론과 자유」, 서울대 철학사상연구소, 『철학사상』 28집, 2008.
나병철, 「『당신들의 천국』과 권력의 미시물리학」, 『현대문학의 연구』 9집, 한국문
　　학연구학회, 1997.
문재호, 「『당신들의 천국』에 나타난 동일성 연구」, 『현대소설연구』 6집, 현대소설
　　학회, 1997.
우찬제, 「이청준 소설에 나타난 불안 의식 연구」, 『어문연구』 126권, 한국어문교
　　육연구회, 2005. 6.
윤지관, 「억압사회에서의 소설의 기능」, 『실천문학』, 1992. 3.

권오룡 편, 『이청준 깊이 읽기』, 문학과 지성사, 1999.
변광배, 『존재와 무: 자유를 향한 실존적 탐색』, 살림, 2005.
이종영, 『가학증, 타자성, 자유』, 백의, 1996.
다니얼 데닛, 이희재 역, 『마음의 진화』, 두산동아, 1996.
에리히 프롬, 『자유로부터의 도피』, 홍신문화사, 2008.
흄, 『로크, 흄』, 한상범 외 2인 역, 『세계사상시대전집 34집』, 대양서적, 1972.

보론 : 이청준의 「가면의 꿈」론

1. 진실의 탐색

이청준은 1965년 서울대 독문과 재학 시절에 단편 「퇴원」으로 문단에 데뷔한 뒤 지성적 태도, 액자소설 형식, 다원적 시점을 주요 특징으로 하는 문학세계를 구축하였다. 그의 소설은 부조리한 세계의 억압을 문제 삼으면서 끊임없이 자유와 해방의 길을 모색하고 다양한 방식으로 진실을 탐색하였다. 이러한 이청준 문학세계의 진면모를 감상할 수 있는 작품으로 『당신들의 천국』을 첫손에 꼽을 수 있다. 이청준은 『당신들의 천국』을 발표한 1976년 이후 「서편제」 등을 발표하기 시작하면서 남도의 정한을 문학적으로 형상화하는 데 주력하였다.

이청준의 소설은 쉽게 읽히지 않는다. 장편소설은 사변적이라서, 단편소설은 고도의 상징성 때문에 그러하다. 작가 자신이 글쓰기를 '달리는 말에서 달아나는 짐승을 쏘아 맞추는 것'[1]에 비유한 바 있거니와, 이청준에게 하나의 현상이 지니는 의미는 확정적인 것이 아니라

---

1) 평론가 권오룡과의 대담, 『이청준 깊이읽기』, 문학과 지성사, 1999, 28쪽.

잠정적인 것이며, 진실은 상징과 암시로써 그 윤곽 정도로만 표현될 수 있을 뿐이다. 그러나 관념의 심부가 해명되지 않으면, 그리고 상징과 암시의 심층이 해독되지 않으면 소설은 자기만족에 그치고 만다. 이청준 소설의 문제의식이 사회적 차원으로 확장되지 못하고 개인적인 자기구제의 차원에 머물러 있다는 인상을 주는 것도 그러한 사정에서 기인한다. 그렇다 할지라도 이청준 소설은 결코 양보할 수 없는 미덕을 여럿 지니고 있다. 그 중에서도 가장 핵심적인 것이 생산적인 독자를 만든다는 것이다. 이청준 소설을 읽는 독자는 작가가 내놓은 수수께끼를 풀기 위해 능동적인 독서를 해야 하며, 작가가 발 디딘 진실 탐험의 길에 동참하기 위해 창의적인 독서를 해야 한다. 그러니 이 작가가 진실을 찾아가는 고된 순례의 길 위에 있을지라도 외로울 까닭이 없다.

1972년 10월 15일자 『독서신문』에 게재된 「가면의 꿈」도 난해성 때문에 당시의 문단에서는 크게 주목받지 못했다. 그러나 이청준은 이 작품을 1975년에 펴낸 창작집의 표제작으로 내놓을 만큼 이 작품에 각별한 애착을 보였다. 가발과 콧수염, 안경으로 변장을 하던 어느 판사의 자살 이야기. 단순하면서도 강렬한 인상을 주는 이 소설의 심층을 헤아리기 위해서는 해당 작품의 주변 자료를 꼼꼼히 검토하지 않으면 안 된다. 다행히 몇 가지의 중요한 단서를 찾을 수 있다. 우선, 기벽을 소재로 하고 있는 「가면의 꿈」은 이청준이 1971년 『여성동아』 6월호에 발표하였던 「괴상한 버릇」과 여러 면에서 유사하다. 「괴상한 버릇」의 줄거리를 요약하면 이렇다. 주인공은 어릴 때부터 어른들에게 꾸중을 들은 일이 있거나 하면 광 속 같은 데로 들어가 잠이 들어버린 척하는 버릇이 있었는데, 그는 심신의 피로를 해소하기 위한 '휴식의 방법'으로 가사의 버릇을 활용하다 어느 날 잠에서 영원히 깨어나지 못하고 만다. 소재와 인물구성, 결말처리 방식 등의 유사성으로 미루어 보건대 「괴상한 버릇」은 「가면의 꿈」의 습작 형태라 할 수 있다. 창작시기로 볼 때 두 작품의 시간차는 불과 수개월에 지나지 않는다. 더욱이 「괴상한 버릇」은 이청준이 「가면의 꿈」을 발표한 이듬해에 원고지 600매 분량의 중편소설로 발표한 『소문의 벽』에 주인공 박준의 소설로 다시 등장하고 있다. 이와 같은 사실은 상징과 암시로 가득한 「가면의 꿈」을 이해하는 데 「괴상한 버릇」, 『소문의 벽』을 참조할 필요가 있음을 시사한다.

2. 현실 비판의 정신

「가면의 꿈」에서 주인공 명식은 피로할 때 가면을 쓰고 휴식을 취하는 습벽을 지녔다. 그런데 그가 그러한 기벽을 지니게 된 동기가 무엇인지는 소설에 명확하게 나타나 있지 않다. 어릴 때부터 소문난 천재였던 명식은 학업 성적이 우수했고 신통한 문재를 발휘했으며, 법대 수석 합격, 고등고시 최연소 합격, 그리고 법관에의 관문을 돌파한 뒤 젊은 판사로서 신념과 활기에 충만한 삶을 살고 있었다. 표면적으로 볼 때 그의 삶은 순탄하기만 하여 그가 휴식을 갈망하는 것도 '엄살'처럼 보이기만 한다. 『소문의 벽』에서 문학 면을 담당하고 있는 편집자 안형이 박준의 「괴상한 버릇」에 대해 "그의 주인공이 자주 그 몹쓸 습성 속으로 달아나게 한 현실적이고 구체적인 압박요인을 말해줬어야 했다"라든가, "그녀(주인공의 아내)가 의미 없는 에고와 자기 환상에 빠진 주인공을 더욱 더 형편없는 엄살장이로 만들고 있을 뿐"이라고 하였던 비평은 「가면의 꿈」에도 고스란히 적용된다. 거꾸로 말해, 기벽의 현실적인 동기가 설명되지 않았다는 문제점은 이미 「괴상한 버룻」에서부터 지적되었을 터인데 이청준은 「가면의 꿈」에도 동일한 스토리라인을 고수함으로써 주인공의 갈망만을 거듭 강조하고 있었던 셈이다. 『소문의 벽』에서 박준의 소설을 사이에 놓고 안형과 '나'가 대화하는 장면을 살펴보면 이청준 소설에 대한 당시 문단의 비평과 작가의 항변을 엿볼 수 있다.

> A: "왜냐하면 우리들에게 중요한 것은 우리 자신 속에 숨어 있는 어떤 비밀을 만난 놀라움이 아니라, 그 비밀과 현실 사이에 꾸며지고 있는 생존의 방정식에서 보다 명확한 해답을 얻어내는 일이거든요. 분명하게 강조되어야 했던 것은 그 비밀을 만난 놀라움이 아니라, 주인공으로 하여금 늘 자신이 슬픈 습성을 택하도록 강요한 현실의 압박요인들이었어요. 그런데 그것은 거의 이야기하지 않고 자꾸 그 버릇만을 되풀이 강조하고, 그 버릇에 스스로 경탄을 금치 못함으로써 박준은 독자의 관심을 엉뚱한 데로 끌고 가 버렸어요. 독자를 속인 거지요."
>
> (『소문의 벽』, 327쪽)

> B: "하지만 그 역시 안형의 편집이 아닐까요? 가령 모든 작가들에게 자기 시대의 요구나 압력을 꼭 안형과 같은 정도로 받아들여야 한다고 고집하는 것이나, 또는 그것을 똑같이 받아들이고 있는 경우라 해도 어떤 일정한 방법 속에서만 그 시대정신에 투철해질 수 있다는 식의 생각이 말입니다. 박준의 소설이 그런 식으로 쓰여졌다고 해서 그 소설이 전혀 우리 시대를 외면해 버렸다고 장담할 수는 없지 않을까요?"
>
> (『소문의 벽』, 330쪽)

A는 안형의 비평이고 B는 '나'의 항변이다. 안형은 「괴상한 버릇」에서 박준이 무의미한 한 개인의 비밀 쪽으로 독자의 관심을 끌고 감으로써 자기 시대의 요구를 배반했고, 그리하여 그의 소설도 소재 해석과 작품 완성에 모두 실패하고 말았다고 단정해버린다. 이에 대한

'나'의 응수는, 어떻게 현실의 억압을 동일하게 받아들이고 어떻게 시대정신을 일정한 방법으로만 표현할 수 있느냐는 것이다. 두말 할 것 없이 '나'의 말은 작가의 문학관을 요약하고 있다.

그런데 소설을 좀 더 자세히 살펴보면 '나'가 단순히 안형의 주관이나 취향만을 문제 삼고 있는 것이 아니라는 사실을 눈치 챌 수 있다. 누구에게나 생각의 자유는 있다. 문제가 되는 것은 박준의 소설이 시대양심에 바탕을 둔 편집자의 문학이념과 어긋난다는 이유에서 결국 잡지에 게재되지 못하고 말았다는 사실이다. 말하자면 정말 심각한 문제는 안형의 협소한 시각에 있었던 것이 아니라 안형의 권한 행사에 있었던 것이다. 이청준은 「퇴원」과 『소문의 벽』 등에서 '전짓불'의 공포를 반복적으로 언급한 바 있다. 전짓불 뒤에 가려진 사람의 정체를 알 수 없이 일방적으로 자백을 강요받는 상황. 그러한 상황은 일단 현실이 우연적이고 비논리적인 속성을 지녔음을 암시하고 있다. 그런데 이 '전짓불' 체험이 제시하고 있는 더 중요한 암시는, 전짓불 뒤에 가려진 사람이 판관의 지위를 가졌다는 사실이다. 박준의 또 다른 소설에서 주인공 G는 끝까지 진실을 말하려고 노력했지만 논리는 없고 권한만 있는 심문자의 일방적인 의미규정, 편향적인 가치규정에 따라 유죄판결을 받을 수밖에 없었다. 이와 마찬가지로 박준의 소설도 편집자 안형의 검증할 길 없는 판단에 의해 유죄판결을 받은 것이다. 이청준은 4·19에 이은 5·16의 경험을 회고하는 자리에서, "20대의 분출을 사회적인 엄청난 힘이 방종으로 단죄하고 억압"[2]했다고 이야기하였다. 작가는 20대의 분출을 방종으로 단죄한 '힘'의 구체적인 성격을 문제 삼기 이전에, 그것이 보수든 진보든, 우편향이든 좌편향이든, 어떤 편향

---

2) 권오룡 편, 앞의 책, 25쪽.

을 통해서 순수한 자유 의지를 억압했다는 사실에 심심한 유감을 표시하고 있었던 것이다.

그렇다면 「가면의 꿈」에서 명식이 날마다 피로감에 빠져 있을 수밖에 없었던 것도 논리와 상관없이 부당한 힘이 행사되는 현실 때문일 것으로 짐작된다. 그런데 특이한 점은 명식 자신이 정의와 진실을 가려야 하는 판관의 위치에 있다는 사실이다. 현실의 비논리적 속성으로 미루어보건대, 그의 판결이 정의에 진실에 육박해 있다고는 확신하기 어렵다. 바로 여기에 그가 가면을 쓰고자 했던 이유가 숨겨져 있다. 부당한 힘의 행사에 동의하지 않기 때문에 명식은 가면을 씀으로써 노회한 자신의 페르소나를 객체화하고 있는 것이다. 그는 마침내 가면을 쓰고 있으면 오히려 맨얼굴 쪽이 가면처럼 느껴지는 전도 현상을 경험하게 된다. 판관의 얼굴이 가면임을 시인함으로써 그는 비로소 자신의 진실한 얼굴을 가질 수 있었던 것이다.

3. 자유의지의 실현

「가면의 꿈」에서 명식이 변장을 하고, 「괴상한 버릇」에서 주인공이 죽은 척을 하고, 『소문의 벽』에서 박준이 미친 척을 하는 등의 기행들은 근본적으로 불안감으로부터 도피하고 싶은 심리에서 비롯된 것이다. 인간은 자신이 자기 의지와 무관하게 불합리한 현실에 의해 통제되고 조정된다고 느낄 때 공포와 불안을 느끼게 된다. 『소문의 벽』에서 미친 척을 하는 박준은 "사람은 미친 사람 취급을 받을 때가 가장 편한 것 아닙니까. 미친 사람은 어떤 세상일로부터도 온통 자유로울 수 있거든요."라고 말한다. 박준의 의사 광증은 세상의 방해와 간섭으로부터 자기를 보호하기 위한 방편이며, 이를 통해 박준은 자유의 체감도를 극대화한 것이다. 「괴상한 버릇」의 '그', 「가면의 꿈」의 '명식'도 역설적인 방식으로나마 자유를 체험하기 위해 자신을 의식이 없는 사물존재로 바꾸어보는 데 '가수면', '가면'을 동원한다. 완전한 사물화는 죽음뿐이므로 의사 광증, 가수면, 가면과 같이 위장된 사물화는 소극적인 형태로나마 현실의 압력에 대응하려는 자유의지의 표현이라 할 수 있다.

그러나 의사 광증, 가수면, 가면을 통해서 얻게 되는 휴식은, 싸르트르 식으로 말하면 자신을 사물화 한 대가로서 얻게 되는 보상이므로 만족감을 주지 못한다. 「가면의 꿈」에서 명식이 변장한 얼굴에서 또다시 불안기를 느끼기 시작한 것은 그 때문이다. 명식은 가면을 쓰고도 불안으로부터 벗어나지 못하게 되자 마침내 자신이 정말로 즉자존재가 되어버리는 길을 택하게 된다. 달빛이 비치는 자신의 방에서 가면을 쓴 채 추락한 명식의 모습을, 작가는 명식의 아내 지연의 시선을 통해 아래와 같이 묘사하고 있다. 소설의 마지막 대목인 이 장면은 「괴상한 버릇」의 마지막 장면과 함께 볼 필요가 있다. 주목할 점은 지연의 시선이 「괴상한 버릇」의 아내의 시선과는 사뭇 다르게 처리되어 있다는 점이다.

> 지연이 그 명식의 얼굴에서 무엇인가를 열심히 찾아보고 있었으나 그 자신의 말대로 거기에는 눈물자국 같은 것도 없었다. 새벽녘 달빛에 씻긴 그의 하얀 얼굴은 다만 아직 아침을 잊어버리고 있는 사람처럼 가면 속에서 꿈꾸듯 조용히 잠들어 있었다.
>
> (「가면의 꿈」, 239쪽)

> 사고였는지 뭔진 모르지만 하여튼 그날도 그는 무슨 이유론가 또 그 가사의 잠을 자기 시작했는데, 그것으로 그는 그 가사의 잠에서 영원히

다시 깨어나질 않고 말았던 것이다.

"그런 꼴로 늘 죽어 눕기가 소원이람 차라리 정말로 한 번 죽어 보기라도 하라지."

아내는 하필 그가 막 그 가사의 잠을 시작했을 때, 그런 소릴 몰래 중얼거린 일이 있었는데 그는 마치 그 아내의 말을 엿듣고 나서 자신도 정말 그러는 편이 훨씬 편하겠다고 마음을 정하기라도 한 것처럼 말이다.

(「괴상한 버릇」, 110쪽)

「괴상한 버릇」의 아내는 남편의 죽음을 거의 이해하지 못하고 있는 반면에, 「가면의 꿈」의 지연은 남편의 죽음과 그 내막을 온전히 이해하고 있다. 눈물이 진짜와 가짜를 판별하는 상징적 표지가 되고 있음을 염두에 둘 때, 눈물자국이 없는 명식의 죽음은 사실상 가면의 죽음을 의미하며, 가면의 죽음은 달빛 아래에서 눈물을 흘렸던 명식의 잠을 상징하고 있는 것이다.

이청준 소설의 인물들은 대부분 현실과의 대결에서 패배한다. 「소문의 벽」에서 박준 소설의 주인공 G가 정직한 진술에 실패하여 유죄 판결을 받았듯이 소설가 박준은 끝내 자신의 소설을 정당하게 평가받지 못했으며 「가면의 꿈」의 명식도 가면 속에 완전히 숨지 못했다. 그러나 이청준 소설의 인물들은 비록 패자의 위치에 있을 지라도 불합리한 현실에 포획되기보다는 탈주와 자살을 통해 자유의지를 반어적으로 실현한다.

이청준은 작가를 "고된 진실에의 순례를 떠나야 하는 숙명적인 이상주의자"[3]라고 정의한 바 있다. 그렇기에 그는 소망했을 것이다. 명

---

3) 「지배와 해방」, 『잃어버린 말을 찾아서 - 언어 사회학 서설』, 문학과 지성사, 1981, 127쪽.

식의 아내 지연뿐만 「가면의 꿈」을 읽는 모든 독자들도, 가면을 쓴 채
깊이 잠든 명식의 얼굴에서 진실을 찾아 나선 순례자의 얼굴을 볼 수
있기를.

■ 참고문헌

이청준, 「가면의 꿈」, 『가면의 꿈』, 일지사, 1975.
_____, 「괴상한 버릇」, 『가면의 꿈』, 일지사, 1975.
_____, 『소문의 벽』, 민음사, 1973.
_____, 「지배와 해방」, 『잃어버린 말을 찾아서 – 언어 사회학 서설』, 문학과 지성사, 1981.
권오룡 편, 『이청준 깊이 읽기』, 문학과 지성사, 1999.

이기영의 신도직 문예

1. 머리말

1924년 『개벽』의 현상문예에 「옵바의 비밀편지」가 3등에 당선하여 작가생활을 시작한 이기영은 1925년에 카프의 맹원이 된 뒤로 왕성한 창작활동을 전개하였다. 카프 중앙위원회 책임자로 활약하였던 그는 해방 직후에는 조선프롤레타리아예술연맹을, 월북 후에는 북조선예술총연맹을 결성하는 데 주도적인 역할을 하는 등 정치적 국면의 전환기마다 새로운 문예정책을 선도적으로 제시해야 하는 위치에 있었다. 카프 시기에 '참으로 어떻게 써야만 목적의식적이요 변증법적 창작방법이랴. 지금 생각하면 나는 그만 이 슬로건에게 가위를 눌리고 말았던 것 같다'[1]고 한 술회하였을 만큼 창작방법론을 치열하게 탐색해온 그는, 월북 후에도 이미 발표한 작품이라도 사상적 결함이 발견되면 반드시 교정하여 다시 내놓을 만큼 소설 창작에 문예정책을 철저하게 반영하고자 노력하였다. 해방 직후 조직을 정비한 북로당이 작가

---

1) 이기영, 「사회적 경험과 수완」, 『조선일보』, 1934. 1. 26.

들에게 역사적 민주개혁이라는 토지개혁을 주제로 작품을 쓰라는 지령을 내려 시범적으로 창작되었다고[2] 하는 작품 『땅』의 경우도, 개간편은 1948년에, 수확편은 1949년에 발표되었으나 맑스 레닌주의의 고전과 소련의 제반 정책을 모방하던 단계에서 벗어나 '주체'를 세우기 시작할 즈음인 1960년에 수정판으로, 주체사상이 체계화되고 전면화된 1973년에 개정판으로 각각 다시 발표되었다.

북한은 1946년 초에 토지 개혁을 실시한 이후 1946년 6월에 노동법령, 7월에 남녀 평등법, 그리고 8월에 중요 산업 국유화 법령을 공표함으로써 사회 전반에 걸쳐 대대적인 제도 개혁을 단행하고, 1946년 11월 3일에 마침내 선거를 실시함으로써 제도상의 개혁을 마무리하였다.[3] 이와 아울러 인민의 의식을 개혁하고자 문예의 창작방법론을 모색한 결과 1947년에 일제하의 프로문학운동을 계승한다는 취지하에 고상한 리얼리즘을 유일한 창작방법론으로 정하였다.[4] 그러나 고상한 리얼리즘이 제기된 이후 북한의 문학은 낡은 것은 거의 형상화하지 않고 대중을 교양할 긍정적 주인공만을 전면에 내세우게 되었고, 이로 말미암아 인물간의 갈등이 사라지고 도식주의의 폐단이 나타나게 되었다. 결국 1952년 2월 스탈린의 「소비에트에서의 사회주의의 경제적 제문제들」에 기초하여 나온 1952년 4월 7일자 『프라우다』의 사설 「극문학 창작에서의 낙후한 현상을 시정하자」를 시발로 북한 문학계의 도식주의는 냉정한 비판을 받게 된다.[5] 이와 동시에 소설의 서사성, 혹은 극적 효과는 바로 갈등에 있다는 인식이 새롭게 제기되면

---

2) 오영진, 『소군정하의 북한』, 국민사상지도원, 1952, 208쪽.

3) 김재용, 『북한 문학의 역사적 이해』, 문학과 지성사, 1994, 101쪽.

4) 1947년 3월 28일 북조선 노동당 중앙위원회 상무위원회 제29차 회의에서 결정.

5) 김재용, 앞의 책, 22쪽.

서,6) 사회주의에서도 낡은 것은 여전히 존재하고 있기 때문에 새로운 것과 낡은 것과의 대립과 갈등은 여전히 중요한 문제이고 그런 만큼 작가들은 단지 '좋은 것과 더 좋은 것 사이의 갈등'으로만 문학의 갈등을 설정하는 태도를 지양해야 한다는 주장이 설득력을 얻게 되었다.

토지 개혁을 테마로 한 최초의 작품7)『땅』에는 창작방법론을 둘러싼 북한 문단의 고민과 성찰이 내장되어 있다. "해방 후 제반 민주주의적 개혁 과정을 취급한 첫 장편소설로서 우리나라에서 사회주의 사실주의 장편소설의 새로운 발전 면모를 보여준 것"8)이라 평가되는 이 선도적인 작품은 비록 인물이 환경의 변화를 감당하지 못하고 있으며 인물 안배에 있어서도 공식성과 단조성에 빠져있다는 결함을 지니고는 있으나9) 해방 후에 제기된 새로운 문예방침을 시범적으로 적용하여 모범적 사례를 남긴 작품으로 꼽힌다. 이기영이 해방 이전 소설에 비해『땅』에서 새롭게 시도하고 있는 점은 우선 비범한 성격의 소유자를 긍정적 전형으로 제시하고 있다는 점, 둘째 여성 교양자를 등장시키고 있다는 점, 마지막으로 새 형의 부정적 인물을 창조했다는 점으로 요약된다. 이 글에서는 1960년에 개작된『땅』1부를 저본으로 한 풀빛 출판사판『땅』상·하권(1992)을 분석의 텍스로 삼고자 하는데, 이는 김일성의 교시가 반영된 1973년 개정판에는 작가의 의도가 상당부분 변경되었지만 1960년 수정판에는 초판본의 창작의도가 보존되어 있어 이기영의 선도적 작업의 흔적을 비교적 뚜렷하게 확인할 수 있기 때문이다.

---

6) 엄호석,「문학 발전의 새로운 징조」,『문학예술』, 1952. 11.

7) 안함광,「북조선 창작계의 동향」,『문화전선』3호, 1947. 2. 26쪽.

8) 박종원·류만,『조선문학개관 2』, 사회과학출판사, 1986 (인동 : 1988), 129쪽.

9) 안함광, 앞의 글, 같은 쪽.

2. 비범한 성격의 긍정적 인물 창조

해방 전의 이기영 작품에 나타나는 주요 갈등은 계급모순에 의한 갈등이었다. 지주로 대표되는 부정적 인물은 작품의 결미에 가서 타락하거나 몰락하고, 빈농민을 중심으로 한 긍정적 인물은 대부분 의식화 과정을 거쳐 사회 변혁의 주동 세력으로 성장하였다. 그런데 해방 후의 북한 사회를 배경으로 한 작품『땅』에서는 토지개혁의 결과 계급모순이 해소된 것으로 간주되어 더 이상 지주가 투쟁의 대상이 되지 않는다. 머슴이었던 곽바위의 전 주인 고병상, 전순옥의 땅 주인 윤상렬 등이 부정적 인물로 그려지기는 하나 이들은 북한 사회에서는 곧 소멸될 위기에 처한 인물들이다. 해마다 밀리는 쌀을 몰래 타관 사람한테만 팔아서 그 돈으로는 땅을 사 모았던 고병상은 곽바위를 음해하기 위해 개구장 마누라를 꾀면서 “일만 잘 되면 이남으로 내뛰면 그만인 걸!” 하고 말함으로써 북한 내의 갈등보다는 남북 간의 갈등을 환기시키고 있다. 그러나 작품 속에서 남한 사회는 부정성의 온상으로 비판되었을 뿐 내용 전개에 별다른 영향을 미치지는 못한다. 다만 고병상, 윤상렬과 같은 인물이 남한으로 사라지고 나면 북한 사회에는 갈등의 요인이 완전히 사라진다는 사실만은 분명히 암시되고 있다.

이처럼 해방 후 북한 사회를 배경으로 한 소설은 사회 개혁으로 부정성이 거의 소멸되었다는 인식을 바탕으로 하고 있기 때문에 농민들의 열성적인 농사개량으로 북조선을 발전시키는 주제에 집중되었고, 그러한 주제를 구체화하기 위해 무엇보다도 새 시대를 선도하는 긍정적 전형을 창조하는 데 주력하게 되었다. 해방 직후 북한의 조선노동당 중앙당 선전선동부 부부장을 지내고 있던 안막이 작가들에게 요구한 것도 ‘고상한 조선 사람의 전형’을 창조해내는 것이었다.

우리 창작가들은 무엇보다도 진정한 의미의 고상한 조선 사람의 전형이 어떠한 것인가를 명확히 이해하여야 하며 그것을 형성하는 데 선구적 역할을 놓아야 한다. 오늘날 새로운 조선 문학에 요구되는 새로운 긍정적 전형은 국가와 인민을 진심으로 사랑하는 민주주의 국가 건설을 위하여 헌신적으로 투쟁하는 모든 낡은 구습과 침체성에서 벗어나 높은 민족적 자신과 민족적 자각을 가진 고상한 목표를 향하여 만난을 극복할 줄 아는 모든 문제를 해결하는 데 있어서 높은 창의와 재능을 발양하는 고독치 않고 배타적이 아닌, 다른 사람들을 이끌고 용감하게 나아가는 그야말로 김일성 장군께서 말씀하신 생기 발랄한 민족적 품성을 가진 그러한 조선 사람의 형상을 말하는 것이다.[10]

이러한 시대적 요구에 부응하여 이기영이 『땅』을 통해 내놓은 긍정적 인물은 '비범한 성격의 소유자' 곽바위였다. 머슴꾼이자 홀아비였다는 곽바위의 과거 이력은 그를 보다 극적으로 민주국가 건설에 앞장서는 애국투사로 거듭나게 하기 위한 설정이다. 자신이 가지고 있는 잠재력을 최대한 발휘할 수 있는 시대를 만난 곽바위는 소설에서 힘과 창의력을 마음껏 발휘하는데 작가의 의도가 지나치게 강조된 나머지 그 형상이 과장되고 이상화되어 나타났다. 작가의 창작 의도와 곽바위의 형상을 차례로 살펴보면 다음과 같다.

내 생각에는 보통 농민으로 그리는 것보다는 좀 비범한 성격의 소유자로 형상하는 편이 좋을 것 같았습니다. 왜 그러냐 하면 일제의 식민지 통치 밑에서 반세기 동안 억눌렸던 조선인민이 8·15해방이라는 그 감격한 힘찬 현실에 부딪혔을 때 부쩍 새 힘이 솟아났던 것입니다. 억눌렸던 조선농민의 새 힘이 용솟음쳤습니다.[11]

---

10) 안막, 「민족문학과 민족예술 건설의 고상한 수준을 위하여」, 『문화전선』, 1947. 8.
11) 이기영, 「주인공 설정과 작가의 의도」, 『문학신문』, 1966. 3. 25.

> "아니 이까진 걸 몇씩 달라붙어서두 못캔담……."
>
> 하면서 한 번 용을 쓰면 큰 나무 뿌리도 와지끈 소리와 함께 뽑히는
> 것이었다. 그의 힘은 모든 사람을 놀라게 하였다. 그는 인제야말로 자
> 기의 있는 힘을 다 써볼 기회를 얻었다 싶었다. 정말 그는 자기의 힘이
> 얼마나 한지도 여적 시험을 못해보았지만…….
>
> (『땅』상, 283쪽)

토지를 분여받게 된 곽바위는 머슴으로 있는 동안의 압착되었던 자기 정체감을 비로소 되살리며, 그 동안은 소처럼 오십 년을 하루와 같이 일만 해왔으나 '인제야말로 있는 힘을 다 써볼 기회를 얻었다'고 생각하고 나무뿌리를 뽑고 혼자 돼지를 잡아 숨은 근력을 과시한다. 뿐만 아니라 결혼하여 홀아비 신세를 면하고, 머슴의 신분을 떨쳐버리고 실농꾼으로서 강변의 벌판을 논으로 풀겠다는 꿈도 실현한다. 게다가 농사를 잘 지어 인민위원 선거에서 강원도 대의원으로 선출되기까지 한다. 홀아비 머슴꾼이었던 곽바위는 이제 세계와 자기 운명의 주인으로서 자기의 의사와 요구에 맞게 자연과 사회를 변혁하고 개조하는 인물이 되었다. 이것이 바로 사회주의 국가가 요구하는 인물형이었던 것이다. 북한의 문학사에 기술된 바에 의하면, '『땅』에서는 남의 머슴이었다가 토지개혁에 의하여 땅의 주인으로 된 곽바위가 자기 운명의 주인이 되고 창조적 노력 투쟁 속에서 새 인간으로 형성 발전되어 가는 과정을 천명하는 데 주력한다. 이 새로운 인간형은 현실 생활의 위대한 전변뿐만 아니라 작가 자신의 미학적 이상이 더욱 심화 발전된 것을 말하여 준다'[12]라 하여 곽바위의 형상을 대체로 긍정적으로 평가하였으나 사실상 그는 작가의 흥분이 고스란히 삼투된 인물로, 살아있

---

12) 필자미상, 『조선문학사』, 교육도서출판사, 1960(동경, 학우서방 : 1964), 205쪽.

는 인물이라고 보기는 어렵다.

토지개혁의 수혜자로서 과거에 억눌렸던 창조적인 역량을 최대한 발휘하게 되는 이 새로운 긍정적 전형 곽바위는 처음부터 완결된 성격을 지닌 채 소설에 등장하였다.『고향』의 긍정적인 인물 김희준이 불완전한 성격의 소유자로 등장하여 성격 발전의 경과를 입체적으로 보여주었던 것과는 대조적이다. 이기영은『땅』의 집필을 끝내고『두만강』(1953~1961)의 집필에 착수했는데, 주목되는 점은『두만강』의 긍정적 인물 박곰손, 박씨동 부자 역시 완결된 성격으로 묘사되고 있다는 점이다. 가령『두만강』의 박곰손은 양반의 압제와 지주들의 착취와 약탈을 없애는 한편 송월동에 사는 주민들에게 세금을 공정히 물리고 생산을 장려하고 교육을 진흥시킨다면 농민들의 생활은 날로 향상 발전되어갈 것이라는 전망을 지닌 채 등장하였다. 금광으로 산전이 없어지고 수해가 겹치면서 생활난을 타개하고자 박곰손 일가가 송월동을 떠나게 되면서 새로 조명받게 된 박씨동 역시 어떠한 일에도 동요되지 않는 완결된 성격의 소유자이다.『두만강』은 식민지 시대를 배경으로 하고 있어 계급갈등을 핵심으로 하고 있음에도 불구하고 그것이 인물의 성격 발전과는 무관한, 한낱 환경적 요인으로만 제시되어 있다는 특징을 보이고 있다. 말하자면 해방 이후 이기영의 작품은 모범이 될 만한 긍정적 주인공을 제시하는 데 집중한 나머지 인물의 성격 발전 과정은 거의 생략하고 있었던 것이다. 다음의 진술을 보면 특히 박씨동에게 이기영의 의욕이 과도하게 투사되었음을 확인할 수 있다.

> 대륙적 신흥기분은 실로 만주가 아니고 볼 수 없는 광경이라 하겠으나 그 중에도 만주의 농촌개발은 장대한 자연과 투쟁 중에서 위대한 창조성을 띠어 있고 그만큼 그것은 장래의 농민문학을 개척함에 있어서

> 도 위대한 소재와 정열을 제공할 줄 안다. (중략) 나는 실제로 그들이
> 대륙적 풍토와 싸워가면서 농촌을 건설하려는 노력과 고투의 생활을
> 좀더 구체적으로 써보고 싶다.13)

요컨대 해방 후 이기영은 작품의 시대배경과 관계없이 긍정적 인물
의 의식과 역량을 확대, 강조함으로써 인민들에게 민주사회의 모범을
제시하는 데 주력했다. 곽바위, 박곰손, 박씨동 등은 북한이 요구하는
바람직한 인간형인, 인간을 자기 자신의 이상으로 두고 자신을 위해
아무것도 구하지 않고 인간을 위해 모든 것을 구하는 사람, 자기에 관
한 일체를 희생하여 만인의 행복과 안녕을 희구하는 인간14)의 전형이
라 할 수 있다. 이기영이 이처럼 새 사회제도에 대한 강한 긍정의 시대
정신을 문학에 반영하고자 한 것은 카프시기부터 지켜온 사회주의적
신념이 현실의 발전방향과 일치해간다고 믿었기 때문이었다.

3. 여성 교양자의 등장

『땅』에서 비범한 성격의 소유자 곽바위가 주제를 부각시키는 데 동
원되면서 성격이 이상화되고 비현실적인 인물로 묘사된 데 비해, 전순
옥은 곽바위 못지 않게 중요한 주제를 전달하고 있으면서도 형상적 균
형을 잃지 않고 있다. 해방 직후 북한에서 시급히 해결해야 할 당면과
제는 크게 두 가지, 즉 민주국가의 건설과 봉건사상의 타파로 요약된
다. 단순하게 말하여,『땅』에서 민주국가 건설을 주도하는 역할은 곽
바위가, 봉건사상을 타파하는 역할은 전순옥이 담당했다고 할 수 있
다. 이기영은 카프 시절부터 봉건제도에 희생된 여성을 해방시키는 문

---

13) 이기영,「만주와 농민문학」,『인문평론』2, 1939. 11.

14) 김윤식,「북한문학을 어떻게 할 것인가」,『문학과 사회』, 1989. 봄, 122쪽.

제에 남다른 관심을 보였다. 대표적인 예로『고향』에서는 갑숙, 인숙, 방개 등 각기 다른 처지의 긍정적인 여성인물들을 창조하여 다양한 각도에서 여성의 잠재력을 보여준 바 있다. 그러나 전향 이후『어머니』, 『추도회』,『금일』,『소부』 등에서 현모양처를 긍정적 인물로 제시함으로써 유교적 전통관을 현저하게 드러내고 말았다. 이로 인해 이기영의 여성관에 대해서 다양한 해석이 이루어졌는데, 우선 여성의 문제를 사회문제로 해석할 수 있는 구조적인 관점을 제공했다고 본 견해가 있고15), 이기영의 작품이 유교적 가치관의 전통에 뿌리내리고 있다고 본 견해도 있으며16), 이기영이 여성문제에 대해 이중적인 인식 − 유교 이념과 사회주의 이념 − 을 보인다고 평가하기도 하였다.17) 이기영이 전향 이후에 보여준 유교적 여성관은 시대가 요청하는 문학의 전범을 제시하겠다는 이기영의 창작욕구가 시대적인 한계에 부딪히면서 빚은 퇴행의 한 양상인 듯하다. 이기영은 사회주의가 현실화되었다고 판단한 해방 후의 작품에서 다시 확고한 사회주의적 이념에 입각하여 새로

---

15) 김성수(『이기영 소설 연구:식민지 시대 소설의 리얼리즘 성격을 중심으로』, 성균관대 박사학위 논문, 1992)는 조혼이나 부부간의 불합리한 애정의 모티프는 이기영 소설에서 반복되는 모티프로서 여성문제 해결이 인간해방과 관련된다고 보는 사회주의 여성해방론의 시각을 보여주는 것이라고 평가하고 있다.

16) 정대호(「이기영의 장편소설에 나타난 현실진단과 그 대응 논리의 변화」,『문학과 언어』제11집, 1990)는 이기영의 장편소설을 분석하면서, 이기영이 가부장적인 가정에서 성장하였고 유교경전을 공부하여 남성 중심의 가치관을 형성하였기 때문에 여성인물의 성격이 유교적 가치관의 한계를 벗어나지 못하였다고 비판한다. 김희자(「이기영 소설 연구」, 건국대 박사학위 논문, 1990) 또한 이기영을 조혼에 대한 나쁜 기억 때문에 유교 이데올로기를 공격하고 계급의식으로 전환하게 되지만, 결국 유교윤리에 안주하게 된 작가라고 평가한다.

17) 이선옥(「이기영 소설의 여성의식 연구」, 숙명여대 박사학위 논문, 1995), 변정화(「이기영 작품에 나타난 여성현실과 그 전개방식 − 초기 경향소설을 중심으로」, 숙명여대 아세아여성연구 제29집, 1990) 등은 해방 전 이기영 소설의 여성인물은 개혁지향과 전통지향의 인물이 공존하는 모순된 양상이 나타난다고 보았다.

운 긍정적 인물 전형 전순옥을 창조해 내었다.

그런데 앞에서 언급한 바와 같이 주체사상이 전면화되고 봉건잔재의 문제가 거의 해소된 시기인 1973년에『땅』은 김일성의 교시에 따라 대폭 수정되는데, 그 가운데 핵심적인 내용이 전순옥의 과거사에 관한 것이어서 그 구체적인 내용을 살펴볼 필요가 있다.

> 땅의 주인으로 된 곽바위와 같은 농촌의 새 주인공이 결혼을 한다면 응당 처녀장가를 들었어야 할 것이었다. 그런데 이런 사람이 어째 지난날 지주의 첩으로 살던 여자(비록 농채 대신 강제로 끌려갔다 하더라도)에게 장가를 들게 하였는가? 이것은 나 자신이 해방된 농촌의 새현실을 똑바로 인식하지 못하였기 때문에 범한 오유이다. 곽바위는 처녀와도 결혼을 할 수 있는 해방 후에 성장한 새 인물이다. 위대한 수령님께서는 장편소설『땅』에서 이 부분이 잘못되었다고 정당한 지적을 해주시었다.[18)

이기영의 술회에도 나타나 있는 바와 같이, 개정본에서는 윤상렬의 첩이었던 전순옥이 처녀로 바뀌어 부정한 소문에 수치심을 느껴 자살을 기도하였다가 민주 투사로 성장하는 모습을 보이게 된다. 그러나 이기영이 본래 봉건사상의 척결을 염두에 두고 전순옥을 등장시킨 것이었기 때문에 그녀가 과거에 첩이었다는 설정은 적절한 것이었다. 곽바위와 전순옥의 결혼식 장면에서 이기영은 면 인민학교 여교원의 축사를 빌려, "낡은 봉건 도덕에 얽매여서 남자들에게 ― 그중에도 돈 있는 부자들에게 예속되었던 여자를 인간으로 해방시켜주는 경제적 토대를 만들어주었다는 것"(『땅』하, 17쪽)이라고 토지개혁의 의의를 밝히고, 지난날 이중 삼중의 속박과 천대 밑에서 살아온 여성들이 반봉

---

18) 이기영,「오직 충성의 마음으로」,『조선문학』1974. 4, 13쪽.

건적 소작제도의 철폐와 함께 남녀 차별 없이 정당한 사회적 지위를 얻게 되었음을 강조하였다. 이기영은 결혼식장에 모여든 구경꾼들로 하여금, 홀아비 머슴꾼이 과부 장가를 드는데 면과 군 간부들이 축하를 해주는 모습을 보며 "민주주의란 이런 건가보다"라고 탄복하게 하고 있는데, 김일성의 교시에서는 과부에 대한 편견이 나타나고 있었던 것이다.

『땅』의 새로운 인물 전형 전순옥은 봉건 잔재의 청산과 여성 교양자의 탄생을 알리는 중요한 인물이다. 우선 봉건 잔재의 청산을 위해 전순옥은 소작 짓던 땅이 윤상렬에게 팔려가 소작권을 떼이지 않는 대신 윤상렬의 첩이 된 인물로 설정된다. 전순옥의 아버지는 농채를 못 갚고 딸까지 빼앗겨 병이 나서 죽고, 전순옥 자신은 지주의 첩 신세가 되었던 것이다. 토지개혁이 되면서 윤상렬의 토지는 전부 몰수되고 순옥은 전에 살던 집과 토지를 다시 분여 받게 된다. 북한의 문학사에서 "전순옥은 화전민의 딸로서 빚값에 팔려 남의 첩이 된 쓰라린 과거를 가진 인간이나 우리의 새로운 제도는 그에게도 갱생의 길을 열어 주었다."[19]고 해설하고 있는 바와 같이 전순옥은 제2의 곽바위라 할 수 있다. 다만 전순옥은 성격 발전의 과정을 보여주고 있다는 점에서 완결된 성격의 곽바위와는 형상적인 면에서 뚜렷한 차이를 보인다. 전순옥은 개구장 마누라의 농간으로 구설수에 올라 지주의 첩이었던 과거를 비관하며 자살을 기도하였다가 예의 '갱생'의 길로 들어서게 된다. 봉건사상과 낡은 인습에 희생되어서는 안 된다는 강 사과, 강균 부자의 충고가 '갱생'의 직접적인 계기가 되는데, 그 충고 속에 작가의 가치관이 노출되고 있어 눈여겨볼 만하다.

---

19) 필자미상,『조선문학사』, 앞의 책, 202쪽.

　　"암 그렇지. 남자가 첩을 몇씩 얻는 것은 그게 죄가 안 되는데, 어째
서 젊은 여자가 혼자 살 수 없어서 개가하는 것은 죄라고 하느냐 말야.
가령 누가 개가를 간대두 말야, 이건 다 옛날 양반 상놈이 따로 있던 시
절에, 남존여비의 완고한 사상에서 우러나온 봉건 도덕이거든. 그러나
오늘날 북조선을 토지개혁이 되어서 지주와 소작인도 없어졌는데 그
따위 낡은 도덕을 지켜서 뭘 하며, 설사 자네가 죽는다구 나라에서 열
녀문을 세워줄 줄 아나?……만일 자네가 자살을 하는 것이 옳다고 인
정한다면 윤가는 두 번 세 번 자살을 해야겠네, 안 그런가? 허허허
……."

(『땅』 상, 179쪽)

　　개구장 마누라는 전순옥과 곽바위 사이를 이간하기 위해 곽바위에
게, 이제 토지를 소유한 농민이 되었으니 색시 작가도 들 수 있는데 무
엇하러 반역자의 첩에게 장가를 드느냐고 부추긴 바 있다. 흥미롭게도
이 말은 김정일의 교시와 일치한다. 김일성의 교시에 따라 1973년에
개작된 『땅』에서는 전순옥이 처녀로 수정되면서 개구장 마누라가 곽
바위와 전순옥 사이를 이간하는 장면도 삭제된다. 토지개혁 이후의 극
적인 반전을 위해 곽바위를 홀아비 머슴꾼으로 설정했듯이 이와 동일
한 효과를 노려 이기영은 전순옥을 지주의 첩으로 설정한 것이었는데,
김일성은 전순옥의 '갱생'에는 그다지 주목하지 않았던 것이다.

　　다음으로, 전순옥은 여성이 교양자, 즉 매개적 인물로 활약하게 되
었음을 보여주는 인물이다. 이기영 소설 가운데 『고향』에서는 김희준
이 교양자로 등장하여 갑숙이, 인순이, 인동이, 방개와 같은 인물을 교
양함으로써 이들을 사회 변혁의 동력으로 성장시켰고, 『두만강』에서
는 실학사상가 이진경, 의병 안무, 노동자 최혁, 당지도자 김동지 등 각
시대가 요청하는 새로운 형의 지도자들이 다양하게 등장하여 농민 투

사와 노동자 투사를 양성하였다. 특히『두만강』의 매개적 인물들은 작품에 등장하는 제세력간의 연합을 도모하면서 작품 전체를 관통하고 있는 사상적 흐름을 계승·발전시키는 역할을 하였다.『땅』에서도 곽바위와 전순옥의 사상을 개변시키는 강균이 매개적 인물로 등장하나, 전순옥 또한 '갱생' 이후 다른 여성들의 성장을 돕는 교양자로 변모하게 된다. 특히 전순옥의 형상은 내면적, 외부적 갈등을 극복하는 과정 속에서 완성되고 있어 이상화된 곽바위의 형상과 대조적이다.

> 다른 것을 말고라도 순옥은 곽바위의 몸가짐에 대하여 세밀한 관심을 남 몰래 품고 있었다. 그는 곽바위의 꺼벙한 몰골이 보기에 흉하였다. 그는 건실한 농사꾼인 곽바위를 한편으로 탐탁히 알면서도 다른 한편으로는 그의 꺼벙한 몰골이 눈에 거슬렸다. 농군이라도 그는 깨끗하게 몸맵시를 내는 것이 좋다고 생각하였다. 이것은 순옥이 자신도 여태까지 모르고 있던 낡은 의식의 잔재였다. 언제나 그는 곽바위가 일에서 손을 뗄 때는 몸을 씻으라고 성화를 대었다. 그는 남편에게 정한 옷을 입히려고 애를 썼다. 하나 이것은 곽바위를 위하고자 함이 아니라 실상은 자기의 소시민적 생활에 젖었던 허영심이 그와 같은 사치를 부리고 싶었던 것이다.
>
> (『땅』하, 178쪽)

소설에서 전순옥은 축첩제를 비롯한 낡은 의식의 잔재들을 척결하는 문제를 담당하고 있어 종종 위와 같은 내면 갈등을 표출하고 있다. 전순옥은 쇠써레를 창안한 곽바위처럼 어렁이를 활용하여 여인들 일의 효율성을 높이고 가난하였지만 소학교까지 나온 이력을 바탕으로 야학생과 부녀자들의 학습을 지도하는 위치에 서게 된다. '갱생'한 전순옥은 마치 유학을 마치고 돌아온『고향』의 김희준을 보는 듯하다.『두만강』과『땅』의 매개적 인물은 완결된 성격을 지니고 있으며 주인

공의 조력자의 역할을 할 뿐인데, 매개적 인물이자 주인공이었던『고
향』의 김희준은 자기반성과, 청년회를 통한 갈등, 농민들의 충고 등 환
경과의 상호작용으로 서서히 발전되는 성격을 보여 준 바 있다. 특히
전순옥이 야학을 통해 부녀자들에게 한글을 가르치고 농민들의 열성
적인 농사 개량에 대한 이야기나 남조선의 반동 정치에 대한 국내 정
세 등을 알기 쉽게 해설했다는 점에 주목할 필요가 있다. 북한이 이후
당 정책을 선전하기 위해 광범위하게 조직, 동원하게 되는 지도원, 또
는 당세포의 선례를 전순옥이 보여준 셈이기 때문이다. 가령 천세봉의
『석개울의 새봄』[20] 에 등장하는 조합간부 김형태, 조경수 등이 그러
한 새 형의 지도자이며,『땅』의 1973년 개작본에도 당세포가 새로 삽
입된다.

4. 부정적 인물의 교양개조

『땅』의 순이 어머니는 '갈등'을 위해 고안된 인물이다. 이 작품의
기본적인 갈등관계는 모든 긍정성의 상징인 곽바위와 모든 부정성의
상징인 고병상의 대립, 그리고 새 것을 상징하는 전순옥과 낡은 사상
의 상징인 윤상렬의 대립으로 이루어져 있는데, 고병상과 윤상렬은 북
한의 대대적인 제도개혁과 반동 세력의 세척으로 종당에는 종적을 감
추어버릴 인물들이기 때문에 사실상 그러한 갈등구도는 무의미한 것
이었다. 고병상의 행방은 작품에 분명히 나타나 있지 않지만 처음부터
예고된 바와 같이 윤상렬 등은 모두 남한으로 도주하고 만다. 갈등의
요인이 해소되었다고 본 북한의 문학은 무갈등론에 빠지게 되었지만,

---

20)『석개울의 새봄』1부는 1955년 7월부터 9월까지, 2부는 1959년 8월부터 1960년
　　12월까지, 3부는 1962년 3월부터 6월까지『조선문학』에 연재되었다.

그 와중에 이기영은 무력해진 부정적 인물의 자리를 대신할 인물로 순이 어머니를 선보였던 것이다. 순이 어머니는『땅』과 창작시기가 비슷한『두만강』에는 나타나지 않는 인물로 해방 후의 북한 사회를 배경으로 해야만 그 성격이 살아나는 새로운 인물형이다.

땅을 전부 몰수당한 지주들과는 달리 '중간층'인 순이 어머니는 '간에 가 붙고 쓸개에 가 붙는 소복간신 노릇'(하 67쪽)을 하는 계산적인 인물로 설정되어 있다.『조선문학사』에 "본질적으로 근로자의 바탕을 가지고 있었으나 오랫동안 술장사를 해 온 기생적 착취자적 생활의 잔재를 가시지 못하고 근거 없는 우월감을 가진 인간"[21]으로 묘사되어 있는 순이 어머니는 "『땅』의 기본 갈등을 한층 첨예화시키는 문제와도 깊이 관련되어 매우 특징적인 형상"[22]으로 평가된다. '근로자의 바탕'을 가지고 있는 순이 어머니는 긍정성을 지닌 부정적 인물이므로 타도해야 할 대상이 아니라 '개혁'해야 할 인물이며, 오늘날 북한의 소설이나 영화에서 쉽게 만나게 되는 부정적 인물의 원형이다. 천세봉의 『석개울의 새봄』[23]에서는 조형모나 탁수일이 순이 어머니와 유사한 성격을 보인다.

문학을 통해 대중의 교양에 힘써온 이기영은 긍정적인 인물에 대해서는 성격 발전의 경로를 섬세하게 묘사함으로써 그들 행위에 정당성을 부여하고자 하였으나 프로레타리아의 적이자 민족의 반역자인 부정적인 인물은 철저히 응징하되 그 패배나 몰락과정은 단조로운 방식으로 처리했다. 가령 계급관계를 매개로 민족모순을 드러냈던『두만

---

21) 필자미상,『조선문학사』, 앞의 책, 204쪽.

22) 필자미상, 위의 책, 204쪽.

23)『석개울의 새봄』에서는 고병상과 같은 지주 대신 박병천, 서기표 등의 북파간첩을 내세워 협동조합의 주력사업인 냉상모를 훼손하는 등의 행악을 저지르도록 하여 남북 간의 적대적 대립관계를 부각시키고 있다.

강』의 한길주·한경식 부자, 김진해·김동원 부자의 최후가 울화나 술에 의해 급사하는 것으로 마무리된 것이 대표적인 예라 하겠다. 그러나 교양개조의 대상이 되고 있는 새 형의 부정적 전형 순이 어머니의 경우, 작가는 긍정적 인물에게 그러했던 것과 같이 성격 변화의 과정을 섬세하게 보여주고 있다. 인간개조의 문제는 이후에도 북한 문학에서 매우 중요한 과제로 취급되었다.

> 소설에서 한 인물형상은 그에 대한 다른 인물의 견해와 관점과 입장이 구체적인 인간관계 속에서 묘사될 때만이 두드러지게 잘 살아날 수 있다. 그러므로 교양자를 주인공으로 내세우는 경우에 그에 의하여 교양개조되는 피교양자가 그려지게 되는 것이며 교양개조되는 인물을 주인공으로 내세우는 경우에도 그에게 영향을 주는 교양자의 형상이 설정되게 되는 것이다. 특히 이는 인간개조를 위한 사업이 된다.[24]

교양개조의 대상이 되는 부정적 인물은 개인주의, 이기주의, 관료주의, 요령주의, 보수주의, 소극적 성격 등의 낡은 사상 잔재를 지닌 인물이다. 이기주의적 성향을 지닌 순이 어머니는 토지 분여와 개간지 분배에 있어 불만을 품게 되어 고병상과 짜고 곽바위의 못자리를 망치기 위에 논에 물꼬를 터놓는다. 이 사건은 순이 어머니의 성격을 순화시키는 방향으로 수정되는 개정판에 가서는 고병상 일당이 봇물을 모아놓은 둑을 파괴하는 사건으로 대체된다. 개정판에서는 고병상의 악행을 직접적으로 표현하여 기본갈등을 부각시키는 대신 본래 근로자 바탕을 가지고 있던 순이 어머니에 대한 적대감을 해소시키고 있는 것이다. 이처럼 개정판에 순이 어머니의 형상을 놓고 인물의 갈등관계를

---

24) 김병걸, 「현실주제단편의 사상예술적 깊이와 혁명화과정의 묘사」, 『조선문학』, 1972. 1.

고민한 흔적이 나타나 있는 것으로 보아 북한 문단에서 순이 어머니의 존재가 매우 중요하게 취급되었음을 짐작할 수 있다.

지주형의 부정적 인물들이 긍정적 인물들과 적대적인 갈등관계에 있는 인물들이었다면 순이 어머니는 비적대적인 갈등관계에 있는 인물로 인간개조가 요청되는 인물이다. 개조의 대상이 된다는 것은 근로 인민으로 인정한다는 사실을 전제로 하는 것이며, 부정적 성격을 지닌 인물이 개조되는 과정은 긍정적 인물들이 성장하는 과정보다 훨씬 감동적이고 생동감 있다. 『땅』에서 순이 어머니는 다음의 다섯 가지의 상황을 통해 개조된다. 이 다섯 가지 상황을 다섯 '단계'라고 표현할 수 없는 이유는 전개되는 상황들이 산발적이기 때문이다. 점진적인 성격 변화의 과정을 목격하기는 어려울지라도 다섯 가지 상황이 각각 중요한 국면을 내포하고 있기 때문에 그것을 통해 해방 후 변화하는 북한 사회의 모습을 총체적으로 살필 수 있다.

첫째로, 순이 어머니는 곽바위와의 관계 속에서 개조의 조짐을 보이게 된다. 순이 어머니는 이해타산을 따져 농촌위원회 위원이 되고 토지분여도 받은 곽바위에게 머슴으로 있던 때와는 다른 대우를 해준다. 그러나 개간공사 후에 새로 푼 논을 분배할 때 곽바위가 노력 본위로만 하고 자기를 더 생각해 주지 않자 불만을 품게 된다. 그리하여 고병상과 함께 음모를 꾸며 곽바위의 못자리 논에 모를 망치게 할 심산으로 물꼬를 터놓는다. 이 사실이 곽바위에게 발각되지만 곽바위는 그를 용서해준다.

두 번째로, 순이 어머니는 전순옥과의 관계 속에서 자신의 심성을 반성하게 된다. 여맹 활동을 주도하고 야학을 지도하던 전순옥에게 순이가 한글을 배우러 가자 사람을 버린다고 못가게 한 것을 계기로 순이 어머니와 전순옥 사이에 한판 싸움이 붙는다. 이 싸움에서 순이 어

머니는 전순옥의 준절하고 고상한 말에 절로 고개가 숙여져 그대로 병
석에 눕는다. 병문안까지 온 전순옥이 인정어린 말로 화해를 청하는
바람에 순이 어머니는 서서히 마음이 누그러져 두레파접에 초대되어
서는 완전히 심기일전한 모습으로 마을 사람들과 친선을 도모한다.

전순옥과의 화해 직전에 순이 어머니는 고병상과의 관계 속에서 또
한 번 자각의 계기를 맞는다. 이것이 세 번째로 순이 어머니의 성격을
변화시키는 상황이다. 병석에 누워있던 순이 어머니는 산신님께 치성
을 드리러 갔다가 마침 비슷한 시각에 치성터를 찾아 개간답을 전부
폐농케 해달라고 기원하는 고병상의 작태를 보고 자신이 고병상과 다
를 바 없는 인간이라는 생각에 양심의 가책을 받는다. 이 대목에 이기
영은 순이 어머니의 천성을 적대적 인물 고병상의 그것과 분명히 구분
한다.

네 번째로, 순이 어머니의 마음을 바꾸는 데 결정적인 역할을 한 인
물은 딸 순이이다. 순이 어머니는 가난뱅이의 아들 동수가 준 반지를
끼고 어머니 앞에서 반항하는 순이를 나무라고 야학에도 못 가게 한
다. 그러나 해방기념일을 겸하여 두레파접을 성대하게 벌인 축제 마당
에서 순이가 연설하는 모습을 보고 순이 어머니는 크게 감동하여 이제
는 누구나 배워야겠다는 느낌을 절실히 갖게 된다.

마지막으로 순이 어머니는 강제성을 띤 사회적 규제로 개조된다. 다
음은 순이 어머니가 어물을 사러 나갔다가 겪은 체험이다.

팔뚝에 완장을 두른 여맹원들이 나타나자 촌사람을 한 명씩 붙들고
서 무엇을 조사하는지 공책과 연필을 들고 질문을 한다. 순이 어머니는
그것을 심상히 보았다. 그는 쇠고드리, 도루묵, 넙치 등의 생선 점을 들
러보던 중에 귓전으로 듣자니 국문을 모르는 사람들이 그와 같이 붙들

려서 시험을 당한다는 것이었다. (중략) 순이 어머니는 그만 생선을 사
려던 것도 집어 던지고 그 자리를 피하여 달아났다. 누가 쫓아오지나
않는가 싶어, 뒤를 연신 돌아보면서 큰 길거리까지 부리나케 빠져 나왔
다. 그는 비로소 걸음을 멈추고 안도의 숨을 돌려 쉬었다. (중략)참으로
그는 무슨 죄를 졌는가? 그래 범인이 작죄를 무서워하듯이, 법망을 피
하여 달아났던가? (『땅』하, 308쪽)

한글을 모른다는 부끄러운 이유로 죄지은 사람처럼 도망쳤던 순이
어머니가 나중에 전순옥에게서 한글을 배워 읽게 된 글귀는 "조선 인
민의 절세의 애국자이며 영웅이신 김장군 만세!"이다. 물론 이 글귀는
『땅』의 주제가 결국 김일성의 공적을 찬양하는 데 있음을 시사한다.

이와 같은 경험들을 통해 순이 어머니는 사회주의국가 건설에 대해
서는 이해와 협조의 자세를, 사회 규제에 대해서는 진보와 개명의 자
세를, 그리고 적대분자에 대해서는 비타협의 자세를 갖게 됨으로써 북
한 사회가 요구하는 인물의 형상을 갖추게 된다. 순이 어머니의 성격
발전 과정은 전순옥의 성격 변화와 더불어 소설 전개에 있어서 중요한
핵심을 이루고 있는데 곽바위의 긍정성을 강조한 개작본에서는 본래
의 취지를 제대로 살리지 못한다. 결국 이기영이 자신의 소신에 따라
문예를 선도할 수 있었던 것은 『땅』의 수정판까지가 아닌가 한다. 『두
만강』에도 더 이상 순이 어머니와 같은 생동감 있는 형상과 두레파접
같은 축제 마당이 묘사되지 않는다.

5. 마무리

『땅』은 해방 후 이기영 문학의 선구적 업적을 가장 뚜렷하게 보여
준 작품이다. 카프시절부터 남보다 먼저 새로운 문예정책을 제시하고

그것을 실제의 창작에 적용해온 이기영은 『땅』에서 곽바위, 전순옥, 순이 어머니라는 새 형의 인물을 창조하여 북한 문예의 흐름을 선도적으로 이끌었다. 해방 직후 북한에서 시급히 해결해야 할 과제는 크게 민주국가의 건설과 봉건사상의 타파로 요약되었는데, 곽바위는 민주국가 건설을 주도하는 역할을 담당하였고 전순옥은 봉건사상을 타파하는 역할을 담당하였으며, 토지개혁의 결과 계급모순이 해소되었다고 간주되어 지주계층이 투쟁의 대상에서 제외된 대신 순이 어머니가 새로운 갈등의 인자로 제시되었다.

새 시대를 선도하는 긍정적 전형 곽바위는 그 형상에 있어서 작가의 의도가 인물의 성격을 압도하고 있어 살아있는 인물이라고 보기는 어렵다. 이기영은 북한의 대중들에게 민주사회의 모범을 제시하는 데 주력한 나머지 인물의 성격발전 과정을 생략한 채 비범하고 완결된 성격의 소유자를 등장시켰다. 이에 비해 봉건 잔재를 청산하고 여성 교양자로서의 임무를 수행하게 된 전순옥의 형상은 성격발전의 과정을 거쳐 차츰 완성되어가는 인물로 묘사된다. 전순옥은 사상의 변화를 겪기까지는 매개적 인물 강균의 도움을 받기는 하나, '갱생' 이후에는 야학생과 부녀자들을 지도하는 교양자로 변모하여 북한이 당 정책을 선전하기 위해 광범위하게 조직, 동원하게 될 지도원이나 당세포의 선례를 보이게 된다. 한편 새로운 갈등관계를 형성하기 위해 고안된 인물 순이 어머니는 오늘날 북한의 소설이나 영화를 통해서도 쉽게 만나게 되는 부정적 인물의 원형으로서 인간개조가 요청되는 인물이다. 지주형의 부정적 인물이 긍정적 인물과 적대적인 갈등관계에 있었다면 '근로자의 바탕'을 가지고 있는 순이 어머니는 비적대적인 갈등관계에 있는 인물이다. 이러한 인물이 개조되는 과정은 과거 부정적 인물이 파멸하는 과정이나 긍정적 인물들이 성장하는 과정보다 훨씬 큰 감동을 준다. 순이 어머니의 성격 발전 과정은 전순옥의 성격 변화와 더불어 소설 전개의 핵심을 이루지만 김정일의 교시가 개입된 1973년 개작본에서는 곽바위의 긍정성이 강조된 나머지 본래의 취지를 살리지 못한다. 이로 미루어 볼 때 이기영이 자신의 소신에 따라 문예를 선도할 수 있었던 것은 『땅』의 수정판까지가 아닌가 한다.

■ 참고문헌

이기영,『고향』, 1934(풀빛, 1989)
_____,『땅』상, 하, 1948 – 1949(풀빛, 1992)
_____,『두만강』1, 2, 3부, 1954, 1957, 1961(풀빛, 1989)

김성수,「이기영 소설 연구 : 식민지 시대 소설의 리얼리즘 성격을 중심으로」, 성
　　　균관대 박사학위 논문, 1992.
김재용,「일제하 농촌의 황폐화와 농민의 주체적 각성」,『민족문학운동의 역사와
　　　이론』, 한길사, 1990.
김병걸,「현실주제단편의 사상예술적 깊이와 혁명화과정의 묘사」,『조선문학』,
　　　1972. 1.
김윤식,「북한문학을 어떻게 할 것인가」,『문학과 사회』, 1989. 봄.
김희자,「이기영 소설 연구」, 건국대 박사학위 논문, 1990.
박영식,「이기영 장편소설『땅』의 개작 양상 소고 – 2차 개작본(1973)을 중심으로」,
　　　『반교어문연구』23집, 반교어문학회, 2007.
변정화,「이기영 작품에 나타난 여성현실과 그 전개방식 – 초기 경향소설을 중심
　　　으로」, 숙명여대 아세아여성연구 제29집, 1990.
서은주,「이기영 소설 연구」, 연세대 석사학위 논문, 1991.
안　막,「민족문학과 민족예술 건설의 고상한 수준을 위하여」,『문화전선』, 1947. 8.
안함광,「북조선 창작계의 동향」,『문화전선』3호, 1947. 2.
엄호석,「문학 발전의 새로운 징조」,『문학예술』, 1952. 11.
이기영,「사회적 경험과 수완」,『조선일보』, 1934. 1. 26.
_____,「만주와 농민문학」,『인문평론』2, 1939. 11.
_____,「주인공 설정과 작가의 의도」,『문학신문』, 1966. 3. 25.
_____,「오직 충성의 마음으로」,『조선문학』1974. 4.
이선옥,「이기영 소설의 여성의식 연구」, 숙명여대 박사학위 논문, 1995.
정대호,「이기영의 장편소설에 나타난 현실진단과 그 대응 논리의 변화」, 문학과

　　언어, 제11집, 1990.
한기형, 「이기영 문학의 사상적 근저」, 『반교어문연구』 3집, 1991.

김재용, 『북한 문학의 역사적 이해』, 문학과 지성사, 1994.
박종원·류만, 『조선문학개관 2』, 사회과학출판사, 1986 (서울, 인동 : 1988).
오영진, 『소군정하의 북한』, 국민사상지도원, 1952.
필자미상, 『조선문학사』, 교육도서출판사, 1960 (동경, 학우서방 : 1964).

북한의 눈으로 본 신채호 문학

1. 머리말

일반적으로 한반도의 통일문제를 논의할 때는 남한과 북한이 같은 민족이라는 국민적 정서를 전제로 한다. '민족'이라는 개념 자체가 쉽게 정의될 수 없는 것일 뿐 아니라 남한과 북한은 분단 이래 다른 정치 이념과 사회체제를 유지해왔기 때문에 동일한 민족 개념을 지니고 있다고는 볼 수 없다. 그럼에도 불구하고 남한과 북한은 동일한 역사와 문화를 공유해 온 단일민족이기 때문에 같은 민족성을 지니고 있음은 틀림없다. 민족성의 동일성은 민족의식의 유사성을 보장해준다.

민족주의는 민족의식에 비해 협의의 개념이다. 민족의식이 특수한 조건 하에서 문화적 단계로부터 정치적 의식과 행동으로까지 발전된 경우에 나타나는 것이 민족주의라 할 것이다. 주지하는 바와 같이 민족주의는 억압으로부터의 독립을 지향하는 경향과 타 민족의 배제와 억압을 지향하는 경향으로 구분되는데, 식민지 국가였던 우리나라의 민족주의는 외세에 대한 응전의 필요에 의해 발생하여 해방 이후에도

‘저항 민족주의’의 성격을 유지하였다.

민족주의 문학이 민족주의를 의식하고 그것을 반영하고자 하는 의도로 씌어진 문학이라면 민족문학은 민족적 특성, 민족의 이해관계나 심리, 정서, 생활, 세태 등이 투영된 문학을 말한다. 그러나 식민지시대의 카프와 국민문학파, 그리고 해방공간의 여러 문학진영이 이해관계가 다름에도 불구하고 모두 민족문학을 표방했을 만큼 ‘민족문학’을 간단히 정의하는 것은 쉬운 일이 아니다. 남한의 경우, 1970년대 리얼리즘 논쟁을 거치면서 민족문학은 민중문학, 농민문학, 제3세계문학 등을 아우르는 방향으로 논의되었다. 반면에 북한은 해방 직후부터 민족문학 논의가 뜨겁게 전개되었는데, 해방 전 조선의 프로문학을 새로 건설될 문학의 전통으로 삼는 데에 대체로 합의를 이룬 가운데 새로 형성될 민족문학을 계급문학과 어떻게 연관시킬 것인가의 문제를 놓고 주체문학이 등장하기 전까지 오랫동안 합의점을 찾지 못했다. 해방 직후 안함광은 아직 통일된 민족국가를 건설하지 못한 데다 이념적 차이로 인하여 분단이 될 가능성이 있기 때문에 우리 문학이 수립해야 할 문학으로 민족문제를 강조하는 민족문학이 되어야 함을 강조한 바 있다. 1959년 들어 본격적으로 전개된 민족적 특성 논쟁은 1960년대 중반 유일사상체계가 전면화되기까지 지속되었지만 1960년대 중반 이후에는 민족적인 것과 계급적인 것의 관계를 어떻게 볼 것인가의 문제는 사라지고 김일성 우상화를 위해 민족적인 것을 절대화하는 방향으로 경도되었다.

남한의 학계에서 민족사관과 민족주의에 대한 논의가 활발하게 일어나기 시작한 것은 1960년대 말, 1970년대 초부터이다. 단재 사학이 집중적으로 조명되기 시작한 것도 이 시기부터이다. “단재의 민족의식은 매우 철저한 것이다. 그는 역사가로서의 뛰어난 업적과 언론인으로서의 뚜렷한 공헌과 독립운동가로서의 일정한 역할과 문학가로서의 독특한 활동을 다했지만 그 속에 항상 일관한 것은 민족의식이다. 그리고 단재의 민족의식은 대아의식과 동일한 발상이며 그것은 역사의식 내지 반제반봉건사상으로 연결되고 또 민중의식 내지 혁명사상으로 발전되었다고 볼 수 있다."[1]라는 평가로 요약되는 바, 신채호의 문학작품은 강렬한 민족의식, 민중의식을 바탕으로 하고 있다. 북한에서는, "물론 작품에는 작가의 세계관적 및 계급적 제한성으로 하여 빚어진 일련의 부족점들도 있다. 그러나 소설(「꿈하늘」: 인용자)은 일제강점하의 모순된 사회현실을 정면으로 부정하고 거기에 애국적 이상을 대치시키면서 사람들에게 반일독립운동에 일어설 것을 열렬히 호소한 것으로 하여 그리고 진보적 낭만주의 경향의 창작수법들을 보여준 것으로 하여 의의가 있다"[2]고 하여 신채호가 소부르주아 인텔리의 계급적 제한성으로 무정부주의 운동에 가담했던 점을 한계로 지적하는 한편, 민족적 자각을 높이고 반일애국정신을 고취하는 데 일정한 역할을 했다는 점을 높이 평가하고 있다.

　민족 구성원이 존재하는 한 민족문학은 언제나 유효하다. 임화는 "무엇보다도 철저한 인간적 문학일 것이다. 지배자의 이익이나 필요에서 만들어진 문학이 아니라 민족의 이익과 민족이 필요에서 창조되는 문학이요 전 민족에 의하여 친애되는 문학일 것이다. 동시에 이 문학은 여태까지의 문학의 역사를 새로운 계급으로 높이는 문학일 것이며 수많은 위대한 작가와 작품들로 대표되는 문학일 것이요 그 발전과 번영이 정지되지 않는 문학일 것이다"[3]라고 강조한 바 있다. 특히 세

---

1) 이선영, 「단재의 사상과 문학」, 『단재 신채호와 민족사관』, 형설출판사, 1980.
2) 사회과학언 역사연구소 박사 이종현, 『근대조선역사』, 일송정, 1988, 363쪽.
3) 임화, 「민족문학의 이념과 문학운동의 사상적 통일을 위하여」, 『문학』 3호, 1947.

계화 구호가 남발하고 국제적으로 상호 의존 및 협력이 강하게 요구됨에 따라 민족주의는 오히려 민족적 경쟁력의 동력으로 작용하게 될 것이다. 이 글에서는 남과 북이 공히 그 가치를 인정하는 신채호의 민족문학을 중심으로 민족적 특징을 살펴보고 남북 민족문학의 상호 소통의 가능성을 생각해볼 것이다.

2. 북한 민족의식의 변모 양상

북한의 민족관의 변화는 지도사상의 변화와 밀접히 결부되어 있으며 북한의 문학 예술 또한 당 지도부의 지침을 준수한다. 북한의 민족의식의 변화 양상을 개괄해보면 다음과 같다. 주지하는 바와 같이 북한은 1960년대까지는 스탈린식 민족개념[4]을 따랐다. 남북이 군사적 긴장관계 속에서 대외적으로 민족문제를 내세울 수는 없었으나, 해방 직후 북한은 내부적으로 친일파와 민족반역자를 숙청하여 민족사상을 통일시키는 문제와, 봉건적 토지 착취제를 철폐하고 봉건세력을 숙청하는 문제를 선결과제로 정했다. 그런 가운데 토지개혁이 실시되고 1958년 농업협동화가 완료된 후 북한은 민족적 특수성에 대한 인식에 있어서 비상한 관심을 보이기 시작하였다.

1964년 김일성은 「조선어를 발전시키기 위한 몇 가지 문제」[5]라는 논문에서 언어를 민족의 가장 중요한 징표로 지목함으로써 경제문제를 강조해온 스탈린식 민족개념과는 차이를 보이기 시작하였다. 그리

4, 8~16쪽.

4) 스탈린은 1914년 「맑스주의와 민족문제」라는 논문에서 민족을 '언어, 영토, 경제생활, (문화적 공통성에 의해 표현되는) 심리적 상태의 공통성에 기초하여 오랜 역사를 거쳐 형성된 인간의 견고한 집단'이라 규정한 바 있다.

5) 「조선어를 발전시키기 위한 몇 가지 문제」, 『김일성저작선집』 제4권, 1964, 1~5쪽.

고 획기적인 변화로서, 마르크스, 엥겔스, 레닌, 스탈린이 전혀 언급하지 않았던 핏줄의 공통성을 주장했다. 그 뒤 주체사상이 체계화되는 1970년대에 들어와서 북한은 민족주의를 새롭게 규정한다. 1970년에 발간된 『철학사전』에서 민족은 "언어, 지역, 경제, 생활, 문화와 심리 등에서 공통성을 가진 역사적으로 형성된 사람들의 공고한 집단"으로 정의되었으며, 혈통의 개념이 강조되기 시작하면서 1973년에 발간된 『정치사전』에서는 민족이 "언어, 지역, 경제생활, 혈통과 문화, 심리 등에서 공통성을 가진 역사적으로 형성된 사람들의 공고한 집단"으로 규정되었다. 1974년 2월에 개최된 노동당 5기 8차 전원회의에서는 김정일이 김일성의 후계자로 추대되고 김정일은 '온 사회의 김일성주의화'를 앞세워 이데올로기 측면에서 마르크스 레닌주의와 결별하고 자주화노선을 선포하였다. 그리하여 1980년 10월에 개최된 노동당 6차 대회에서는 당의 지도사상을, 마르크스 레닌주의를 삭제하고 주체사상으로만 규정하였다.[6] 이때부터 민족문제는 계급과 사상보다 중요시되었다.

북한의 민족관이 뚜렷한 독자성을 지니기 시작한 시기는 80년대 중반부터이다. 이 시기에 민족문화는 한 민족을 다른 민족에게 동화되지 않게 하고 '자주성'을 지켜나가는 힘의 원천으로 간주되기 시작하였다. 1985년 당 창건 40주년에 즈음하여 발간된 『주체사상총서』에서 민족은 자주성을 본질적 속성으로 하며, 자주성은 민족의 생명이라고 주장하고 있다.[7] 모든 민족은 서로 어떠한 예속과 지배도 받지 않고 자주적인 사회 집단으로 존재하면서 자기의 문제를 주인된 입장에서 자결의 원칙에서 해결해 나가는 속성을 가지고 있으며, 이러한 의미에

---

6) 김남식, 『21세기 우리민족 이야기』, 통일뉴스, 2004, 18~60쪽 참조.

7) 『위대한 주체사상 총서』 2권, 서울 백산서당, 1989, 69쪽.

서 민족의 생명은 자주성이 된다는 것이다.

이러한 주체의 민족관은 이후 '민족제일주의'라는 용어로 정착된다. 민족제일주의는 1986년 7월 15일에 발표된 김정일의 논문 「주체사상 교양에서 제기되는 몇 가지 문제에 대하여」에서 처음으로 제시되었다. 이 글에서 김정일은 민족은 사회적 생명체이며 그 생명체는 자주성으로 표현된다는 논리를 펴고 있다. 여기서 말하는 자주성이란, 첫째 다른 민족에 예속되거나 동화되지 않고 자기 운명의 주인으로서의 권리를 옹호하고 행사한다는 것, 둘째 다른 민족의 힘에 의존하지 않고 자기 운명의 개척자로서의 책임과 역할을 수행한다는 것 등 두 가지를 의미한다.[8] 자주성으로 표현되는 민족생명체론은 1990년대 이후 더욱 강조된다. 요컨대 북한의 '민족' 개념은 공산주의 국가의 보편적 민족 개념과는 다르며, 경제 생활 등 물질적인 요인보다 혈통과 언어, 의식 등 문화적이고 정신적인 요소를 중시한다. 북한은, 사회주의 사회에서 민족의식은 극복되어야 하는 것이 아니라 강화되어야 하는 것으로서 그것은 자주적이고 창조적인 사회생활의 동력이라고 이해하고 있다.

3. 신채호 문학의 민족문학적 특징

1) 신채호 문학과 민족어

식민지 시대의 대표적 독립운동가이자 역사학자, 문사였던 신채호는 제국주의의 침략에 대항하고 조국의 독립을 지향하는 이념으로 민족주의를 제창하였다. 신채호의 민족문학이 보여준 가장 중요한 특징

---

8) 김남식, 위의 책, 60쪽.

은 민족어의 사용에 있었다.

서양의 문학사를 살펴보면, 중세 최후의 작가이자 문예부흥의 선구자라 일컬어지는 단테가『속어론』을 펴내면서 라틴어를 버리고 자기 나라 방언을 문학어로 쓸 것을 주장한 바 있는데, 그 배경에는 민족국가 수립에 대한 열망이 깔려 있었다. E. H. 카아는 근대적인 의미에서의 민족은 중세 기독교세계의 국제적 질서가 붕괴됨으로써 나타나게 된 산물이라고 보고, 르네상스시대의 모험적이고 공격적인 개인주의 시대정신이 민족이라는 집단의 차원에 투영됨으로써 생겨난 것이라고 보았다. 단테를 비롯하여 페트라르카, 보카치오, 라블레, 세르반테스 등 대표적인 르네상스 시기 작가들이 자국어를 자신의 문학어로 선택한 것은 중세적인 보편주의에서 민족주의로의 변화를 의미하였던 것이다. 이를 통해 알 수 있듯이 언어로 이루어진 예술은 민족의식의 양태와 변화를 추론해볼 수 있는 직접적인 자료가 된다. 1964년에 백철은「민족문학의 행방」에서 민족문학이 개념에 대해 '자기 민족이 과거 전통을 회복해서 그 전통적인 문화적 환경에서 민족의 참된 휴머니티를 발견하고 그 민족의 언어에 대한 인식을 높이는 문학'9)이라 정의한 바 있다. 그리고 잘 알려진 바와 같이 북한에서는 "민족을 이루는 기본 징표는 핏줄, 언어, 지역의 공통성이며 이 가운데서도 핏줄과 언어의 공통성은 민족을 특징짓는 가장 중요한 징표"10)라 하여 언어를 강조하고 있다.

애국계몽운동기인 19세기 말 20세기 초 우리나라에 등장한 신소설은 처음으로 언문일치를 지향했다. 다만 그 내용에 있어서 반봉건 민

---

9) 백철, 「민족문학의 행방」, 『백철전집』, 신구문화사, 1972, 312쪽.

10) 사회과학출판사 편, 『주체사상의 사회역사원리』, 주체사상총서2, 백산서당, 1988, 70쪽.

주주의적 내용이 주류를 이루었는데, 이 시기에 신채호는 제국주의 침략에 대항하고 조국의 독립을 지향하는 이념을 내용으로 하는 번안소설이나 전기소설을 주로 발표하였다. 특기할 만한 사항으로 그의 전기소설『을지문덕』은 처음에는 국한문 혼용체로 씌었다가 1908년 7월 5일 국문판으로 완전히 번역되어 광학서포에서 재출간되었으며,『성웅 이순신』은 국문으로만 씌어『대한매일신보』에 1908년 6월 11일부터 10월 24일까지 연재되었다. 신채호는 몇 편의 수필에서도 국문소설의 사회교양적 기능을 특별히 강조한 바 있다.

> 항간의 속어로 쓴 소설책자는 이와 달리 모든 부녀자와 아이들이 즐겨 보는 바인데 만일 그 사상이 기발하고 필치가 웅건하면, 백인이 옆에서 보면 백인이 갈채하며 천인이 옆에서 들으면 천인이 갈채하되 심지어 정신과 넋이 책장에 옮겨져 비참한 일을 읽을 때면 눈물이 비오듯 함을 금치 못하며 장쾌한 장면을 읽음에 기분이 앙양팽배함을 억제 못하고 그 감동되고 도취된 이후에는 자연히 그 덕성도 감화를 받을지어니 그러므로 사회의 대추향은 국문소설의 정하는 바라 함이니라.[11]

신채호가 사망한 이후의 일이지만, 1940년대에 들어서면서부터 일제는 내선일체를 앞세워 일본어 국민문학을 제창하고 창씨개명을 강요하는가 하면 조선어 연구단체인 조선어학회를 강제로 해산하는 등 강압적이고 노골적인 문화정책을 전개한 바 있다. 그리고 당시 각종 일간지와 문예잡지가 잇따라 폐간됨으로써 한국어에 의한 공식적인 문학활동이 전면 금지되었다. 이처럼 역사적으로도 민족의 언어는 민족의 운명, 민족의 생명을 상징해왔던 것이다.

현재 북한에서 민족어는 무엇보다 '민족문화를 특징짓는 가장 중요

---

11) 신채호, 「근금국문호소설저자의 주의」, 『대한매일신보』, 1908. 7. 8.

한 표식으로서 훌륭한 민족문화를 창조하는 필수적 수단이며 민족의 아름다운 풍습과 빛나는 전통을 보존하고 계승발전시키는 중요한 수단'으로 인식되고 있다.[12] 민족어는 곧 민족적 자부심과 긍지를 일깨우고 민족적 단합을 불러일으키는 결정적 요인이 되고 있는 것이다. 단, 북한에서는 민족어의 그러한 기능은 오직 사회주의 사회에서만 가능하다고 강조하고 있다.

2) 긍정적 주인공의 혁명적 낭만주의 :「꿈하늘」

남한과 북한 모두 신채호의 문학작품을 진정한 민족문학으로 인정하는 또 다른 이유는 그것이 투철한 민족의식 또는 민중의식을 바탕으로 하고 있기 때문이다. 신채호의 작품에서 그러한 민족(민중)의식은 애국주의적 성격을 지닌 긍정적 주인공의 형상으로 구체화된다. 신채호 작품의 긍정적 주인공은 1919년 3.1운동을 기점으로 크게 두 유형으로 나뉘는데, 그 구체적 형상은 영웅과 민중으로 대별된다. 3.1운동을 통해서 구시대의 혁명이란 특수한 지배계층끼리 서로 교체하는 것에 지나지 않는 것이라는 한계를 깨달은 신채호는 스스로 영웅중심 사관을 탈피하고 민중의 직접 봉기를 주장하게 된다.

전기 작품에 해당하는 작품「꿈하늘」(1916)에는 당대 조선 애국자들의 낭만주의적 전형인 '한놈'이라는 인물 형상이 제시되어 있다. 한놈에게서 주목되는 점은 처음부터 완결된 성격의 소유자로 등장하지 않는다는 점이다. 한놈은 천국에서 지국으로, 그리고 지옥에서 시계로 올라가는 과정에서 다양한 인물 또는 환경과 접촉하게 되는데, 이는

---

12) 박호성,『남북한 민족주의 비교연구 : '한반도 민족주의'를 위하여』, 당대, 1997, 111쪽.

크게 두 축으로 나뉘어 한놈의 성격을 발전시키는 장치로 동원된다. 그 한 축은 을지문덕, 강감찬 등 역사적 인물들로서, 그들은 한놈을 깨우쳐주고 올바른 길로 이끌어가는 긍정적 역할을 한다. 그리고 다른 한 축은 임진왜란의 원흉인 풍신수길과 '아픔벌'의 비바람, 흙과 모래 바람, 가시밭과 갈밭 그리고 불덩이 등의 장애물, 그리고 '황금산'의 부귀 영화의 유혹, '시내물'의 시기와 질투 등으로서 이들은 반일투쟁의 간고성을 부각시키는 장치로 기능한다. 무궁화꽃 새암, 옥동자 등 의인화된 형상들도 주인공 한놈을 중심으로 긍정적 기능을 하는 축과 부정적 기능을 하는 축으로 갈라져 부르주아 민족운동 시기의 사회 모순과 갈등의 양상을 상징적으로 보여준다. 그 한 예를 보면 다음과 같다. 한놈의 성격 발전의 계기가 되는 중요한 사건의 하나인 다음 장면은, 미인으로 변신한 풍신수길의 꾀에 넘어가 지옥으로 떨어졌던 한놈이 강감찬의 훈계를 받고 구제되는 대목이다.

> "나라 사랑하는 사람은 미인을 사랑하지 못하옵니까?"
> 강감찬이 땅 위에 놓인 칼을 가리키며
> "이 칼 놓은 자리에 다른 것도 또 놓을 수 있느냐?"
> "안 될 말입니다. 두 물건이 한 시에 한 자리를 차지할 수가 있습니까?"
> 강감찬이 이에 손을 치며
> "그러하니라. 두 물건이 한 시에 한 자리를 못 차지할지며, 두 사상이 한 시에 한 머리 속에 같이 있지 못하나니 이 줄로 미루어 보아라. 한 사람이 한평생 두 사랑을 가지면 두 사랑이 하나도 이루기 어려운 고로, 이야기에도 있으되 '두 절개 다 되지 말라' 하니 그 주정함을 나무람이라."

(「꿈하늘」, 37쪽)

북한의 문학은 해방 후에도 이와 같은 투쟁적 인물을 강조하였다. 현실적으로 토지개혁이 실시되고 협동화사업이 전개되어 사회 정치적 갈등이 사라졌다고 자평하는 가운데 문학작품에서 이러한 인물이 강조될 수밖에 없었던 이유는 북한의 사회주의 사회의 건설이 완료된 것이 아니라 진행 중에 있다는 사실과 관련되어 있었다. 해방 직후 북한 문학에 나타났던 무갈등성은 사회주의 제도의 우월성을 과시하기 위하여 현실의 부정적 요소들을 의식적으로 제거하고 감소시킨 데서 연유하였다. 해방 직후만 해도 작가들은 투쟁할 대상이 없어져버린 긍정적 주인공들로 하여금 '아무러한 투쟁도 난관도 모르는 무기력한 귀공자'[13]가 되도록 방치하였다. 그러나 현실이 필요 이상으로 미화되거나 과장되면 오히려 사회주의 건설을 추진하는 일에 장애가 될 뿐이라는 점을 인식하면서 북한은 차츰 인민들의 모범이 될 만한 긍정적 인물의 전형을 요구하게 되었다. 이러한 요구에 부응한 인물이 천세봉의 『석개울의 새봄』에 등장하는 창혁과 같은 인물이었다. 작품에서 창혁은 외적으로는 많은 난관에 노출되어 있고 내면적으로는 풍부한 인간적 감수성을 지닌 인물로 묘사되었다.

신채호의 「꿈하늘」은 주인공 한놈으로 하여금 간고한 애국투쟁을 경험하게 하지만 결국 문제해결의 방책을 구하지 못하고 '도령군 놀이터'를 찾아가 더 큰 뜻을 세우는 것으로 마무리된다. 한놈을 비롯하여, 신채호의 애국적 이상이 구현자들은 낭만적으로 이상화되었다. 이 점은 당시 신채호가 현실에서 모범으로 될 인물들의 투쟁을 찾지 못한 데서 나온 제약성으로 지적되고 있다.[14] 이는 마치 해방 후 북한의 신세대 비평가 엄호석이 신경향파 문학의 특징을 거론하면서 그것이 혁

---

13) 엄호석, 「갈등의 예리화」, 『조선문학』, 1956. 7, 156쪽.
14) 김병민, 『신채호문학연구』, 아침, 1988, 50~51쪽.

명적 낭만주의의 우세로 특징지어졌다고 전제하고 그 이유로 당시 작가들에게 사회주의적 이상을 구현시킬 만한 '생활 자료 즉 혁명적 대중과 련계된 혁명 투사의 긍정적 주인공과 대중적 투쟁의 화폭이 현실 자체 속에 아직 없기 때문'[15]이라고 진단하였던 사정과 유사하다. 혁명적 낭만주의는 사회주의 리얼리즘의 본질적 특성의 하나로, 북한 문학에서 이 개념은 의식의 능동성과 거의 동격으로 이해되어 대중 교양의 수단으로 이용되었다.

3) 역사발전의 합법칙성 :「용과 용의 대격전」

3·1운동 이후 신채호의 민족의식이 집약적으로 묘출된 작품은 작가의 최후 작품이기도 한「용과 용의 대격전」(1927)이다.『조선문학개관1』에서 이 작품은 '환성적인 형식과 수법을 통하여 조선인민과 일제침략자를 비롯한 착취자들간의 불상용적인 모순과 투쟁을 보여주면서 천국의 파멸, 천국의 충신인 미리의 죽음과 새로운 지국의 건설로 침략자, 착취계급의 멸망과 인민대중의 승리를 확인하고 있다'[16]고 설명되고 있다. 이 작품의 중심인물인 미리는 조선 총독을, 그리고 드래곤은 조선 민중을, 그리고 천국의 상제는 일본 천황을 상징한다. 「꿈하늘」이 긍정적 주인공의 형상에 집중한 형국이라면「용과 용의 대격전」은 부정적 주인공의 형상에 집중하고 있다고 볼 수 있다. 주제 면에서 볼 때「꿈하늘」은 영웅적 주인공을 앞세워 애국주의를 강조한 반면,「용과 용의 대격전」은 민중을 억압한 부정적 주인공의 만행을

---

15) 엄호석,「문학사 서술의 사회학적 단순화를 반대하여」(지상토론), 1956. 12. 27, 2쪽.

16) 정홍교, 박종원,『조선문학개관1』, 인동, 1988, 348쪽.

부각시키고 결국 그를 철저히 멸망시킴으로써 상대적으로 민중의 역
량을 과시하고 있다.

「용과 용의 대격전」에서 미리는 천국 상제의 명령을 받들고 지국에
내려와 민중을 잔혹하게 진압한다. 한편 천국에서 상제는 온갖 잡귀를
불러 태평연을 열며 민중을 진압하기 위한 술책을 꾸민다. 이 때 갑자
기 드래곤이 출현하여 상제의 아들인 예수를 처단하고 온갖 종교가,
정치, 법률, 학교, 교과서 등 모든 지배자의 권리를 옹호한 서적을 불지
르고 교당, 정부, 관청, 은행, 회사 등의 건물을 파괴하고 지상의 만물
이 민중의 공유임을 선언한다. 그리고 천국과의 교통단절을 선언하자
더 이상 지국의 민중을 착취할 수 없게 된 상제는 결국 수치스러운 멸
망을 맞이하고 만다. 다음은 상제의 종말을 풍자적으로 묘사하고 있는
대목이다.

> "그러면 어찌하나요? 앉아서 굶어 죽을까요?"
> 상제가 한참 묵묵하시다가
> "이제는 한 가지밖에 없다. 무엇이냐 하면 곧 사자를 민중에게 보내
> 어 우리 천국의 귀신의 수효대로 바가지나 하나씩 달라고 청구하자."
> "바가지는 무엇하게요."
> 상제가 눈물을 흘리시며
> "별도리가 있느냐. 우리들이 매일 민중의 문 앞에 가서 바가지를 두
> 드리며, 민중 할아버지 밥 한 술 담아 주오 하지……"
> 하고 목이 맺혀 말을 그치지 못한다.
> "그것이야 어찌……저희들이야……하물며 존엄하신 상제……"
> 하고 모든 귀신들이 목을 놓고 운다. 신선의 바둑, 천녀의 거문고가
> 다 어디 가고 울음 소리가 천궁을 진동한다. 그러나 금일에 울고 명일
> 에 울어 삼백 육십 오일을 울지라도 쓸데 있으랴. 마침내 울음을 걷고
> 바가지 청구의 제안이 가결되고 말았다.

(「용과 용의 대격전」, 111쪽)

결국 천국의 상제는 바가지 타령을 부르다가 드래곤이 일으킨 맹풍
에 휩싸여 지국에 내려와 쥐구멍 어디론가 사라지고, 상제를 찾아 떠
난 천사는 비렁뱅이 신세가 되고 드래곤과의 대결에서 패하여 용신묘
의 토우상이 되고 만다. 이와 같은 희극적 결말을 통해 작가는 일제의
철저한 패배를 선고하며 동시에 조선민중의 승리를 선언한다. 이처럼
긍정적인 인물에 대해서는 성격 발전의 경로를 섬세하게 묘사함으로
써 그들 행위에 정당성을 부여하면서도 부정적인 인물에 대해서는 그
패배나 몰락 과정을 치밀하게 묘사하여 단호하게 응징의 태도를 보이
는 방식은 해방 이후 북한의 문학이 거의 도식적으로 활용해온 서사적
구성 방법이다. 다만 해방 후 북한은 부정적 인물을 다시 적대적 부정
인물과 비적대적 부정인물로 구분하여 개인주의, 이기주의, 관료주의,
요령주의, 보수주의, 소극적 성격 등의 낡은 사상 잔재를 지닌 인물의
경우 비적대적 부정인물로 간주하고 교화의 대상으로 삼는다.『설봉
산』의 순이계모, 최폐단, 백장군,『석개울의 새봄』의 조형모, 탁수일,
마영감 등이 대표적인 비적대적 부정인물에 해당된다.

한편 북한 문학에서 적대적 부정인물은「용과 용의 대격전」의 부정
적 인물들과 같이 철저히 응징된다. 대표적인 예가『두만강』의 지주
한길주 일가와 신흥자본가 김진해 일가이다. 몰락한 지주 한길주의 집
안은 그 손자들까지 파국을 면치 못한다. 한길주의 처 이씨 부인은 아
들 경식이 산지기 정첨지한테 가대를 팔아먹은 사실을 알게 되어 곡광
의 대들보에 목을 매달아 죽고, 경식의 처 박씨도 친정으로 어린애를
업고 가다 물에 빠져 죽고, 경식의 아들들은 빌어먹으러 뿔뿔이 헤어
지는 등 집안 전체가 풍비박산이 된다. 홀로 남은 경식도 거지가 되어
아는 사람들을 찾아다니며 구걸을 하게 된다. 그런가 하면, 또 다른 부
정적 인물 김진해는 아들 동원에게 장사, 사업을 맡겼다가 번번이 실

패로 돌아가자 동원을 폐인과 같이 여겨서 용돈 한 푼 주지 않고 내버려 둔다. 그러자 동원은 화풀이로 죽기를 각오하고 독한 배갈을 마셔대다가 급사를 하고 만다. 동원은 죽기 전에 안선달을 불러 자기가 죽거는 파묻은 지 사흘만에 자기와 생전에 같이 놀던 술친구들과 기생들을 자기의 무덤 앞에 불러 모아 온종일 풍악과 가무로써 호화판을 베풀고 질탕하게 놀아달라는 유언을 남긴다. 이러한 희화적 묘사에는 부정적 인물에 대한 강한 단죄 의지가 담겨 있다. 「용과 용의 대격전」과 북한의 소설들에서 볼 수 있는 긍정적인 것의 승리와 부정적인 것의 멸망은 역사발전의 합법칙적 발전과정을 형상적으로 말해주는 것이다.

4) 환상 수법과 리얼리티

신채호 소설의 특징적인 표현수법은 환상 수법이다. 북한의 『조선문학개관1』에서 해설하고 있듯이 (「꿈하늘」의) 환상과 허구는 현실에서 실현하기 어려웠던 작가의 애국적 지향과 염원을 표현하기 위한 조건부적인 것이었으며 그것은 구체적인 역사적 사실과 밀접하게 결부되고 있다.[17] 「꿈하늘」의 도입에서 "한놈은 벌써부터 꿈나라의 백성이니, 독자 여러분이시여, 이 글을 꿈꾸고 지은 줄 아시지 말으시고 곧 꿈에 지은 글로 아시옵소서."라고 당부하고 있듯이, 이 작품은 전통적 몽유록 기법을 차용하고는 있으나 현실과 환상을 따로 구분하고 있지는 않다는 점에서 차별적이다. 천국과 지국을 공간적 배경으로 설정하고 있는 「용과 용의 대격전」 역시 환상과 현실을 구분하는 장치를 따로 마련하고 있지 않다.

---

17) 정홍교 · 박종원, 앞의 책, 347쪽.

「꿈하늘」에서 한놈이 무궁화 꽃송이에 앉아 천국에서 지국으로 내려오거나, 한놈을 부르니 여러 한놈이 일제히 나타난다든가, 풍신수길이 미인으로 변신했다가 개로 변하는 등의 착상은 낭만주의에 기대고 있으나 무궁화 꽃송이는 조선을 상징하며, 일곱 한놈은 반일독립단체를 상징하고 풍신수길의 변신은 일제의 간교함과 투쟁의 간고함을 상징하고 있는 것으로서 모두 사실성을 내포하고 있다. 또한「용과 용의 대격전」에서도 낭만주의와 사실주의 묘사가 함께 어우러져, 천국의 연희, 천국 환란, 미리의 행각 등은 환상적 낭만주의에 기대고 있으나 지국의 묘사, 즉 민중의 참상은 사실적으로 묘사된다. 즉 신채호 소설에 등장하는 환상적 인물과 사건들은 막연히 몽환적 세계를 보여주고 있는 것이 아니라 현실적 문제의 본질을 효과적으로 표현하기 위해 이용되고 있는 것이다. 이 환상수법은 오늘날 북한의 아동영화문학에서 적극적으로 활용되고 있는 것으로서 북한에서는 표현에 있어서는 비록 현실성이 없다 할지라도 그 속에 진실이 담겨 있으면 사실주의와 모순되지 않는 것으로 이해하고 있다.

4. 마무리

지금까지 북한의 민족의식의 변모 양상을 검토하고, 남한과 북한 공히 민족문학으로 인정하고 있는 신채호의 대표작「꿈하늘」과「용과 용이 대격전」을 간단히 분석해봄으로써 북한문학에 계승되고 있는 민족문학적 특징을 살펴보았다.

민족문학의 저변에 놓인 이데올로기는 강한 정치적 편향을 지닐 수밖에 없다. 그럼에도 불구하고 그러한 정치적 성향을 조금만 제거하고 나면 남북한 문학에서 민족어와 민족성에 기초한 민족문학의 동질성을 발견하는 일은 그리 어려운 일이 아니다. 민족의식의 정치적 표현인 민족주의를 놓고 볼 때도 남과 북은 '저항민족주의'라는 동일한 발생사적 기원을 가지고 있는데다 통일이라는 궁극적 목표도 동일하기 때문에 상호 소통의 토대는 이미 마련되어 있다고 볼 수 있다.

그러나 정작 중요한 것은 민족문학의 속성, 민족주의의 기원과 지향이 아니라 그것의 현재적 구현양태이다. 북한 민족의식의 변모양상을 통해 살펴본 바와 같이 북한의 민족관의 변화는 지도사상의 변화를 그대로 수용해왔다. 다양한 정치적 입장이 허용되는 남한의 사정과는 달리 북한에서는 모든 문학이 기본적으로 민족의식의 변화를 이해해야 하고, 또 그에 앞서 정치사상과 체제의 변화를 이해해야 한다.

북한 민족관의 배타적 특성을 하나의 특수성으로 인정해야만 비로소 민족적 동질성이 합리적으로 구해질 것이다. 더불어 강요된 민족적 정체성에 의해 억제된 개인들의 신념과 취향도 간과해서는 안 될 것이다.

■ 참고문헌

신채호, 「꿈하늘」, 『꿈하늘』, 동광출판사, 1990.
＿＿＿, 「용과 용의 대격전」, 『꿈하늘』, 동광출판사, 1990.

김일성, 「조선어를 발전시키기 위한 몇 가지 문제」, 『김일성저작선집』 4권, 1964.
김덕유, 「민족주의에 대한 주체적 견해」, 『사회과학원학보』 제2호, 2004.
김병민, 「남북한 민중을 위한 문학」, 『실천문학』, 2000. 여름.
신용하, 「신채호의 생애와 사상과 독립운동」, 『사상』, 1991. 가을.
신일철, 「신채호의 민족주의적 세계관과 그 극복」, 『사상』, 1997. 여름.
엄호석, 「갈등의 예리화」, 『조선문학』, 1956. 7.
＿＿＿, 「문학사 서술의 사회학적 단순화를 반대하여」(지상토론), 1956. 12. 27.
임   화, 「민족문학의 이념과 문학운동의 사상적 통일을 위하여」, 『문학』 3호,
    1947.
한원철, 「신채호의 민중혁명론」, 『사회과학원학보』 제4호, 2005.
한중모, 「신채호의 독특한 문학세계」, 『조선어문』, 과학백과사전출판사, 2001. 4.

김남식, 『21세기 우리민족 이야기』, 통일뉴스, 2004.
박호성, 『남북한 민족주의 비교연구』, 당대, 1997.
사회과학출판사 편, 『주체사상의 사회역사원리』, 주체사상총서 2, 백산서당, 1988.
신용하, 『신채호의 사회사상 연구』, 한길사, 1984.
이선영, 『단재 신채호와 민족사관』, 형설출판사, 1980.
이종현(사회과학원 역사연구소 박사), 『근대조선 역사』, 일송정, 1988.
정홍교·박종원, 『조선문학개관1』, 인동, 1988.
최홍규, 『신채호의 민족주의사상』, 형설출판사, 1983.

북한의 민족의식과 민족문학

1. 민족의식과 민족주의

역사적 맥락이나 영토의 특수성을 제거한 상태의 민족은 생각할 수 없다. 순수한 민족의식 또한 환상에 불과하여 현실적 맥락에서는 자주 민족주의와 혼동된다. 식민지 현실 속에서의 순수, 그리고 분단과 군사독재 시절의 순수가 일종의 정치적 선택이었듯이, 한반도와 같은 특수한 역사적 조건 위에서 순수성을 가장하고 과장한 민족주의 역시 실질적으로는 강한 정치적인 편향을 지녔다. 한편, 민족적 억압을 문제삼고 그것을 타개하고자 한 본래의 민족의식은 오히려 국가의 질서를 위협하는 불순한 사상으로 간주되어 탄압의 대상이 되곤 하였다.

그러나 의도적이든 우연적이든 민족의식은 민족주의와의 혼용 및 결합과 대립을 통해 생명을 유지해왔다고 볼 수 있다. 민족의식은 심리적 차원의 것이어서 정의내리기 어려운 반면, 민족주의는 국가가 위기 국면에 처할 때마다 명료한 구호로 선언되고 정의되었다. 앤소니 스미스가 통찰한 바와 같이, 체제가 정체성 위기에 처했을 때 민족주의의 단순성과 낭만성은 맑스 레닌주의와 같은 엄격한 교리보다 더 효과적인 해결책을 제공해줄 수 있었으니,[1] 민족주의의 주창은 민족의식을 자극하고 촉성시키는 계기로도 작용했음을 부인할 수 없다. 요컨대 민족의식은 민족주의와의 관계성을 통해서 다소나마 구체적 성격을 획득할 수 있었던 것이다.

민족 구성원의 애국주의적 열정이 위기의식의 소산이라 할 때, 문제가 되는 것은 위기를 체감하고 그 성격을 규정하여 대응방안을 제출하는 주체가 정치적 목적을 지닌 소수 엘리트층이라는 데 있다. 해방 후 남과 북의 지도부는 민족주의 언술을 크게 강조하면서, 민중 통합, 새로운 국가 건설, 그리고 통일을 위해 민중들에게 헌신적인 협조를 구했다. 관주도 민족주의, 즉 '민족으로 상상된 공동체의 출현과정에서 주변화되거나 배제될 위협을 느낀 지배계층이 채택한 예상된 전략'[2]이 남과 북에서 각각 국가건설을 향한 민중의 열망을 등에 업고 전면적으로 부각된 것이다. 비록 통일논의는 남에서도 북에서도 정략적으로만 이용되었을 뿐 구체적 실천으로 이어지지 못했으나 국가건설과 제도개혁은 민중의 지지를 바탕으로 빠른 속도로 추진되었다.

민족주의가 엘리트 중심적이어서 비민주적 속성을 지녔음에도 불구하고 남과 북의 지도부가 그것을 커다란 저항 없이 대중동원에 이용할 수 있었던 것은 다음의 두 가지 이유 때문인 것으로 보인다. 첫째, 식민지 체험과 외세에 의한 민족분단이라는 역사적 질곡을 민중이 직접 체험하였기 때문에 민중 스스로가 국가의 건설을 절실히 요망하였다는 점, 둘째 민족주의가 정치적 언술을 통해서가 아니라 문화적 언

---

1) 이무철, 「북한민족주의 연구1 : 위기와 '상상된 공동체'」, 『통일한국』 4월호, 평화문제연구소, 1998. 4, 88쪽 참조.

2) 이무철, 위의 글, 88쪽에서 앤더슨의 견해 재인용.

술을 통해서 구사됨으로써 민중 역시 그것을 민족의식으로 혼동했다는 점이 그것이다. 민족주의 전략이 대체로 문화적 활동에 집중된 것은 민중으로 하여금 그것을 효과적으로 내면화하도록 하기 위함이다. 그 결과 민중은 상부의 명령을 시대적 사명으로, 그리고 '동원'을 '참여'로 착각하였다. 북한의 민족문학이 민족적 특성을 강조하는 가운데 특별히 인도주의나 애국주의와 같은 심리적인 차원의 미덕에 집착하는 이유 또한 그것이 상부의 명령을 자발적인 복종으로 바꾸는 효력을 지녔기 때문이라 할 수 있다.

민족적 정체성을 강조한 민족주의는 민족이라는 최상위 가치 외의 다른 정체성(성적, 지역적, 계급적, 계층적, 취향 정체성 등)을 서열화하며 종속시킨다.[3] 이를 염두에 두고 고민해야 할 점은 효율성과 민주성을 조율하는 문제이다. 효율성과 민주성은 일정 정도 상충할 수밖에 없어서, 효율성에 입각해 민족의 공리를 추구하다 보면 다른 민족과의 관계에서나 민족 내부에서 일부의 희생이 발생하게 되며, 민주성을 확대했을 경우 효율성이 현저히 떨어질 수밖에 없다. 북한은 1985년 간행된 『철학사전』에서 "민족주의는 우선 대내적으로 근로대중의 계급적 이익을 떠난 '전민족적 이익'을 내세움으로써 노동계급을 비롯한 광범한 근로대중이 자기의 진정한 계급적 이익과 민족적 이익을 자각할 수 없게 하며, 민족주의는 결국 계급적 모순을 은폐하고 노동계급이 자기의 근본이익을 위하여 투쟁할 수 없게 한다."[4]라고 하여 민족주의가 다른 정체성을 훼손할 것을 경계했으면서도, 90년대 이후 주체사상을 강화하고 정치적 효율성을 극대화하는 과정에서 민족주의를 적극 활용하는 방향으로 돌아섰다. 이는 민주성과 효율성을 합리적으

---

3) 권혁범, 『민족주의와 발전의 환상』, 솔, 2000, 8쪽 참조.
4) 사회과학원철학연구소, 『철학사전』, 평양: 사회과학출판사, 1985, 253쪽.

로 조율한 결과라기보다는 둘 중 하나를 선택한 결과라 할 수 있으며, 이를 뒷받침하듯 90년대 이후 북한 내부의 억압은 한층 강화되었다. 모름지기 민족적 정체성을 포기하지 않고도 다른 정체성들을 포괄할 수 있게 하는 것이 조율의 기술이라 할 것이다.

시대 변화에 따라 문학에도 민주성과 효율성 간의 길항관계가 작품의 성격을 크게 좌우했다. 이 글에서는 북한이 민족어를 폐기하지 않는 이상, 민족문학은 영속적인 생명력을 지닐 수밖에 없으며 그것이 인민적 요구의 반영이든, 정론의 반영이든 간에 민족의식을 기반으로 하고 있다는 대전제 아래 북한 민족문학의 정체성과 동향을 살펴보고자 한다.

2. 민족어의 활용과 인민성의 구현

‘민족’은 일반적으로 식민지 독립국가들이 자체의 약체성을 극복하기 위한 처방으로 기획되고 변형된다. 그러나 민족이 이처럼 효용적 가치를 극대화하기 위해 상상적으로 구성되는 것이라 할지라도 그것은 구체적 조건을 지녀야 구성원의 지지를 얻을 수 있다. 상상의 공동체를 숙명적인 것으로 받아들이게 하는 조건, 즉 타당성과 구체성을 충분히 지닌 공통성을 공유해야만 민족 구성원은 스스로를 현실적인 단위로 승인하게 되는 것이다. 오늘날 북한은 그 조건을 ‘핏줄과 언어’[5]로 정하고 거기에 대한 타당성을 확보하기 위해 전통과 민족문화

---

5) 주지하는 바와 같이, 북한은 1960년대 초까지 스탈린의 민족개념을 따랐다. 스탈린은 철저한 계급적 관점에 입각하여 민족주의 대한 부정적 태도를 취했으며, 민족의 억압은 자본주의적 지배의 산물이므로 자본주의를 제거함으로써 민족문제를 해결해야 한다고 보았다. 이는 마르크시즘의 민족주의 개념과 일치하는 것으로, 마르크시즘은 민족주의를 부르주아 이데올로기로 간주하고 국가와 민족을 배격했다. 그러나 북한은 1985년에 발간된 『철학사전』에서, 스탈린의 민족개념에서 ‘경제생활

를 발굴, 분석, 개발하고 있다. 윤세평은「신민족문화 수립을 위하여」에서 "우리는 마땅히 맑스주의의 보편적 진리와 조선혁명의 구체적 실천을 완전히 정당하게 통일하여야만 할 것이다."6)라고 하여 보편적인 정치논리로부터 우리 문화의 독자성과 특수성을 분별해내야 함을 역설한 바 있다. 조선 현실의 특수성을 '민족문화'를 통해 인식하고자 하는 것은 거기에 민족 특유의 정서가 반영되어 있기 때문이며, 정신적이거나 정서적 차원의 공통성은 민족적 일체감을 형성하는 면에서 그 어떤 물질적 조건보다도 큰 효용적 가치를 지니기 때문이다.

그런데 민족의 구성요건은 정치적 환경의 변화에 따라 조금씩 달라져 왔다. 대표적인 변화로, 북한에서 주체사상이 체계화되는 시기에 민족개념이 수정된 것을 들 수 있다. 북한은 주체사상의 정립과 함께 자주성이 강조되자 '민족'을 자주적이고 창조적인 사회생활의 기본단위로 천명하고 '민족을 특징짓는 중요한 징표'로서 '언어'를 특별히 강조하기 시작했다.

언어의 통일이 민족 구성의 전제라는 인식은, 오랜 수난 속에서 간신히 민족어를 사수해 온 우리나라 민중에게는 매우 특별한 의미를 지닌다. 식민지 시대에 일제에 의해 행해진 조선어 말살정책은 곧 민족문화 말살정책의 핵심 사업이었고, 그것은 일제가 식민지 국가와 민족의 경계를 허물어 조선인을 황국신민화 하려는 기획에 의한 것이었다. 이러한 역사적 제약 위에서 성장해온 우리 민중에게 민족어는 조선민

의 공통성'을 삭제하고 '핏줄'을 강조하면서 특별히 자주성을 강조하게 된다. (사회과학출판사 편,『주체사상의 사회역사원리』, 주체사상총서 2, 백산서당, 1988, 70쪽 참조, 이종석,「주체사상과 민족주의 : 그 연관성에 관한 연구」,『통일문제연구』제6권 1호, 1994, 72~75쪽)

6) 윤세평,「신민족문화 수립을 위하여」,『문화전선』2호, 1946. 11, 이선영·김병민·김재용 편,『현대문학비평자료집 : 이북편』, 태학사, 1993, 131쪽.

족의 자주성과 창발성, 그리고 자존심 그 자체였다. 민족주의의 기원을 살펴보더라도 알 수 있듯이 민족어는 민족의 운명에 있어서 특별한 지위를 지닌다. 렘베르크(E. Lemberg)는 르네상스 이후 시대를 '민족주의 시대'로 규정하였는데[7], 단테가 라틴어를 버리고 방언을 문학어로 쓸 것을 주장한 데에는 민족국가 수립에 대한 열망이 있었으며, 페트라르카, 보카치오, 라블레, 세르반테스 등 대표적인 르네상스 시기 작가들이 자국어를 자신의 문학어로 선택한 데에도 중세적인 보편주의에서 민족주의로의 변화라는 의미가 내장되어 있었다. 우리나라도 애국계몽운동기인 19세기 말 20세기 초에 신소설이 등장하여 처음으로 언문일치를 지향했다.

민족어에 대한 특별한 지원과 함께, 북한은 민족문화 계승사업에 있어서 사상사업에서 교조주의와 형식주의를 퇴치하고 허무주의와 복고주의를 배척하며 민족적 특성과 형식을 비판적으로 발전시킨다는 원칙을 전제하고 있다. 특히 전통을 "과거가 현재를 살림과 동시에 현재를 고차의 미래로 현재화하는 힘"[8]이라고 정의하면서 비판적 수용과 변용의 기준을 인민성에 두었다. 가령 "판소리로는 군대를 전진시킬 수 없으며 시조는 집단적으로 부를 수 없기에 곤란한 형식"[9]이라 하여 판소리와 시조는 인민이 계승해야 할 전통으로 취급하지 않았다. 그런가 하면 북한체제로서는 인정하기 어려운 것으로 생각되는 환상

---

7) 김진향, 「한반도 통일과 남북한의 민족개념 문제」, 『아세아연구』 통권 제104호, 고려대 아세아문제연구소, 2000. 12, 114쪽 각주 4(E. Lemberg, Nationailsmus, vol. 2, p.359) 참조.

8) 안함광, 「민족문화론」, 해방기념논집, 1946. 8 (이선영·김병민·김재용 편, 앞의 책, 17쪽)

9) 신구현, 「해방 후 우리 문학예술에서 전통과 혁신에 관한 맑스 레닌주의 문예리론의 창조적 적용」, 『조선문학』, 1963. 9, 144쪽.

적, 낭만적 기법도 과감하게 수용하는 유연성을 보이기도 했다. 가령, "신채호의 『꿈하늘』(1916)은 그때의 조건에서는 현실적으로 실현하기 불가능했던 작가의 애국적 이상, 독립에 대한 염원을 낭만주의적 수법, 환상－조건적 형상으로 구현한 작품"10)이라 해서 적극적으로 옹호되었던 것이다. 참고로, 『꿈하늘』의 주인공 '한놈'은 날개를 달고 하늘과 땅, 천국과 지옥을 마음대로 날아다니는 비상한 인물이고, 그 외에도 이 작품은 전체적으로 가상의 인물들과 환상적 사건에 의하여 전개되고 있다. 북한은 이 작품이 비록 관념적 세계를 다루었다 해도 나라의 독립과 자유에 대한 인민들의 지향과 염원을 반영한 작품이라는 점에서 긍정성을 찾고 있는 것이다. 신채호의 낭만주의적 수법은 『룡과 룡의 대격전』(1927)에서 더욱 확대된 바 있다. 착취계급들의 소굴 '천국'의 충신인 미리와 인민대중을 상징하는 드레곤 등 두 용의 대격전을 중심 사건으로 하는 이 작품은 "환상적인 형식과 수법을 통하여 조선인민과 일제침략자를 비롯한 착취자들간의 불상용적인 모순과 투쟁을 보여주면서 천국의 파멸, 천국의 충신인 미리의 죽음과 새로운 지국의 건설로 침략자, 착취계급의 멸망과 인민대중의 승리를 확인"11)하고 있다는 점에서 역시 북한 문학계에서 그 예술적 가치를 크게 인정받고 있다.

여기서 주목해야 할 점은, 비판적 수용과 변용의 기준이 되는 인민성이 고정불변의 개념이 아니라는 점이다. 인민성이란, 인민을 형상화하고 인민에게 쉽게 이해되며 인민의 이익과 요구에 순응해서 인민대중의 것으로 발전시켜야 하고, 인민 대중에게 사랑받고 친근해져서 인민이 혁명과 건설에 앞장설 수 있도록 해야 한다는 원칙이다.12) 북한

---

10) 사회과학원 역사연구소 박사 이종현, 『근대조선역사』, 서울: 일송정, 1988, 363쪽.
11) 정홍교・박종원, 『조선문학개관1』, 서울: 인동, 1988, 348쪽.

에서는 이를 달리 '산 감정'이라 표현하여 그 개념 속에 시간성을 포함시킨다. '산 감정'이란, 비판적 수용과 변용의 기준은 시대가 바뀌면 달라질 수 있다는 것, 그에 따라 과거에 인민성을 기준으로 평가하고 계승하였던 역사나 문화 또한 새롭게 해석될 수 있음을 의미한다.

> 여기서 문제되어야 할 것은 알기 쉽게 씀으로써 왜곡화나 통속화에의 우려가 아니라 실로 어떻게 그 내용을 왜곡화하지 않고 통속화하지 않고 알기 쉽게 형상화하느냐 하는 명제가 아니면 안 될 것이다. (중략) 이것은 바로 꾸준히 군중 그 속에서 군중의 투쟁 그 속에서 그 속의 한 사람으로서 그 자신도 싸우면서 산 감정 그것을 배우고 산 사상 그것을 배우는 데 있어서만 비로소 제 것으로 할 수 있는 것임을 명백히 알지 않으면 안 될 것이다.[13]

인민성은 민주주의를 성립시키는 기본 원칙이며 대중과 약자를 보호하고 아래로부터의 요망을 반영한다는 점에서 절대선을 지니고 있다. 그런데 산 감정, 즉 인민성을 누가 감지하고 누가 그것을 평가하고 반영하고 주도하느냐에 따라 그 활용의지의 선함은 항상성을 유지할 수 없게 될 수도 있다. 민족주의가 순수성이나 자발성을 가장하여 왔음을 상기해 볼 때, 특권 집단이 채취해 낸 '인민성'이 순수하게 인민의 것으로 이해되지는 않기 때문이다.

> 노동법령 해설사업을 계기로 도시, 직장, 학교, 공장에 들어간 우리들은 그 경험을 가지고 현물세 시행에 대한 해설사업을 겸해 가지고 농

---

12) 조병기, 「북한문학의 실상과 민족문학적 접근」, 『비평문학』 13호, 한국비평문학회, 1999. 7, 430쪽.

13) 이 찬, 「예술문화의 군중노선」, 해방기념논집, 1946. 8 (이선영·김병민·김재용 편, 앞의 책, 86쪽)

촌으로 들어가서 많은 성과를 얻었거니와 앞으로 계속하여 더욱 대중
속에 침투하고 그리하여 자꾸 써클을 만들고 또 이미 만들어논 써클과
부단한 연락을 취하여 그것이 항상 원만히 돌아가게 하여야 할 것이
다.14)

위의 인용은 해방 직후의 사정을 말해주고 있지만 각종 위원회 및
예술소조 활동 등이 활성화되어 있는 현재의 북한 실정에 그대로 대입
된다. 윗글에서 감지되듯이, 군중 속으로 들어가 군중의 감정과 사상
을 배우는 행위는 지도부가 추진하여 이룬 제도적 성과를 군중에게 홍
보하는 행위와 동시에 진행되므로, 그 과정에서 '산 감정', '산 사상'을
채취하는 일은 홍보의 효과를 검증하는 일과 일치한다. 결과적으로 인
민성은 자연발생적인 것이라기보다 인위적으로 조작된 것일 가능성
이 큰데, 설사 그렇지 않다 하더라도 북한 지도부는 인민성의 가치를
존중하면서 그 활용은 정치적 목적에 복무하도록 했다는 점에서 윤리
적 모순을 피할 수 없다. 그런데 이러한 인민성의 활용은 해방 직후의
민중에게는 이미 윤리적 차원을 넘어선 당위적 차원의 문제로서 인식
되었던 것으로 보인다. 즉, 당시에는 민중의 의식 속에 효율적 가치와
민주적 가치가 구분 없이 결합되어 있었던 것이다. 오늘의 북한 현실
과 다른 점은 바로 이 점이라 하겠다.
해방 직후 안함광은 민족문학의 임무를 다음과 같이 구체적으로 제
안한 바 있다.

이데올로기 투쟁의 가장 첨예한 부대인 우리의 민족문학 앞에는 두
개의 문제가 규정되지 않을 수 없는 것이니 하나는 민족의식을 유동발

---

14) 한설야, 「예술운동의 본질적 발전과 방향에 대하여」, 해방기념논집, 1946. 8 (이
선영·김병민·김재용 편, 위의 책, 31쪽)

> 전하는 사회적 본질과의 연관성에서 일반대중에게 침투시켜야 할 것
> 이며 또 하나는 그러기 위하여서 우리 민족문학의 영도적 성격을 사회
> 발전의 역사적 필연성을 추진시키는 방향 위에다가 조직하여야 하는
> 문제이다.[15]

이와 같이 해방 후 북한 지도부가 민중 속에 민족문화와 민족정신을 내면화시키기 위한 조처는 매우 직접적이고 노골적이었다. 그럼에도 이러한 선전활동은 민중으로부터 커다란 공감을 얻어냈을 뿐 아니라 사회경제적으로도 실질적인 효력을 발생시켰다. 해방 직후의 북한은, 토지개혁, 농업협동화 등의 민주개혁 조처로 사회주의 건설의 기반을 마련하는 과정에서 민족의식을 민중적 실천으로 연결시켰으며, 민중들로 하여금 자주성으로의 무장이 얼마나 큰 실익을 가져오는지를 경험하게 했다. 일찍이 남한이 대미 의존적 경제체제를 굳혀갈 즈음 북한은 자력갱생을 기치로 내걸고 민중의 협조를 얻어 자본의 침투를 차단했었다. 경제적 자립은 정치적 자립과 직결되어 있어, 북한 인민의 민족적 자부심은 남한 대중과 비교할 수 없을 정도였다. 해방 직후 경제적 자립의 성과를 홍보하는 가운데 자주성의 상징인 민족어의 학습과 사용을 권장하고 민족문학의 '영도적' 성격을 믿어 사회개혁에 복무하도록 했다는 것은 민주성과 효율성의 균형을 진지하게 실험한 결과라 할 것이다. 물론 이후의 북한 사회에서는 이 양자의 균형을 찾기 어렵게 되었다. 인민성의 가치를 크게 존중하고 있다 하더라도, 오랜 학습효과로서의 인민성은 이미 민주성이 상당히 훼손된 것임을 인정하지 않으면 안 될 것이다.

---

15) 안함광, 「민족문학재론」, 『민족과 문학』, 1947 (이선영 · 김병민 · 김재용 편, 위의 책, 185쪽)

3. 민족주의 언술의 변화와 문학적 수용

　북한 문단에서 민족문학 논의는 주로 소설장르를 대상으로 이루어
졌는데, 이는 북한 사회가 환유를 필요로 하는 사회이기 때문에 생긴
자연스러운 현상이었다. 많은 연구자들이 인물형상의 분석에 집중하
고 있는 것은 인물 자체에 대한 관심이라기보다는 그 인물이 구현하고
있는 주제에 대한 관심을 의미한다. 창작 기법에 대한 관심도 마찬가
지이다. 북한 문단에서는 창작 기법 자체의 특징보다도 그것의 용도
(주제)가 더욱 중요하게 취급되어 왔다.

　앞에서 본 신채호의 「꿈하늘」이나 「룡과 룡의 대격전」 등은 낭만주
의적인 환상 기법으로 형상화되었음에도 그 작품에 동원된 환상과 허
구는 "현실에서 실현하기 어려웠던 작가의 애국적 지향과 념원을 표
현하기 위한 조건부적인 것"16)이기 때문에 북한에서도 그 가치를 높
이 샀다. 여기서 '조건부'란 환상 기법이 시대적 제약에 따른 리얼리즘
의 일시적인 변용으로서만 허용된다는 것이며, 한편으로는 그러한 기
법 자체를 민족적 특성 안에 조건 없이 포함시킬 수는 없다는 의미를
내포하고 있다. 『조선문학개관1』에서는 신채호가 환상기법을 구사할
즈음인 1910~20년대 전반기의 시대적 배경에 대해 다음과 같이 설명
하고 있다.

　　　로동자와 농민을 비롯한 광범한 인민대중이 일제를 반대하는 민족
　　해방운동에 떨쳐나섬으로써 국내에서는 일제놈들의 야만적인 폭압밑
　　에서도 비밀결사와 애국문화운동이 전개되고 국외에서는 여러 가지
　　독립운동단체들의 조직과 무장활동이 벌어졌다. 그러나 이 시기 반일
　　민족해방운동은 옳은 지도사상과 령도를 받지 못함으로 하여 본질적

---

16) 정홍교・박종원, 앞의 책, 347쪽.

인 결합과 제한성을 면할 수 없었다. 일제의 가혹한 탄압에 맞서 단합된 힘으로 싸우지 못하였고 큰 나라의 힘을 빌어 민족적 독립을 이룩하려는 사대주의적 경향으로 나갔다.[17]

신채호의「꿈하늘」은 긍정적 주인공의 형상에 집중하고 있으며, 최후 작품인「룡과 룡의 대격전」은 부정적 주인공의 형상에 집중하고 있다. 주제 면에서 볼 때「꿈하늘」은 영웅적 주인공을 앞세워 우리나라의 유구한 역사와 민족의 슬기를 깨닫게 함으로써 애국주의를 강조한 반면,「룡과 룡의 대격전」은 민중을 억압한 부정적 주인공의 만행을 부각시키고 결국 그를 철저히 멸망시킴으로써 상대적으로 민중의 역량을 과시하고 있다. 긍정적인 것의 승리와 부정적인 것의 멸망은 역사발전의 합법칙적 발전과정을 형상적으로 말해주는 것이다. 신채호 소설에 등장하는 환상적 인물과 사건들은 막연히 몽환적 세계를 그리고 있는 것이 아니라 현실 문제의 본질을 효과적으로 전달하기 위해 불가피하게 선택된 표현이다.

신채호 작품을 평가하는 태도, 즉 시대적 제약에 따라 다양한 기법이 활용될 수 있다는 유연한 태도는 북한 문학에 대한 이해를 새롭게 해준다. 환상 기법이 환경적으로 최악의 여건 속에서 궁여지책으로 모색된 것이라면, 해방 후, 특히 북한에서 경제구조의 개혁과 사회주의적 개조가 성공적으로 진행된 시기에 새로운 소설장르로서 탄생한 에뽀빼야(대장편)는 최상의 사회적 여건 속에서 의욕적으로 개발된 소설양식이라 할 것이다. 북한은 1956년 8월 종파사건 이후 '항일혁명전통'과 관련된 공산주의 교양사업을 활발히 전개한 바 있는데[18] 이와

---

17) 정홍교·박종원, 위의 책, 333쪽.

18) 이무철, 앞의 글, 89쪽 참조.

함께 사회주의 인간형을 집중적으로 탐구하기 시작했다. 아울러 이 시기에 북한 지도부는 집단주의 정신을 고취시키는 데 총력을 기울였으며 민족문화의 가치를 강도 높게 강조했다. 에뽀뻬야는 그 과정에서 시도된 것이다. 『조선문학통사』(현대문학편)에 의하면 에뽀뻬야는 일반적인 장편소설과 구별되는 것으로서, 묘사의 규모나 역사적 시기가 방대하다는 것만으로 규정되는 것은 아니고 인민 대중이 중심 주인공으로 등장하는 소설들을 포괄한다고 설명하고 있다. 즉 에뽀뻬야에 있어서 인민 대중은 역사적 사건의 주체로서 작품의 효용성을 극대화하는 효과를 발휘한다.

에포뻬야의 대표작으로는 한설야의 『설봉산』(1956)과 이기영의 『두만강』(1953~1961)을 꼽을 수 있다. 이 작품들은 일제에 의해 훼손된 조선의 비극적 현실을 폭로함으로써 민중의 반일 감정을 더욱 고취시키고, 그 속에서 농민의 견결한 투쟁을 묘사함으로서 민족적 자긍심과 애국심을 고취시킨다. 작품 속에서 작가는 제국주의의 침략과 수탈을 폭로하면서도, 그럼에도 역사는 일반적인 합법칙성을 지니면서 전개되었다는 사실을 환기시킨다. 인물의 형상화에서, 시대배경의 특수성 때문에 친일지주, 반혁명분자, 일제 등의 부정인물이 고정적으로 등장한다는 한계는 있으나, 중심인물 위에도 다양한 주변인물들이 자기 계층의 생활과 감정을 전형적으로 형상화하고 있어 '집단주의 정신의 고취'라는 에뽀뻬야 본래의 취지를 충분히 살리고 있다.

환상적인 신채호 소설에서든, 광범위한 에뽀뻬야에서든 핵심적인 주제는 애국주의의 구현이다. 애국주의는 "우리나라에 있어서 인민들의 생활과 정신을 지배한 가장 뿌리 깊은 민족적 전통"[19]으로 인정되

---

19) 엄호석, 「조국해방 전쟁 시기의 우리 문학」, 『인민』, 1952. 2, 191쪽 (채호석,
　　「1950년대 북한 문학에 나타난 전통과 모더니티」, 『한국현대문학연구』 12집,

었다. 그러나 그러한 심리적 특성은 언어나 핏줄, 경제요인 등의 물질적 조건과는 달리 일관성이 없으며 쉽게 변형될 수 있다는 한계를 지닌다. 즉 해석자의 주관에 따라 다양한 의미로 규정될 수 있다는 말이다. 엄호석이 "민족적 특성은 고정 불변한 것이 아니라 생활의 비전과 함께 변화하며 새로운 역사적 조건에서 새로운 특성이 발생한다"[20]고 하였듯이, 애국주의를 포함한 모든 민족적 특성은 전통에 비해 그 영역이 훨씬 광범위한 데다 박제된 것이 아니라 변화 발전하는 것이기도 하다. 김하명이 "조선민족의 특성을 애국주의, 인도주의, 대담성, 용감성, 슬기로운 지혜라고 할 때 그것은 어디까지나 상대적인 것이고 그 민족에만 고유한 것은 아니다."[21]라고 한 것 역시 비슷한 맥락에서 나온 말로 보인다.

애국주의가 집단적 정서에 해당한다면 그것의 개인적 차원의 정서는 인도주의라 할 것이다. 인도주의는 개인의 행동양식이나 도덕적 풍모로 발현되므로 애국주의에 비해 훨씬 구체적인 양상을 보인다. 윤세평은 한설야를 '프로레타리아 작가로 되기 전부터 생활과 인간에 대한 사랑과 인도주의가 뿌리 깊게 자리잡게 되고 생활은 투쟁이라는 의식이 확고히 형성되어 이러한 것들이 하나의 개성적인 바탕을 이루고'[22] 있는 작가로 평가하고 『설봉산』에 대해서는 다음과 같이 평가하였다.

> 『설봉산』은 아름다운 인간정신에 대한 이야기로 일관되고 있는 바
> 학철, 경덕 등 혁명 투사들을 비롯하여 소박한 보통 사람들의 그 아름

2002. 12, 403쪽에서 재인용)

20) 엄호석, 「중요한 문제는 무엇인가」, 『문학신문』, 1959. 10. 16.

21) 김하명, 「생활적 진실의 탐구와 작가정신」, 『문학신문』, 1960. 2. 26.

22) 윤세평, 「한설야의 그의 문학」, 『조선문학』, 1960. 8, 175쪽.

답고 고매한 인간 정신은 그것을 억누르고 짓밟는 일제와 그 주구들에
대한 비타협적인 투쟁 속에서 꽃피고 있다. 특히 아들에 대한 눈먼 정
으로 하여 일제의 간악한 흉계에 걸려 과오를 범한 순덕 어머니의 자살
과 살모의 죄명을 들씌우려는 일제 경찰에 항거하는 순덕의 불굴의 투
쟁은 작가의 높은 공산주의적 인도주의 정신의 조명으로 독자들에게
깊은 감명을 주고 있다.[23]

　　'아름답고 고매한 정신' 정도로 설명되는 인도주의 역시 모호하기는
애국주의와 마찬가지이다. 그러나 이들 개념의 모호성을 부정적으로
만 볼 수 없다. 개념의 모호성은 융통성의 다른 표현이기도 하기 때문
이다. 오히려 이러한 모호성을 선의로써 긍정적으로 활용했을 경우 의
도하지 않았던 효과도 거둘 수 있다.

　　에뽀뺴야가 사회주의 인간형을 탐구하고 역사의 내적필연성을 강
조하기 위해 개발되었듯이, 1960년대 중반부터는 항일혁명투쟁을 영
웅적으로 형상화하기 위한 혁명적 대작이 개발된다. 장편역사소설
『두만강』에서 보여주는 바와 같이 이미 50년대 말부터 항일혁명투사
의 형상을 집중적으로 조명하다가, 주체사상 체계가 수립된 60년대 중
반에 와서는 영웅서사시 형태를 빌려 수령과 항일혁명투사의 행적을
그리게 된다. 이후 『4.15 창작단』이 개설되어 본격적인 혁명적 대작들
이 집필되기 시작했으며, 김일성 우상화 작업인 『불멸의 력사』(전15
권, 1972~1988) 총서 작업이 진행된다. 그리고 80년대 중반부터 『불
멸의 력사』와 유사한 형태로 김정일을 형상화하는 총서 『불멸의 향도』
가 집필되었으며, 『불멸의 력사』 해방 후편이 출판되고 김일성 회고록
인 『세기와 더불어』, 3대 고전적 명작 『피바다』 『꽃파는 처녀』, 『한

---

23) 윤세평, 위의 글, 181쪽.

자위단원의 운명』이 장편소설로 개작되었다.

　요컨대, 주체사상의 체계화를 기점으로 북한은 문학에 정치적 의도를 관철시키기 위해 주로 장편소설 장르, 역사물에 집착하였다. 그러면서도 과거의 문학을 평가함에 있어서는, 조국에 대한 낭만적 애국주의적 열정이 최적의 상태로 표출될 수만 있다면 리얼리즘을 일정부분 포기할 수도 있다는 유연한 태도를 보이기도 하였다. 형식은 내용에 의해 결정된다는 전제 아래 민중이 지녀야 할 애국주의적 열정 및 인도주의적 풍모가 크게 강조된 것이다.

4. 북한 민족문학의 가능성

　북한은 주체사상이 본격화된 70년대까지만 해도 '사회주의적 애국주의'라는 레닌식 용어를 사용하는 동시에 민족주의에 대해서는 부정적 인식을 갖고 있었다. 그러다 1986년 7월의 김정일 담화 '주체사상교양에서 제기되는 몇 가지 문제에 대하여'[24]에서 '조선민족제일주의론'이 제창된 이후 민족주의에 대한 인식이 크게 바뀐다. 그리고 90년대에 들어서서는 태도를 완전히 바꾸어 민족주의에 오히려 집착하는 듯한 편향을 보인다. 90년대 들어서서 북한이 민족주의에 대한 태도변화를 통해 의도한 것은 "무엇보다도 민족개념에 대한 재정의를 통해 맑스-레닌주의, 스탈린주의로부터의 확실한 탈피를 모색하고, 나아가 중국 러시아 등을 겨냥한 대외적 자주성 의지의 확고한 천명, 그리고 한반도 통일에 있어서 민족주의적 이념의 확대와 전파 및 이를 통한 민족대단결을 형성하고자 하는 적극적인 작업"[25]이라 할 수 있다.

---

24) 김정일, 「주체사상교양에서 제기되는 몇 가지 문제에 대하여」 (조선로동당 중앙위원회 책임일군들과 한 담화), 1986. 7. 15.

90년대 변화의 조짐은 80년대 중반에 이미 뚜렷하게 나타나 있었는데, 북한이 "핏줄과 언어의 공통성은 민족을 특징짓는 가장 중요한 징표"[26]라 하면서 기존의 민족개념을 수정하여 언어와 더불어 '핏줄'을 크게 강조한 것이 그것이다. 얼핏 생각하기에도 핏줄에는 두 가지 의미가 내포되어 있음을 짐작할 수 있다. 하나는, 다른 사회주의국가와의 구별을 의미하는 핏줄, 다른 하나는 남한과의 일치를 의미하는 핏줄이 그것이다. '핏줄'의 강조는, 표면적으로는 사회주의와 자본주의로 분할되어 있는 남북한 간 민족개념의 경계를 해체하고 나아가 통일이라는 대의명분을 강조하고 있으나, 그 실질적인 목적은 국제관계에서의 위기 극복과 주체사상의 강화에 있다.

앞으로도 북한은 국제관계에서의 고립을 '민족'이라는 코드로 극복하고자 할 것이다. 세계화 기획의 명분은 국가 간의 상호 협력과 의존을 통해 공생관계를 도모하는 것이라 하겠으나, 현상적으로는 경쟁력 우위의 국가를 중심으로 피라미드형 생존체계를 구성해가고 있다. 하나의 국가, 또는 민족은 협력관계의 동반자로서든, 수직적 위계구도의 일원으로서든 다른 나라, 타민족과의 교섭과 간섭을 피할 수 없다. 세계화의 흐름은 거부할 수 없는 것이며 국제사회에서 도태되지 않으려면 적응해야만 한다. 적응의 방식은 나라마다 차이가 있겠으나, 역사적으로 이민족 지배에 저항하고 민족해방을 지향해 온 남북한은 우선적으로 민족의식을 강화하는 방식을 택할 수밖에 없다. 그것이 약체를 보강할 수 있는 최선의 선택이기 때문이다.

세계화의 진행은 민족주의를 강화하는 동시에 민족구성원의 연대를 강화하는 전제조건이 될 것이다. 세계화를 주도하는 세력은 그 속

---

25) 김진향, 앞의 글, 132쪽 참조.
26) 사회과학출판사 편, 앞의 책, 70쪽.

성상 공격적인 행보를 취하지 않을 수 없고 상대적으로 약체인 나라나 민족은 방어적 태도를 취하면서 생존을 도모하기 위해 연대하지 않으면 안 된다. 기본적으로 세계화는 국가와 민족의 경계를 해체하고 있는 듯하지만 그것의 작동 원리가 경쟁에 기초하고 있으므로 국가와 민족은 해체되기는커녕 더욱 단단히 결속하게 될 것이다. 남북의 통일논의도 이 맥락 위에 놓인다. 1980년대 말에 냉전체제가 해체되고 세계화의 기획이 본격화되면서 1990년대 이후 북한은 미국과의 긴장관계가 지속되고 있는 가운데 국제사회와 남한의 경제적 지원에 의존하고 있으며 대립보다는 상호협력을 추구하지 않을 수 없는 형편이 되었다. 북한과 미국의 긴장관계는 역설적으로 민족통합에 유리한 조건으로 기능할 수 있을 것이며, 남과 북은 '민족'이라는 코드로 관계의 조율을 꾀하면서 세계화의 논리 속에서 공공의 이익을 모색할 수도 있을 것이다.

그런데 현재 북한은 자체의 자주성을 부각시킨 '우리식 사회주의'나 '우리민족제일주의'[27]라는 개념을 내세우며 뚜렷한 독자노선을 취하고 있다. 특히 민족주의를 전면적으로 내세우는 가운데 민족의 범주를 김일성 민족으로 한정하는 경향을 보이고 있다. 다시 말해 "조선민족제일주의에서 말하는 '조선민족'은 남북한을 망라하는 한민족 전체라기보다는 '북한 인민'으로 범위가 축소된 개념"[28]인 것이다. 우리식 사회주의, 조선민족제일주의가 북한의 사상, 체제의 우월성을 강조하고자 기획된 것이므로 그 개념들이 한정하고 있는 '우리'와 '조선민족'

---

27) 북한에서 민족제일주의가 제기되는 시기를 보면 1985년 소련의 페레스트로이카 이후에 김정일의 담화가 발표되었고, 동유럽 사회주의가 붕괴하였던 89년 말에 '조선민족제일주의를 높이 발양시키자'라는 주제로 김정일이 연설했음을 알 수 있다. (이무철, 앞의 글, 91쪽 참조)

28) 서동만, 「북한체제와 민족주의」, 『역사문제연구』제4호, 2000. 4, 185쪽.

으로부터 남한이 배제되는 것은 어쩌면 당연한 일이다. 남한은 북한과 이념도 제도도 전혀 다른 집단이기 때문이다.

북한은 사회주의 국가의 붕괴와 시장경제화로 초래된 국제적 고립을 극복하기 위해 주체사상의 핵심인 자주성을 강조하였으나, 결국 '핏줄과 언어'의 공통성으로 연대할 수 있는 남한까지 배척하게 됨으로써 통일논의를 더욱 요원하게 만들고 있다. 게다가 북한이 내부적으로 대중동원의 필요성을 강조하면 할수록 민중의 개별적 권리는 무시될 수밖에 없으므로, '민족'의 범주는 북한만도 아닌, 소수 특권층만으로 국소화될 것이다.

설사 현 시점에서 남북이 순조롭게 연대할 수 있다 하더라도, 통일의 동기가 단순히 세계화에 맞서 민족국가의 세력을 확장시키는 것이라거나 상위그룹으로의 도약을 목적으로 한 것이라면 그 동기 자체는 비윤리적이라 할 수 있다. 왜냐하면 그러한 동기로 민족주의가 세력을 획득하고 확장했을 때는 매우 공격적이고 배타적인 성향으로 돌변할 수 있기 때문이다. 그러므로 남과 북이 현실적으로 조화롭게 연대할 수 있는 방안을 찾는 동시에 그것이 향후에도 민주적인 방식으로 운영될 수 있도록 노력하는 것이 필요하다.

그런 점에서 80년대 이후 북한 문학은 상당히 의미 있는 변화를 보였다고 할 수 있다. 북한이 정치적으로 강경노선을 취하고 있는 반면에 문학에서만큼은 비교적 유연하고도 개방적인 양상이 드러났기 때문이다. 예를 들어, 백남룡의 『벗』, 『60년 후』, 조의철의 『정든 고향』과 같은 소설에서 일상에서 흔히 마주칠 법한 평범한 인물들이 일상의 이야기를 풀어가고 있다. 이를 위해 인물의 내면심리는 더욱 섬세하게 분석되고 표현기법 또한 이전 시기에 비해 다양하게 활용되었다. 마치 도식주의 논쟁이 뜨거웠던 50년대 말 60년대 초의 문단 상황을 재현하듯 생활현실의 표현이 섬세해졌다고 할 수 있다. 1950년대의 도식주의 논쟁에서 한설야는 기록주의적 편향을 자연주의의 변종으로 보면서 현실의 본질적인 것과 우연적인 것을 구분해야 한다고 강조한 바 있었다.[29] 이에 대해 김명수는 '생활의 논리'를 강조하면서 형상창조의 기본은 '현실의 본질이 가장 선명하게 표현되며 커다란 정서적 영향력을 가지고 있는 감성적 개성적 형상적 특징들과 디테일을 선택'[30] 하는 일이라고 하여 역사적 본질의 강조로 인해 현실의 세부가 외면되어서는 안 된다는 사실을 환기시켰다. 80년대 이후 북한 문학은 개별적 사건과 심리를 성실하게 포착함으로써 민족문학의 새로운 가능성을 열어주었다. 민족주의가 구성원의 다양한 정체성을 억압하지 않고 두루 포괄해야 하듯, 민족문학 또한 민중의 개별성을 의미 있게 포괄할 수 있어야 할 것이다.

5. 마무리

해방 직후 북한의 토지개혁, 농업협동화 과정에서 북한 민중은 민족적 차원의 공리, 경제적 평등이라는 대의를 위해 개인의 욕망을 억제했다. 당시 북한의 지도부가 강제보다는 동의를 지향했다는 점에서 민중 역시 동원이라기보다는 참여로써 시대의 난국을 극복했다고 기억할 것이다. 그러나 민중의 동의나 요구는 결국 선전과 교육의 효과로서, 북한 지도부는 민중의 요구를 생성시키고 그것을 다시 반영하는

---

29) 한설야, 「전후 조선문학의 현 상태와 전망」, 『제2차 조선작가대회 문헌집』, 1956 (이선영·김병민·김재용 편, 『현대문학비평자료집:4』, 태학사, 1993, 64쪽)

30) 김명수, 「문학예술의 특수성과 전형성의 문제」, 『조선문학』, 1956. 9 (이선영·김병민·김재용 편, 위의 책, 9쪽)

방식으로, 마침내 대중 동원을 자발적 참여로 전환시켰을 것이다. 이는 한편으로는 상부의 명령이 인민 개개인의 양심과 도덕에 유착되어 자발성과 복종을 구분할 수 없는 지경에 이르게 된 현상으로 볼 수도 있고, 다른 한편으로는 사회개혁에 반드시 수반되는 민주성과 효율성이 합리적으로 조화된 결과로 볼 수도 있다. 어떠한 경우든 민중을 구체적인 실천으로 이끈 동력은, 새 국가를 건설하여 우리 민족이 더 이상 외세에 억압받지 않도록 해야 한다고 믿게 한 민족의식에 있었다고 봄이 마땅하다.

민족의식은 현실적으로 민족주의와의 상호 관련을 통해서 구체성을 획득해왔다. 북한은 시대 변화에 따라 다양한 민족주의 언술을 구사했는데, 1960년대 초까지는 스탈린의 민족개념을 추종하여 민족주의에 대해 부정적인 태도를 취하다가 주체사상이 정립되고 자주성이 강조되자 '민족'을 자주적이고 창조적인 사회생활의 기본단위로 천명하고 '민족을 특징짓는 중요한 징표'로서 '언어'를 강조하기 시작했다. 그리고 1980년대 중반에는 '핏줄'을 강조하면서 주체사상을 더욱 강화하였다. 오늘날 북한은 '언어와 핏줄'을 민족의 중요한 구성요건으로 내세우는 동시에 '우리식 민족주의'라든가 '우리민족제일주의'라는 개념을 동원하여 '민족'의 범주를 북한만으로 제한하고 있다.

민족문학은 이러한 민족주의 언술을 섬세하게 반영해왔다. 가령 신채호의 「꿈하늘」「룡과 룡의 대격전」에 활용된 환상 기법은 식민지라는 제한적 환경 속에서 애국주의적 열정을 유감없이 표출시켰다는 점에서, 그리고 『설봉산』이나 『두만강』과 같은 에쁘빼야(대장편)는 역사발전의 합법칙적 과정을 치밀하게 보여주었다는 점에서 북한은 그 가치를 높이 평가했다. 이후 주체사상이 대두하면서 고전적 혁명대작이라든가, 김일성과 김정일을 우상화하는 총서가 발간되는 등 문학은 그 독자성을 상실해가는 듯했다. 그런데 80년대 이후의 북한문학에는 정치적 노선과는 다른 양상이 나타났으며, 정치적으로는 주체사상의 강화로 민주성이 크게 훼손되었을지라도 문학에서는 그와는 상반되게 개별적 사건과 심리를 성실하게 포착함으로써 민족문학의 새로운 가능성을 보여주었다. 80년대 이후의 북한 문학은 민족주의가 구성원의 다양성을 두루 포괄해야 하듯 민족문학도 민중의 개별성을 의미 있게 포괄해야 함을 환기시켜주었다.

■ 참고문헌

김정일, 「주체사상교양에서 제기되는 몇 가지 문제에 대하여」 (조선로동당 중앙
    위원회 책임일군들과 한 담화), 1986. 7. 15.
김하명, 「생활적 진실의 탐구와 작가정신」, 『문학신문』, 1960. 2. 26.
신구현, 「해방 후 우리 문학예술에서 전통과 혁신에 관한 맑스 레닌주의 문예리론
    의 창조적 적용」, 『조선문학』, 1963. 9.
이선영·김병민·김재용 편, 『현대문학비평자료집 : 이북편』, 태학사, 1993
엄호석, 「중요한 문제는 무엇인가」, 『문학신문』, 1959. 10. 16.
윤세평, 「한설야의 그의 문학」, 『조선문학』, 1960. 8.

김진향, 「한반도 통일과 남북한의 민족개념 문제」, 『아세아연구』 통권 제104호,
    고려대 아세아문제연구소, 2000. 12.
김창순, 「북한정권과 민족주의」, 『북한학보』 20호, 1990. 12.
서동만, 「북한체제와 민족주의」, 『역사문제연구』 제4호, 2000. 4, 185.
이무철, 「북한민족주의연구1 : 위기와 '상상된 공동체'」, 『통일한국』 4월호, 평화
    문제연구소, 1998. 4.
이상숙, 「북한문학의 '민족적 특성론' 연구」, 고대 박사학위논문, 2004. 2.
이종석, 「주체사상과 민족주의 : 그 연관성에 관한 연구」, 『통일문제연구』 제 6권
    1호 1994.
조병기, 「북한문학의 실상과 민족문학적 접근」, 『비평문학』 13호, 한국비평문학
    회, 1999. 7.
채호석, 「1950년대 북한 문학에 나타난 전통과 모더니티」, 『한국현대문학연구』
    12집, 2002. 12.

권혁범, 『민족주의와 발전의 환상』, 솔, 2000.
김용락, 『민족문학 논쟁사 연구』, 서울: 실천문학, 1997.
박호성, 『남북한 민족주의 비교연구 : '한반도 민족주의'를 위하여』, 서울: 당대, 1997.

사회과학원역사연구소 박사 이종현,『근대조선역사』, 서울: 일송정, 1988.

사회과학원철학연구소 편,『철학사전』, 평양: 사회과학출판사, 1985.

사회과학출판사 편,『주체사상의 사회역사원리』, 서울: 백산서당, 1988.

이현근,『북한의 이해와 한민족 통합』, 서울: 신지서원, 2000.

정홍교·박종원,『조선문학개관1』, 서울: 인동, 1988.

▶ 이주미

동덕여대 국문과, 동대학원 졸업 / 문학박사

현재 동덕여대 교양학부 전임강사

▶ 저서

『한국리얼리즘소설의 지평』(새미)

『북한문학예술의 실제』(한국문화사)

▶ 공저

『성과 사랑의 시대』(학지사)

『여성과 문화』(사회문화연구소)

『한국문학과 시대정신』(국학자료원)

▶ 창작소설

「엿보기」「풍장」「귓속의 감옥」「라후족 여자」「똑딱이 가발」외

시대진단과 문학적 대응

지은이 이주미
인쇄일 초판1쇄 2009년 04월 5일
발행일 초판1쇄 2009년 04월 8일
펴낸이 정구형
　총괄 박지연
　편집 강정수 이원석
디자인 김숙희 선승희
마케팅 정찬용
　관리 한미애 손지애
펴낸곳 국학자료원
　　　등록일 2005 03 14 제17 − 423호
　　　서울시 강동구 성내동 447 − 11 현영빌딩 2층
　　　Tel 442 − 4623 Fax 442 − 4625
　　　www.kookhak.co.kr
　　　kookhak2001@hanmail.net

ISBN 978 − 89 − 6137 − 446 − 0 *93800
가격 19,000원

* 저자와의 협의하에 인지는 생략합니다.
새미는 **국학자료원**의 자회사입니다.
잘못된 책은 구입하신 곳에서 교환하여 드립니다.